文
景

Horizon

一种法兰西生活

Une vie française

Jean-Paul Dubois

[法]让－保罗·杜波瓦 著　韩一宇 译

上海人民出版社

献给我的孙子路易，
献给我的孩子克莱尔、迪迪埃和弗雷德里克·E

铁四轮马车。这个玩具，或者说这个纪念物，是我叔叔，一个斜眼的、令人讨厌的小个子男人兼大旅行家，两年前从伦敦带给他的。它肯定来自白金汉宫附近某个平庸的纪念品商店，但是它的重量，它独特的闪光，它车体细部——车灯或车轮——的准确清晰，还有马的步态显现的力量，对我而言都充满魔力。如果他本来不是一个与众不同的男孩，这个东西，仅仅是这个东西本身，也足够给予我哥哥全部的威望。樊尚从来不借给我这套马车，借口是它太容易坏，而我太小，还不能玩这么复杂的东西。有时，他把车放在客厅的地板上，让我把耳朵贴着地板砖。他说："别动。一点儿声也别出，闭上眼睛。你会听到马蹄的声音。"于是，当然，我听到了。我甚至看见马匹在我眼前奔驰而过，由我哥哥，勇敢的驭手执鞭驾驶，他在闪闪发光的车厢高处随车的颠簸而摇动。于是，我恍惚觉得自己正当童年，每一天都给这个临产的世界注入生命的力量。而且我期待长大，再长大，长得更快、更强，以这个王者长兄和大师骑手作为榜样。

在他死去的时候，我的第一反应就是摆脱他，就是占有那件东西，就是偷盗他的东西，以不忠的继承人的狂热行为。大概我是怕樊尚会把这辆四轮马车带到坟墓里去。也许我希望，凭借这被禁的也是神圣的物件，得到一部分他的荣耀、他的合法性，成为一个老大，至少能够抢劫死者，能够使他们沉重的马车跑起来。是的，在我哥哥死去的时候，我偷盗了他的东西。没有内疚，没有悔恨，甚至没流一滴眼泪。

我叫保罗·布利科。五十四岁，一个尴尬的年龄，徘徊于生命的两种远景，两个相互矛盾的世界。每天我脸上都增加一层岁月的磨痕。我按时服用磷酸丙吡胺片[1]和降压药，而且，和所有人一样，我也不再吸烟。我独自生活，独自吃晚饭，独自老去，即使我努力与自己的两个孩子还有孙子保持联系。尽管孙子年龄尚小——他快要五岁了——但有时我在他的脸上会发现某种与我哥哥相似的神情，也就是樊尚所表现出的经受人生所需要的那种自信、从容。像我哥哥一样，这个孩子好像有一种宁静的活力，然而，与他闪闪发光和探索的眼神交汇，总是一种不平静的经验。为了路易的四岁生日，我从书柜高层取下了那个四轮马车，把它放在他面前。他长久地观察着这个物件，那些轮子，那些马，但没有碰它们。他完全没有被征服，好像宁可在脑子里勾画这件东西的每个细节。过了一会儿，我对他说，如果把耳朵贴在地板上，他也许——现在轮到他了——可以听到马蹄声。尽管满是怀疑，他还是蹲了下去。以这种方式，我在瞬间闪现的间隙里又看到自己的童年大步奔跑而过。

　　樊尚的葬礼是个可怕的时刻，而且从那天起，不管我们付出多少努力，父母亲和我，再也不能够重新组成一个真正的家了。葬礼结束后，父亲把哥哥的柯达布朗尼闪光照相机给了我，却不曾想到这个东西日后会怎样改变我的生活。

---

[1]　常用于治疗心律失常的一种药物。——中译注，下同

樊尚的死截走了我们生命的一部分，连同一些最重要的情感。它深刻地改变了母亲的面容，以至于在好几个月里她完全像个陌生人。她的身体也同时消瘦干枯了下去，好像被内里巨大的空虚吞噬了。樊尚的离开也同时瓦解了她所有的温柔。母亲以前一直是那么亲切，而后来变得像个无情冷淡的后妈。父亲从前那么健谈，现在却把自己封闭在忧伤和沉默中。而我们的饭桌，从前热烈兴奋，现在却变得像僵尸的晚餐。是的，1958年以后，无论相聚或独处，幸福离开了我们，甚至在饭桌上，都是由电视机的扬声器来负责充塞我们的悲哀。

那个电视机，刚好是父亲在1958年的2月或3月买的。一台格朗丹牌的漆光木壳电视机，配有频道转换器，但图像总固定在唯一的频道上，它在那段时间里十分吝啬地把持着这块地盘。在学校里，这台新装备使我们——哥哥和我——极受欢迎。尤其是到了星期四下午，我们会邀请同学来看鲁斯蒂和兰丁丁[1]，以及佐罗传奇的最新剧情。那年夏天，在瑞典举行的世界杯比赛中，法国足球队的辉煌战绩使我们到达了激情的顶点。下午，在转播比赛的时刻，客厅里有了赛场观众席的气氛。我们把每一个角落都挤得满满的，追随着勒梅特[2]

---

[1] 鲁斯蒂和兰丁丁是儿童剧《兰丁丁历险记》(*The Adventures of Rintintin*) 中的主要角色。

[2] Francois Remetter（1928—2022），法国足球门将。

的停球，科帕[1]和皮安托尼[2]的带球推进，樊尚[3]的强行突破，或者是方丹[4]的射门。在斯德哥尔摩的半决赛里，巴西对法国（5：2）那场的全部细节，直到今天还以一种令人不安的清晰留在我的脑海里。柠檬苏打水的酸味、草莓蛋糕的甜味，以及叫人反胃的味道，那黑白电视图像的粗疏纹路，有时发生的使我们心跳停止的信号中断，那为我们抵挡下午斜射阳光威力的百叶窗，昏暗的光线给这一场合增加的闷热，加油的呐喊里哥哥发出的高于他人的声音，还有那雪崩一样的进球，渐渐地，欢呼声的强度减弱下去，快乐逐渐衰减，接着，客厅仿佛陷入悔恨，客人走光了，只在一个角落里，仅剩下哥哥和我，筋疲力尽、失望、沮丧，仿佛不会说话的木偶。几天之后，在决赛中，巴西击败了瑞典（5：2），而法国则战胜了德国（6：3）取得第三名。我对这最后两场比赛没有保留任何记忆。或许由于与这个恩赐的独一无二的下午相反，在那时，我支持哥哥，哥哥支持法国，而随后事情就不再只与足球有关。在这么久之后，尽管我们的生命中有无边的遗忘，但直到今天在我心里，还存在着这个精心保存、未被触动的小岛，这块兄弟间纯洁、

---

[1] Raymond Kopa（1931—2017），法国著名球星。1958年瑞典世界杯上与方丹合作无间，率领法国队进入四强。

[2] Roger Piantoni（1931—2018），1950年代法国最优秀的前锋之一。

[3] Jean Vincent（1930—2013），法国足球左边锋，后执教南特足球俱乐部、喀麦隆国家队等。

[4] Just Fontaine（1933—2023），法国著名球星。1958年瑞典世界杯上创造了单届世界杯进13球的世界纪录。

闪光和共有的小小领地。

这是我和樊尚一起过的最后一个夏天。很快，戴高乐占据了哥哥的位置，在饭桌上，正对着我。我是想说，格朗丹电视机被安置在那儿，在我哥哥坐了十年的椅子背后。我忍受着这个变化，如同面对一种僭越，因为那位将军好像就在格朗丹里过日子。我很快就开始讨厌这个人。他自负的侧影、他的法国军帽、他的灯塔看守人制服、他高傲的外貌都使我不安，他的嗓音让我难以忍受，而且，我对一件事坚信不疑，这个在远处的将军，事实上一定就是我祖母真正的丈夫，是她的补充，她的天然对应物。某种程度的傲慢、一种对秩序和严厉的偏好，使他们极为相近。我的祖母是另一个时代的女人，在我眼里是丑陋、恶毒、尖刻、无信义的样本。在我哥哥死后，因为某些我始终没能明白的原因，她放弃了自己威严的宅邸，总来我们的寓所过冬。她把自己安顿在朝向圣埃蒂安广场的那个大房间里。在她留宿的那段时间，她以某种莫须有的借口，禁止我进入这所谓的"她的套房"。这个女人是我祖父列昂·布利科——一个地主，如那时人们所说——的遗孀，曾经一直像准将一样指挥着她的家庭。1920年代末，列昂曾屡次尝试摆脱这种兵营式的生活，他逃去了摩洛哥的丹吉尔几个月，在那儿参加宴会，还到游乐场去赌博。他的归来，看起来似乎总是喧嚣的：每一次，祖母都在宅邸的大门口迎接他，并由一位神父来给她保驾，面对这位神父，那善良的男人被迫立即忏悔他在北非的荒唐行径。这就是玛丽·布利科，不易接近、严厉、暴躁。在图卢兹的那些冬天里，我一再看见她僵坐在壁炉前，不停地捻动念珠，总是包着一块头巾。从走廊上，穿过半开着的门，我看着她嚅动着嘴唇在祈祷。她就像一架不能停息的机器，总是尽可能地向上攀升，朝着她唯一的目标：阴暗灵魂的得救。在这样的情境中，她有时会猜到我这异教徒的在场。我察觉到她目光中彻骨的寒冷，仿佛极地浮动的冰山，我的血液被冻结了，但我呆在那儿无法动弹，无力逃跑，就像因车灯光柱骤然惊呆而愣住的兔子。玛丽·布利科对皮埃尔·孟戴斯·弗朗斯[1]有一种无边仇恨，尤其爱咒骂苏联是血腥的、不信上帝的国家。电视上哪怕出现一点点有关这个国家的暗示都会使她陷入真正的恐慌。但是，在她憎恨的长廊里，有一个人超越其他所有人，可以推测，那是一个她但愿能以自己基督徒的清白之手去扼断其喉咙的男人。他叫阿纳斯塔斯·米高扬[2]，领导着苏联的最高苏维埃。祖母怀着一种恶意的快乐把他的名字变了形，叫他"米高亚什——"，故意在最后一个音节上拖出长长的嘘声。每当发觉这个苏联党政领导出现在电视屏幕上，她就用手杖在地板上敲几下，挺直失去弹性的身体，把餐巾戏剧性地摔在饭桌上，而且总是咕哝着同样的一

---

[1] Pierre Mendès France（1907—1982），法国政治家，1954—1955年任法兰西第四共和国总理。

[2] Anastas Ivanovich Mikoyan（1895—1978），苏联政治家，1964—1965年任苏联最高苏维埃主席团主席。

句话："我回屋去了。"由于仇恨的灌注重新获得活力，她就这样隐没在那长长的走廊里。不一会儿，人们会听到她房间的门发出猛烈的噼啪声。于是，在她的避难所里，她的巨大念珠的圆舞曲就将开始了。我还记得，有好长时间我想知道为什么米高扬，这个戴黑色帽子的小个子男人，在玛丽·布利科那里能引起如此的情绪爆发。当我向父亲提出这个问题时，他带着一种含糊的微笑说："我想是因为他是共产党。"但是，赫鲁晓夫和布尔加宁同样也是共产党，而他们却从来没有遭遇到我祖母给予阿纳斯塔斯的这种霹雳。

尽管我从没当过那个党的成员，但我相信，在玛丽·布利科的憎恶者祭堂里，斯大林或布尔加宁远排在我之后，我就在这著名的"米高亚什——"旁边。她对待我，与我说话，都带着同样的蔑视。在哥哥去世以后，这个趋势就更明显了。在她眼里，樊尚一直都是仅有且独一无二的布利科家族的继承人。他有着父亲的相貌，而且，尽管年幼，却已表现出了严谨和成熟的征兆。至于我，不过是一个主根旁生出来的分叉，一滴精液的后遗症，一次神意瞬间的疏忽，一个胚胎的错误。我长得像母亲，这也就是说，像另外一个贫穷的家族，非常贫穷、遥远、山里人的家族。

直到1914年战争前，我的外祖父弗朗索瓦·兰德，始终以牧羊为业。他生活在比利牛斯山的高处，波特山口一个向阳的山坡上。在那个时代，可以说，世界真的在那高处停止了。而且，以一种特定方式，弗朗索瓦生活在真空中。那么大的雪，那么寒冷，那样孤独。就是在这母羊都很难站立的山坡上，那场战争来寻找他了。两个宪兵爬上裹在雾气中的山顶，给他送达了应征上路的命令。他，这个生活在南方和世界屋顶上的人，就这样去往北方的战壕深处，置身于地下六尺。他做了他必须做的，遭受了恐怖、毒气，然后回到家里，又老又病，精神紊乱。最初，他竭力尝试重新登上他的峰顶，但是，被芥子气留下的后遗症阻扰。由于虚弱的肺，他移居到了图卢兹的郊区。在那儿，我外祖母玛德兰娜买了一辆手推车，变成了卖四季蔬果的流动小贩。弗朗索瓦·兰德，他呢，为了治疗支气管病，始终闭门不出，一听到有人按门铃就惊惧不已。他从来不给任何人开门，因为他确信宪兵还会再来，抓住他，再把他送上前线。一个下午，我见到他在有人轻轻敲门后，迅速躲藏到床下。刚刚他还把我抱在膝上，敲门声一响，他马上变成了某种吓坏了的小啮齿动物。我记忆中的外祖父就是这样一个人，体格高大，很瘦，总是穿着黑色的短披风，手里攥着他包着铁皮的牧羊棍。很少说话，但是，一种巨大的亲切从他的脸上散发出来。他探问道："谁？"既惊恐又专注地感受着这个世界，这个他有时躲在窗帘后观察的世界。

在外祖父去世前不久，1957 年的一个星期日，我母亲曾带着他去了波特山口的峰顶。他和我，肩并肩地旅行，而我不曾记得他在整个行程中说过一句话。但是，自从公路开始爬坡，自从安全带变得越来越紧，弗朗索瓦渐渐地，开始被风景、房子、这个重新找到而无疑也是最后一次看到的往日世界所吸引。他的目光仿佛因一种野性的、动物的欢乐而闪烁着。他重新发现了高山上的寒冷，那高空中难以分辨的气味，天空的光明，土地的颜色和香气。到了路的尽头，他下了车，开始拉着我向一条熟悉的山岭小径走去。对这个人要领我去的那个地方我一无所知，但是我感觉到他温热的手抓着我的手。他说了一些话，诸如："天好的时候，所有的绵羊都在那边，在这个山坡上。我的狗，它总是在路边等我。"现在我想，他是为他自己说的，看着超越现实世界的另一种生活，凝视着他的记忆中可能存在的地平线。因为，在今天，在他指给我看的遗址上，只能看到高低起伏的滑雪场上有一长列静止的空中缆车立柱。我非常清楚地记得，那时弗朗索瓦·兰德吃力地坐到了地上，把我揽在怀里，用他的手扫过整片风景，说："你看，小家伙，我就是从那儿来的。"

我因此也部分地是从那里来的。尽管仍在幼年，但我非常清晰地感觉到，布利科家族——我是想说我的祖母，那个将军的妻子——只是有限度地接受了与这低微山民的联姻，对我外祖母兰德的菜贩身份更是不愿提起。看起来，玛丽·布利科曾长期竭力劝阻我父母的结合。赞同这样一种完全不平衡的联姻是不可能的。布利科家的长子远非只配得上一个残疾且半疯的牧羊人的女儿。婚礼是在家族缺席的情况下进行的，而且，兰德家的任何一个人，也从没有见过——除了我的父亲之外——哪怕一个布利科家的人。与母亲说话时，玛丽·布利科总是用一种居高临下的语调，在那个时代，这是专门说给不受欢迎的儿媳的："那谁，如果不从小调教这些孩子，再往后你就管不了他们了。""你们出门的时候，别忘了，那谁，给维克多带些面包干，我发现他胖了。"当她在我们家时，她和母亲说话就像在和她自己家养着的众多仆人说话，和她所谓的"那谁"说话。我想，我的祖母是唯一的我曾真心盼望她死的人。我也曾长期抱怨我的父母没有让这个人安分一些，不过，在那个时代，逆来顺受地忍耐直系尊亲的折磨的确是正常的，哪怕他们是不折不扣的坏蛋。

自从樊尚死后，我们的生活就再也不像从前那样，而且每年有两个月，当祖母来住的时候，生活就变得完全像是地狱。除了攻击最高苏维埃主席团主席的俏皮话，玛丽·布利科也把她的专制施于我父亲的体形，她批评家里的饮食烹调，禁止我在饭桌上说话，还禁止我未经批准就起床。有时候，我违反了某一项她的规矩，她就忍不住跺着脚向我父亲大叫："我可怜的维克多，你把这孩子养得跟个动物一样。总有一天，他会让你眼里哭出血来。"

很久之后，人们给我讲了一个奇怪的故事。在我祖父列昂·布利科生命接近结束时，得了一种近似阿尔茨海默症的疾病，这使他的理智大大受损。他不仅忘记了一切，还常把一笔笔为数不少的钱送给他的某些农场雇工，借口是"土地归劳动者所有"。祖母完全不把这一理由看作通情达理的标记，没有从这些重复的赠予中体会到一个在晚年被进步观念触动的富裕农场主的慷慨之心。与这些相反，玛丽·布利科从她丈夫的举动中，看到的只是他的重病的最后发作，而且，以他的精神失常危及祖产的未来和家人的安全为理由，成功让人把他关进了精神病院。

受不了那个时代的精神病学折磨，被包围在狂躁的疯子中间，于世上孤身一人——祖母禁止自己的孩子去看望他们的父亲——列昂·布利科很快就失了方寸，陷入沉寂之中，一年之后，任自己悄悄地滑向了死亡。

那一时期，祖母还远不是一个上了年纪的女人，她定期与另一个男人来往。据她说，他是那种可靠的工头，监管她的产业和佃农的工作。事实上，尽管有她的基督戒律，玛丽·布利科和所有人一样，有时候也需要一个男人。

在列昂·布利科死后的几个月里，事情没有什么改变，直到这个新朋友表示想要拥有我祖父的步枪。玛丽·布利科相当警觉，她从来不把自己的财产和她的那位无赖的财产混在一起，她以一个高价出让了这件家传武器。对此，至今人们还议论说，这比我祖母的其他贪婪且古怪的行为都更不体面。虽被敲诈但还是颇为高兴，那个情人回到家里，立即就开始清洗这件火器。没有人知道是在怎样的情况下、在什么时候，子弹射出了。人们只是发现这位漂亮朋友躺在地上，脸被射出的铅弹打中。虽已抽搐变形，他手里还抓着我祖父列昂的那支步枪。

我想念樊尚。他死了两年之后，我还总是无法接受他的消逝，不能习惯他的缺席。我需要知道他就在我的身边。至于我的父母，当然，他们工作，继续一起进餐，继续在同一间卧室睡觉。但是，他们看起来不再希望什么，不论是在一起，还是分别之时。有时，我感觉到在我们的周围，世界以无可置疑的脚步前行，而我们被震得昏头昏脑，拘禁在自己的痛苦中止步不动，成为这种生命大潮的局外人。

战后，在家人的经济援助下，我父亲买下了带楼房的、有螺旋坡道通往四层停车场的汽车修理厂。他给自己的产业起名叫"日与夜汽车行"，还在底层开了一家西姆卡[1]汽车特许经销部。他出售并修理该品牌旗下的阿隆德、阿里安、特里亚农、凡尔赛、尚博等车型系列。今天，我完全无法说出，维克多·布利科怎样看待这些小轿车，或者说他对汽车有什么总的看法，因为，在我们共同生活期间，我从来没有听到过他谈论汽车的事。也许除了那一次，1968年给我选择第一辆车的时候，那当然不是一辆西姆卡车，而只是一辆1961年生产的旧大众1200。

我的母亲克莱尔，很少谈及她的校对员职业。她仅仅曾给我大致解释过一次，说她的工作就是修改那些虚拟语态的用法，或者对过去分词的搭配很少留心的记者、作家们的拼写和语言错误。人们可能会以为那是一件相对平静、重复的工作，总的来说是很少会产生焦虑的。而实际上，与此恰恰

---

[1]　创立于1935年的法国汽车品牌，后被标致汽车收购。

相反。一个校对员从来得不到休息。她不停地反思、怀疑，尤其担心把疏忽、错误、不规范从手下放过去。我母亲的精神从来不能放松，以致经常感觉需要随时去找一本关于法语特殊用法的书，查证一个规则的习惯用法，或者查证她修改的某一处的合理性。她说，一个校对员是一张网，负责对语言的不纯洁做出反应。她的专心度和要求越是高，那网眼就越是细密。但是克莱尔·布利科对自己最丰硕的捕获物也从来都不满意。相反，她总是被那些细小的疏忽，那些不停漏出她的网的未得到改正的浮游生物，纠缠得不得安宁。这样的事情经常发生：正吃着晚饭，母亲站起来离开餐桌，去查她的某一本百科全书或者专著，而这只不过为了一个目的，就是解除一个怀疑，或者平息一下突然袭来的焦虑。这种行为就母亲的个性来说，并不奇怪。大多数校对员都会形成这种要求核对的强迫症，而且采取由他们的工作性质所产生的查阅行为。对完美与纯洁的永恒追求，正是校对员的职业病。

从外部看，克莱尔和维克多·布利科这对夫妇有着与这个充满乐观精神的时代相一致的外表，在这个就业充分、百废待兴的时代，到处都可以看到如雨后春笋般冒出来的新家用电器。不错，我的父母很像是那种精力旺盛、充满希望的男人和女人，而实际上，他们不过是两段空心木，心不在焉，在河中间待着不动。在固定的时间，他们看着和听着这个临产的新世界的啼哭，但是，面对整个凶险的过程，他们始终无动于衷。比属刚果的命运，约瑟夫·卡萨武布的阴谋，莫伊兹·冲伯，帕特里斯·卢蒙巴之死和上加丹加矿业联盟的局势演变，对他们都一样，很少产生什么触动。[1] 在这肆无忌惮的暴力面前，对着这台似乎已被托付照管我的教育的电视机，我不停地祈求哥哥回来，重新拥有他在饭桌上的位子，以使人们可以最终关掉这台格朗丹，使生活重新回来，我们一起重新开始旧日的、1958 年 9 月 28 日那个手术并发症使之中断了的交谈。

阿尔及利亚战争，如同许多其他事件一样，这些另一个世界的图像在电视机凸起的屏幕上滑过，凝固为一个遥远和抽象的概念。然而，在 1961 年的夜里，我们经常被震颤图卢兹的爆炸声惊醒。这种由秘密军组织[2]以签名方式宣称负责的谋杀波及每一个街区，在民间尤其引起了很多议论。在我家，人们或许也听到了爆炸声，甚至还可能看到了什么，但不管怎样，我们什么也不说。甚至当我们午餐的沉寂被弗朗索瓦维尔迪埃小道上汽车喇叭有节奏地应和着"法——国的阿尔——及——利亚"的口号所打破时，也是一样。三声短，两

---

[1] 1885 年柏林会议将刚果划为比利时国王的"私人采地"，称"刚果自由国"。1908 年转交比利时政府，并改称"比属刚果"。1960 年 6 月 30 日刚果宣告独立，约瑟夫·卡萨武布当选总统，帕特里斯·卢蒙巴任总理。同年 7 月 11 日，在比利时的支持下，莫伊兹·冲伯领导矿藏丰富的加丹加省从刚果独立，引发分裂危机。

[2] 指反对阿尔及利亚独立的军事组织 OAS。该组织针对支持阿尔及利亚独立的政客、记者、知识分子策划了一系列暗杀行动，还会在暗杀现场留下签名，以达到威慑恐吓的目的。

声长，被遣送回国者的莫斯电码。而且，当与我父亲的车行邻近的邮局被一颗塑料炸弹炸飞时，我们也没多说什么。

与之相反，1962年的圣诞节聚餐，却是例外地喋喋不休。那是在我祖母玛丽·布利科的住处进行的。所有家庭成员都聚齐了，当然，除了很少来往的退休菜贩玛德兰娜·兰德，还有我不久前死于肺病的外祖父弗朗索瓦。医生和玛德兰娜发现他蜷缩在床下，气息已无。在战争时期，他总被要来对他验明正身并领他到天知道的地方去的两个宪兵的幽灵恐吓。这一次，弗朗索瓦·兰德悄悄地不辞而别，永久地摆脱了他们。他被安葬在自己的土地上，在那高处，他从前所住的山峰上，离那一行无动于衷的滑雪缆车吊缆不远。

那次圣诞节聚餐，长时间地留在我的记忆中。我那时十二岁，在我看来，我们生活于其间的这个世界丝毫没有更成熟一些。这一年，简直可以说，整个家庭聚到一起不是为了晚餐，或纪念我所不知道的宗教节日，而就是为了争辩什么"大事件"。人们就是以这种方式审慎地指称阿尔及利亚战争的。布利科一家折射了当时这个国家正在流行的形形色色的观点。首先，我的祖母，她曾是忠实的贝当主义者，晚年转而皈依戴高乐派的信条，粗暴的基督徒，反对共产主义，反对孟戴斯，反对我，不喜欢每一道菜之间的等待，完全不在乎那块蔑视宗教、对基督教信徒来说已永远失去了的土地——阿尔及利亚的命运。我的大姑妈苏珊，我父亲的姐姐，她亲生母亲相当忠实的摹本，当然，反对孟戴斯，在某些情况下也反对犹太人，在任何时候都反对我，而且永远怀念一个白人的法国的阿尔及利亚。她的丈夫于贝尔，酷似带有南方口音的电影演员埃迪·康斯坦丁，前民兵，前驻中南半岛的士兵，从前世界的老油条，据人们说，他还曾积极参与秘密军组织的活动。我的二姑妈奥迪尔，皮埃尔德斐尔马高中的英语教师，反种族主义者，顺理成章地也是社会主义者，与贝尔纳·道森以同居形式共同生活，后者是离异体育记者、橄榄球专家，而且从不掩饰其对法国共产党的同情。在父系亲属一边，还有让，我的一个表兄，大我十岁，不大可能是苏珊和于贝尔的儿子，一个把巴枯宁[1]和猫王埃尔维斯·普雷斯利挂在嘴边的复杂角色，一个富有同情心的男孩，他注定要在他曾形象地预见其降临的、1968年5月之后不久的一次车祸中一去不返。

我的父母亲？他们忠实于樊尚过世以来所陷入的那种状态：沉默，和蔼，礼貌，不可否认地在场，但同时又完完全全地缺席。

开餐前，我祖母主持背诵了某一段她通晓其奥秘的祈祷文，一连串无休止的圣恩使所有人都厌烦透顶，大家成了一个火十字团部落，急切地想要进攻地上的食粮。

他们赶忙刀斩海鲜，解决索特尔葡萄酒和肥鹅肝，然后

---

[1] Mikhail Alexandrovich Bakunin（1814—1876），俄国思想家、革命家，有"近代无政府主义之父"之称。

再彻底地处理奥兰、阿尔及尔、特莱姆森和赛伊达的命运。[1]

于贝尔举起酒杯：

"祝所有那些独立的阿拉伯佬圣诞快乐。想想人们在那边不再是在自己家了，这总是有点不一样啊。"

道森竭力试着解释，阿尔及利亚并不是从来就属于法国，而且，在殖民时代之后接着的就是独立的时代。

"你说话活像是婊子的另一个儿子。"

"于贝尔，我希望，您说这话的时候不是想着将军。不要当着孩子们的面。"

"但是，妈，所有人，甚至孩子，都明白您的将军真是婊子的儿子，他背叛了人民，背叛了国家，而且还让人枪毙那些保卫他的人。"

"你这话是什么意思？"道森问道。

"我想说，他下令处决了真正的法国人：罗歇·德格尔德、克洛德·皮埃斯特、阿尔贝·多沃卡、巴斯蒂安迪里，你明白了什么没有？"

"你是说那些秘密军组织成员，还有那些曾策划谋杀他的家伙。"

"不对，我的老伙计，我跟你说的是爱国者。"

"在您嘴里听到爱国者这个词，于贝尔，可是蛮有味道。"

"您懂什么？我可不在乎您怎么想，奥迪尔，不在乎您和

---

[1]　奥兰、阿尔及尔、特莱姆森、赛伊达均为阿尔及利亚城市名。

一切您的社会共产主义小阴谋诡计。"

"于贝尔，您不能这样说我女儿。想想孩子们。收敛一些。"

"我收敛了二十年了，妈，二十年了，以这种或那种方式，人们要求我不说话。不管奥迪尔怎么想，我始终是站在我的国家和国旗一边的。不论是贝当元帅时代，还是在奠边府[1]那会儿。在你们暖和地过所有那些圣诞节的时候，是谁在马背上颠簸，嗯？而在阿尔及利亚呢，如果不是秘密军组织，又是谁让民族解放阵线那些闹独立的土贼畏惧？"

"你知道你的秘密军组织制造了多少受害者吗？两千五百名法国人和两万多穆斯林。"

"说下去，贝尔纳，接着说下去，再给我来一点贵党的宣传。但是，让我来告诉你一件事吧。不是两万，而是四万甚至六万北非阿拉伯佬，本来当他们刚开始要对我们动手的时候就应该把事情平息下去。人们就是利用恐怖反对恐怖来建立和保卫帝国。"

"的的确确，爸爸，你是这个地球上从来没有过的最大的法西斯。"

"你，小混蛋，闭嘴吧。"

"于贝尔，不管怎样，这是您的儿子。而且我们是在圣诞夜。"

---

[1] 越南奠边省省会。1954 年发生的奠边府战役是法越战争中的最后一场战役，法军失利后宣布投降。

"您说得对，妈，我请您原谅。"

"于贝尔想说的就是，由于所有这些自决权的故事，人们已经打开了潘多拉的盒子。您看吧，以这样的速度下去，在法国我们也将很快不是在自己的家了。况且，不是已经出现这种情况了吗？您曾想过，您，有那么一天这个国家的财政部部长叫维尔弗里德·鲍姆加特纳吗？不就是这样吗，鲍姆加特纳？"

"这能说明什么，苏珊？"

"我求你了，奥迪尔，别装傻了，别让你自己再一次在大家面前显得可笑。"

"我可笑？是你们，你丈夫和你串通一气，一个小时以来给我们表演你们的拿手好戏，谈论什么帽徽、阿拉伯佬和犹太人，像是你们彼此之间的对话？你们以为这是在维希[1]那会儿还是怎么的？"

"哦，好了，维希，那可是很久以前的事了。"

这时，我父亲从座位上站起来，轻轻地把餐巾放在台布上，说："我去拿火鸡了。"

在厨娘的帮助下，当他用手臂托着盘子返回时，两姐妹之间的紧张已平息下去。法兰西永远可以围绕着一只家禽重归于好。我的表兄让，被他父母的贝当主义腔调所激怒，站

---

[1] 维希法国是"二战"期间纳粹德国控制下的法国政府。1940 年 6 月德军占领巴黎后，以贝当为首的法国政府向德国投降，新政府于 1940 年 7 月迁至法国中部城市维希。

到窗前点了一支雪茄。这种明目张胆的放肆刚好给我祖母一个理由火冒三丈。在让彻底爆发之前，她开始悄悄地发怒。用她的手杖敲了地面三下，以她能够做到的全部恶毒和权威发话："年轻人，我请您立即去吃饭！"那些词在她的齿间滚动，好像剃刀的薄刀片一直切入骨髓。

就是在1962年的圣诞夜，我听到了她大声说出可能是这世上最恐怖的话。那是在甜点、中南半岛、阿尔及利亚、维希之后，接着还有凡尔赛宫的消费，线条流畅的弗雷格特家庭旅行车的舒适，标致403的安全性能，圣埃米利永[1]随便哪个窖里出产的波尔多红葡萄酒的绝美，图卢兹体育场的艰难赛季，舒尔茨在图卢兹足球俱乐部的生涯，儿童的未来，昂达伊海滨的度假，以及必不可少的女佣和打扫房间的女仆别无二致的偷窃主人的故事。就是关于这最后一个主题，我祖母发了言。她说，她有一个永不失效的办法可以保证她的用人忠诚老实："我支付最高的小费以赢得最低的卑躬屈膝。"苏珊和于贝尔脸上现出不可控制的神经质的笑，有点像人们放了个屁的样子。我相信，其他所有人都觉得尴尬、不自在，尤其是在"一个圣诞节晚上"。那位厨娘，忙于收拾饭桌，做出什么也没听见的样子，在那老妇人若无其事而心里一定在清点餐具的目视下继续干活。

这老妇人死于接下来那年的夏天，在我们于巴斯科海滨

---

[1] 法国多尔多涅河右岸市镇，波尔多最古老也最著名的葡萄酒产区之一。

度假期间，所以必须匆匆放弃海滩赶回去，以便在这不讨人喜欢的面容腐烂之前再见最后一次。我们才到她的住处，苏珊姑妈——她已把大权揽在手中——就要求我最后一次拥吻我祖母。想到用嘴唇去接触一个死者就使我恶心。我姑妈领着我走近尸体，它放在一个黑得已经像坟墓、去掉了全部装饰的房间的中央。空气里飘着一股甜丝丝的味道，混合着蜡烛、白花的气味，而且，我肯定，还有一种已经腐烂的肉味。光线很暗，玛丽·布利科的脸比她活着的时候还吓人，似乎永久地表现着人类最低劣的情感。我注意到她的眼睛没有完全闭上，于是就想象，透过那蜡黄眼皮的缝隙，这个令人厌恶的女人，超越死亡，还继续监管她已遗传给后代子孙的基因缓慢演进。面对这个场景，我感觉我的身体变得僵直，肠胃打结，可背后姑妈的手坚定地把我推向了那个"将军夫人"的遗骸。一种生理的、消化系统的恐慌攫住了我。我想象在盖单下面，大量蛆虫已开始活动，释放大量的粪液，它散发的气味已渗透皮肤的毛细纤维。数不清的蛇在我的肠道里兴风作浪，接着，我突然觉着它们升到了胃里，穿过我的喉咙，塞满我的嘴，终于，向死者清白的盖单上射出了意想不到的一束。所有人在这场痉挛中看到了我的痛苦和我的情感表露，这使我在丧事期间得到了优厚的待遇。因此，为了不让我的敏感再受折磨，人们决定让我回避去墓地和把棺木下葬到某处——我特别希望是地狱——的插曲。

在葬礼期间和服丧的日子里，没有人流过哪怕最小的一滴眼泪。穿着黑衣服，每个人都表现出一副严肃的神色，但是这些脸上没有一点忧伤的痕迹，人们已转而注意遗产继承的前景去了。和所有这种情况一样，这个分配激活了各种层次的隐秘的嫉妒、卑劣的情绪、卑鄙的行为，中产阶级通晓其中的奥秘。最终，经过一些私下里的交易，两姐妹，社会党人和火十字团，出于对祖产的共同利益达成协议，她们阴险地联合起来以抛开我可怜的父亲，他由此感到深深的、合情合理的悲伤。他看着母系的财产从鼻子底下溜走，而几乎只给他留下了家宅老房子的空壳。这一新的凌辱加在失去长子的打击之上，夺去了他尚存的些许活力。当然，他还在卖他的西姆卡，但是还能卖多久呢？

这就是那个时代里的我家，令人不愉快的、过时的、反动的、极度阴郁的。以一个词概括，就是法国的。它就像这个国家，自认为还幸运地活着，已经克服了它的耻辱和贫困。一个现在已足够富有的国家，可以蔑视它的农民，让他们去做工人，给他们建造荒谬的由低劣而丑陋的高楼构成的城市。与此同时，汽车的变速箱也从三挡增加到了四挡。不需要更多的东西来使这个国家上上下下确信，高速增长已经启动。

在这样的法国长大，不是一件容易的事。尤其是对于一个胆怯的、卡在夏尔·戴高乐和他的总理蓬皮杜之间度过青春期的少年。此外，在与性有关的方面，他别想得到一点儿信息、一点儿教育。被剥夺了长兄可能传授的学问与经验，守着消沉而默然的父母，我不得不把自己这方面的启蒙托付给一个快乐的着魔似的贪图享受的家伙，他极为能干，富有想象力，有魔鬼的邪恶，没有一丝道德观念，也不知抑制为何物，但却天生有令人生畏的健康。他叫大卫·罗沙，比我大一岁，但是，肯定比这个星球上的大多数人都多几辈子的生活阅历。

比我的同辈也许滞后些，十三岁时，归功于维克多·雨果，我独自发现了射精的要领和机制。那是在一个星期日，我被关在自己的房间里读《悲惨世界》，以便写出一个概要。就像我同龄的男孩子一样，我总是被一种深藏的暗流所困扰，一种剧烈的压迫感不停地在我的下腹部游荡。为了平息它，或者是想要控制这种日复一日的躁动，我有了一种抓住我身体延伸物的习惯，以一种不耐烦的旅游者的态度，漫无目的地捏弄它。这给人愉快却也同时是极其令人扫兴的。然而雨果来了，伴随那没完没了的阅读，一个绝好的星期日，这一次，在勃起的时候——最简单的这步我已完全领会其规则的机制——产生了突发的、大天使般的神秘现象：射精，带着闪电般的液体排出和那种骇人而喜悦的温柔的触电感。这样一种使人脱胎换骨的朝圣，让我得到启示，从此之后只为一次再一次地得到这种战栗而活着，人们奔跑着就是追逐它，它转动地球，它衍生饥馑、激起战争，它是物种存留的真正动力，那钟摆状腺体的美妙地震，只有它们能够证实我们的存在，而且，能够鼓励我们不断推迟自己死期的到来。因此，从雨果出发，开始了这样一个对天主教律令来说真正的悲惨世界，我摆弄自己，像个疯子，像这个被丧葬笼罩的微小法国的逃犯。我一边摆弄自己，一边看电视里的女播音员，看邮寄商品目录，看时事杂志，看有女孩子坐在轮胎上的广告，一句话，一切能叫我想起女性肌肤一部分的图像。就是在这个时候，大卫，恕我冒昧地说，把我的未来抓在了手中。

这个男孩很像人们想象里青春期的维托里奥·加斯曼[1]。他的面孔表现出一种强健的男子气概，有点迟钝，但很有征服力。他和我在同一所学校，在学校的橄榄球队中担任争球前卫，而我本人则是队里的外边前卫。也就是说，在比赛进行的时候，我们的命运是紧紧联系在一起的。在赛场上，大卫是一个充满活力的球体，一个发狂的人，像大喊大叫的车夫一样指挥他的前卫。在生活中，情况更糟。他从来不会停下来，不会让自己静止，总是给活动以特权，给人一种总是不停地处于类似士兵的"行动"中的感觉。唯一的问题是，所有这活力、这生气，都用来服务于满足他的强迫症，满足他几乎无法扑灭的性需求。在我的一生中，从来没有见过哪个人能够有同样的欲望，经受同样的纠缠。他的身体好像永远被自己体内沸腾的精液蒸气所折磨。他是精液充沛的火山，其永恒蒸腾的火山气体始终表现出某种会突然爆发的危险。激动不宁，两只脚不停地跳来跳去，但他总是把一只手放在裤袋里。我问他为什么有这种习惯，他回答说："我用皮带牵

---

[1]　Vittorio Gassman（1922—2000），意大利演员、导演、编剧。

着那牲口。"有时，他突然从椅子上站起来，在房间里走来走去，做鬼脸，吐怒气，隔着裤子抓住他那物件，咕哝出这样令人难以置信同时包藏懊恼、痛苦和狂怒的句子："妈的，要是我老妈漂亮，我就会干了她！"

他的母亲，应该认识到，的确并不怎么光彩照人。她，和她丈夫一起，在斯特拉斯堡林荫大道上开了一家不错的不动产经营部。越是经常到罗沙家走动，我就越理解他们独子的那些特殊素质。除了非常醒目的对家具和鲜艳夺目的汽车的爱好，这对夫妇也丝毫不掩饰他们永恒的性饥渴。在他们的寓所里，他们彼此贴近、彼此寻觅、彼此甜言蜜语、彼此爱抚拥吻。尽管在这方面是新教徒，我还是觉得，这种举止显然大大超出了我周围的夫妇们所做的、在公共场合所允许的感情流露。尤其是，在厨房里，我看见米歇尔·罗沙捧住他妻子两只肥大的乳房，把自己紫色的尖舌头塞入她的嘴里。有时，是马尔泰毫不掩饰地把手滑进她丈夫的裤袋里，而后者此时正在系领带。而这一切在那里都是非常自然、完全正常的。我从来没有见到过我父母有类似的举止，而且，我甚至无法想象他们，某一天，能分享这样的亲密，这该是幽会场所的最深隐秘。作为抵偿，我开始明白我朋友大卫极度痛苦的起源。

他只比我大一岁，但无论从哪方面看都超出我百里之遥。得到生活伟大原则的教化，当我们在阿吉姆[1]或巴特勒·布里

---

[1]　意大利冒险题材漫画《阿吉姆》(*Akim*)中的主人公。

东 [1] 那里几乎找不到乐趣和奇遇时，大卫读哲学经典，吸法国航空的雪茄，借给我们《巴黎好莱坞》旧杂志，尽管陈旧到了极点，但永远传递着同样的刺激力。这个怪男孩迷住了我，我在他身上看到的完全是一个异形怪物。有时，他胳膊下夹着德文的《世界报》或《法兰克福报》，他会打开报纸，做出好像在读德文新闻的样子看上一个小时。我不知道他为什么这样做，但他就是这样做的。

一天晚上，我们在他的房间里，他走来走去，努力"用皮带牵着那牲口"，我看见他突然把桌子拉到靠着他父母房间的墙壁边。接着，他熄灭了灯光，把椅子放在桌子上，以猫一样的动作爬上了这个拼凑起来的脚手架，这使他得以够到墙上嵌着的椭圆小窗户。在那看客般的、面对捕获物凝神不动的劫掠者的姿态中，在隔壁房间灯光的微弱照射下，从他的侧影，我几乎能看到他面部肌肉紧张的颤动。很快，他给我发出与他会合的信号。于是，在那儿我发现了他困扰与不安的原因：马尔泰和米歇尔·罗沙樱在一起，彼此相合；他在后面，躁动如狂，两手深埋在他妻子的臀部；她跪着，发出低微有节律的呻吟，脸朝后仰着，目光灼热、专注。他们的儿子于是掏出了他的玩意儿，开始自己解决问题。是的，一只手扶着天花板，另一只手干活，扮着鬼脸，喘着粗气，大卫·罗沙一边看他父亲搞他母亲，一边手淫。尽管自从我哥

---

[1] 英国"二战"题材漫画《巴特勒·布里东》（*Battler Britton*）中的主人公。

哥死后，我已放弃了上帝和宗教，但在这一刻，我还是有一种对基督徒来说难以忍受的罪孽感。

随着经常与罗沙一家交往，我已经形成了对什么都不再感到刺激的习惯。我几乎不大注意，大卫的母亲有时是穿着差不多透明的女式家居服来接待我，简直可以说是直接从《巴黎好莱坞》最具暗示性的画面中走出来的。事实上，在这个女人的行为中没有什么盘算，没有任何的挑逗，没有一点点炫耀的念头。她就是这个样子，习性自由，也放任她的身体舒适自在。大大超前于时代，她似乎已解决了她与社会禁忌以及性问题的关系。在这方面，她儿子与她不同，正经历着某种真正的肉体上但可能也同时是道德上的困扰。因为，尽管大卫能够在许多方面自以为扮演指导者的角色，但是，当问题一旦涉及单单是接近一个女孩子和去诱惑她时，他和我们大家一样，仍然毫无办法。一旦问题开始复杂化——在所有意义上——自恋的红衣主教就会表现出自己不过是一个非常平庸的教区居民罢了。

他的混乱从来不会持续很久。对此我想以他的忏悔——他对我谈起他自己"干"的经验——为证据，或许我更应该使用"泄露"这个词，因为在整个交谈过程中，在我看来，他的语调从没有一点儿悔过的意思。关于这个话题，我必须指出，大卫·罗沙的新发现比菲利普·罗斯[1]于1967年描述的阿莱

---

[1] Philip Roth（1933—2013），美国小说家，曾获多项国际文学大奖，代表作有《美国牧歌》《萨巴斯剧院》等。

克斯·波特诺伊的下流发明早了四年，《波特诺伊的怨诉》第135页写道："那么，在那个下午，我从学校回家时，发现我母亲不在家，而我们的冰箱里有一块绝好的紫色生肝，那时理智跑到哪里去了？我想已经谈到过这块生肝，那是我从一家肉店买来，随后在一个广告牌后边操过，以此给我行了成人礼。好吧，教皇陛下，我很愿意在这方面来个彻底的坦白。那块，不是我的第一块。我的第一块，是在我家里给它夹馅的，三点半时环绕在我的阳物周围，五点半时我又给它再一次夹馅，这次是在餐桌上，和我的家人，这个可怜的清白人家的其他成员，一起。"

在1963年春天的一个下午，给我开门的时候，大卫·罗沙有一种情绪不佳的神色，目光紧张、阴郁，腮帮紧咬着的肌肉像鸽子心一样跳动。他好像被我的到来所激怒，感觉不快。显然，我到得不是时候。他把我让进去，不等我说出一句话，他就说：

"到我的房间去，等着我，我要做完一件事，需要五分钟。"

当他急匆匆地走向厨房时，我注意到他腰上系着一个小围裙。与他躁动不安和缺乏条理的性格相反，大卫的房间真是一个平和宁静的港湾。菘蓝色的地毯，浅色的木质家具，秩序井然的斯堪的纳维亚式书架，一切都在营造一种让人平静与和缓的气氛。某种无可挑剔的秩序笼罩着这个空间，以至于我们很难想象这块禅宗领地是一个行为反常、激素分泌过剩的青春期少年的巢穴。大卫来与我会合了。他不再是刚才那种面容。他看起来平静、松弛，几乎是微笑着。无论如何，没有了那种触电般的神情。他走到窗口，把窗子开得很大。倚着窗边，他一边看着天，一边不停地把手溜到裤腰以下。他摸了摸他的生殖器，然后像一只捕兽猎犬追觅猎物的足迹那样，嗅了嗅指尖。

"呸，一股大蒜味。"

"什么，你的手指？"

"不是，我的阴茎。它有一股要命的大蒜味。都怪那烤肉，那该死的烤肉。"

"什么烤肉？"

于是，就在这种情况下，十四岁的大卫·罗沙，皮埃尔德斐尔马高中的一年级学生，向我讲述了他怎么样在大约一年的时间里，尽情享有他母亲罗沙太太每周两次让中央肉店的老板皮埃尔·埃马尔先生加工制作的烤牛肉。大卫以一种平静和庄重的语调给我解释这一切，有点像一个厨师交代他的某种制作配方的基本要领。"首先，我提前一两个小时把它从冰箱里取出来，以使它能有正常的温度，你明白吧。然后，拿一把足够大的刀开一个切口，刚好在烤肉的中央。也不能太大，刚好是所需的那么大。然后，我带上围裙，褪下裤子，战斗就可以开始了。我那该死的母亲，经常在烤肉里塞大蒜。所以，当我碰到一颗大蒜，而又在那儿摩擦自己时，我的家伙在两天里都会有一股大蒜味。什么？你怎么啦？大蒜让你反胃？简直可以说你刚刚好像见到了魔鬼。"

我刚才见到的真是至为触目惊心：我最好的朋友，橄榄球队的争球前卫和未来队长，站在他家的厨房里，手里拿着刀，饥渴、狂热地把蛮力用在家里的烤肉上——经过选择鉴定切下来的一块上好的牛肉，是当天晚上要和煮青豆与炸土豆球一块吃的。我非常熟悉这道菜。我有好几次与罗沙一家一道分享它。

　　"你搞你母亲的烤肉？"

　　我不停地重复这句话，既有爆发大笑的冲动，也恨不得尽快拔腿逃离这个追求享乐的人和他奸尸的欲望。

　　"你搞你母亲的烤肉？"

　　我没敢向他提出那唯一的问题，能够在人们头脑中产生的东西总是合乎情理的。不，我没有勇气向他提问，他，牛肩胛肉的唐璜，牛里脊肉的色鬼，是否真的在烤牛肉中得到了快乐。也许我已知道答案，嗅着大蒜味的手指，他露出拿波里的诱惑者骄傲地面对他一夜获得的战利品的微笑。接着，他缓过神来，转向我，并说：

　　"你想试试吗？"

　　我不再在罗沙家吃晚饭了，而且我和大卫的关系，可以说还是友好的，却不再那样亲密了。我明白我的朋友生活在一个我不可能进入的世界，一个独特的、极其自成一体的世界，一块放纵者的封地，在那里违背和自由没有任何意义，因为没有什么是不可能的，也没有什么是被禁止的。

　　不太久以前，我曾重新见到了大卫·罗沙。他很像是人们可以想象的一位挪威银行家的样子，斯堪的纳维亚啤酒和里加鲱鱼的爱好者。他对我说他离过婚，与一名年轻女子再婚，后者当时怀上了他的孩子，他在一家大公司旗下的半导体机构的人力资源部工作。他没有提及我们少年时代的任何事，而且似乎已经控制住了寄寓在他身上的大部分魔鬼。表面来看，他不再有"用皮带牵着那牲口"的习惯，于是我设想他也一定让他的老母亲得以休息，不再受他的欲望打扰。和我一样，他看起来也并没有想重新捡起我们友好联系的愿望。

现在何必再谈论学生时代的事呢，那青春期的炼狱。那个时代，在这方面是不妥协的、严格的。必须学习。不惜一切代价。没有幻想。学习一切，以及它的对立物。希腊文，拉丁文，德文，英文，跳皮筋，爬绳梯，海西褶皱，马拉德塔峰，热比耶德容克山，奥维德，"Dicunt Homerum caecum fuisse"[1]，"我们伟大的皇帝，查理王/整整有七年在西班牙打仗"[2]，ax^2+bx+c，当两个动词连续出现时第二个要用不定式，丰特努瓦战役，黎塞留，"begin，began，begun"[3]，"hujus，huic，hoc，hac，hoc"[4]，"Ich weisse nicht was es bedeuten soll"[5]，柏拉图的洞穴，等腰三角形，$a^3+3a^2b+3ab^2+b^3$，跗骨，跖骨，"Ideo precor

---

[1] 原文为拉丁语，意为："据说荷马是盲人。"

[2] 此为《罗兰之歌》开篇一句。

[3] 英语中"开始"一词的不同时态变化。

[4] 拉丁语中一系列指示代词的变化形式。

[5] 原文为德语，意为："我不知道这意味着什么。"

beatam semper virginem" [1]，"How old are you？" [2]。

以这种节奏，我们老了，我们未老先衰。学习认真地走路，学习吃饭不把胳膊肘放在桌子上，学习蛙泳、仰泳、蝶泳，学习挺胸抬头，学习不用手指抠鼻子，学习不回答问题，学习沉默，学习自制。总之，像那时人们所说的，"学习做个男人"。奇怪的是，这种教育要经由英国那块漂浮的原初的土地才算完成，所有的中产阶级都认为要到那儿去完善他的第一或第二语言，而他们的舌头一旦越过海峡，就会急于塞进第一个出现的伦敦女孩口中。所以，到了我们十五六岁时，所有人的眼睛就都已瞄上了福克斯通的峭壁，贪婪地想要最终认识这些令人鼓舞的盎格鲁-撒克逊女人，有人告诉我们她们是很大胆的。

必须想象一下当时的法国，它仿佛一辆海蓝色或者灰蓝色的标致 403，内部装饰丝绒面料，由戴高乐驾驶，两只手放在方向盘上，他的妻子伊冯娜在他身边，手提袋放在膝上，而我们全都在后面，忍受着这主日巡游引起的恶心和对已经过时的未来令人晕眩的厌倦。保罗六世站在阳台上，我们毫无希望的总理蓬皮杜拉着他的手风琴，他是第五共和国永远的勤杂员。是的，我们都在后边，车窗开了一条缝，以使我

---

[1] 原文为拉丁语，意为："这就是我为何祈求永远圣洁的真福者马利亚。"是一句著名的祈祷文。

[2] 原文为英语，意为："你多大年纪？"

们在没有很多新鲜空气进入时仍保持镇静。法国就类似那种设计生硬的旅行车,这被小公证员或公务员占有的轿车阴郁至极,由一位天主教徒将军不紧不慢地毫无幻想地驾驶着,随时准备减速以符合限制,这位将军其他时间生活在格朗丹电视机里。我在跟您谈论一个国家,它此刻比亚特兰蒂斯沉落得更深,一个有羊毛床垫、黄色莫比莱特轻便摩托车、出售散装橄榄油且瓶子要开押金发票的国家,一个在那里以现金购买一辆汽车既不可疑也不可耻的国家,因为这钱不是来自非法收入,也不是偷税的利润,而是长年累月积攒的结果。卖者填好销货单,买者把手伸到外衣口袋里取出好几沓用别针连着的钱,再数一次那些和餐馆的餐巾纸一样大小的钞票,结账。是的,人们就是这样买汽车,或者买煤气灶,甚至买房子。用那数量惊人的、像饼干一样咔咔作响的彩色纸币。某些周末,我父亲回家时会带回一天的进款,那些钱比一辆富国银行的马车可装下的还多。在这样的晚上,我会等所有人都睡了,轻轻地、像一个家鬼似的从这钱海里抽取几张小额纸币。

在"V8 的华尔兹""华丽幻想""雅致生活"之后,西姆卡经销部又回到了朴实的理想和语言体系中。因此,我父亲不再出售尚博、凡尔赛和鲍里欧这些车型,而是专心售卖毫无诗意的西姆卡 1000、1100、1300 和 1500。门面上的招牌还是闪闪发光的"日与夜"。但是,在它的闪光中却有一些不太分明的什么述说着一个时代正在结束,而另一个还难以

描述，还很薄弱，如正在新生的芬芳，在这块土地的空气中
飘动。

　　1965年夏天，我实现了个人的革命。在我的语言老师的
建议下，父母同意把我打发到一个教育环境阴郁的家庭中去
过一个月，在伦敦以南一小时路程的东格林斯蒂德的水上街，
那是个一眼就能望到头的小地方。

　　我的房东姓格罗夫斯。詹姆斯和爱丽奥诺·格罗夫斯。
他们说起话来又快又含糊，不过诚如贝克特所言："发出声音
不就已经是陪伴的第一步了吗？"他们还能喝下数百升杜松子
酒并且发出永久的汗味儿。为了出行，他们有一辆两开门的
波格瓦特车，关于它，人们怎么也弄不明白到底该从哪个角
度去评价。除了对烈酒的爱好，不过也许恰恰由于这种爱好，
格罗夫斯一家极其温和，非常理解一个来度假的法国年轻人
希望经常外宿于东格林斯蒂德之外的任何地方的心愿，只要
他在过马路时留心走对方向就行了。直到今天我还无尽地感
谢这两个气味难闻的酒鬼，让我在一个月的时间里，得以发
现人们有时徒劳地用整整一生寻找的东西：性、爱情、摇滚
乐和拥有自我的绝对快乐。

　　第一次，我实实在在地有了存在的感觉。我品尝着这种
持久的晕眩，它给我全部的胆量。和姑娘们搭话，搂着她们
的肩膀走路，吻她们，摸她们难以置信的胸部，让一只手悄
悄溜进她们令人生畏的短裙，当好运向我微笑，最终达到目
标，再次感觉那过于短促的触电的快乐，它让你从此成为男

人，最终昂首挺胸地回到自己的家。在这异乎寻常的三十天里，既没有家庭也没有祖国，我在这种正脱出茧壳的蝴蝶定会感受到的生命活力中兴奋得噼啪作响。

白天，我逗留在卡纳比街一带，或者是隐藏在靠近皮卡迪里的某个保龄球馆附近；到了晚上，我会试着混进散布在苏豪区一带的摇滚和布鲁斯乐夜总会。重新回想在这个1965年的夏天里我所经历的三个重要事件，我对自己说，英国东部的众神那时真的与我同在。

每当我决定不回东格林斯蒂德时，格罗夫斯给我的命令是去他们的一个女性朋友——迷人的波斯特尔茨维斯小姐——家里睡觉。她提供给我一张最舒服的床，我在那儿从来都没能睡着过。露西·波斯特尔茨维斯拥有一种养尊处优的中年女子的老练的优雅。她的教养和风度看起来无可挑剔，甚至为了避免自己的牛津口音使我不安，她会像旧日的殖民者和"野人"搭话时那样，主要以手势和微笑同我交流。我很快就在这个温软的寓所里找到了自由自在的感觉，在那儿从来没有谁对我有任何要求。有时候，早晨，露西为我准备欧洲大陆式的早餐并送到我的房间里来。有一个早晨，她进来时，我正光着身子，被青春期愚蠢的热力燃烧，把她家绝好的床垫当作蹦床，每一次反弹都把我几乎送到天花板。露西并没有因为这个蹦跳场景而不快。她只是把托盘放在柜橱上，自己坐在扶手椅里，并且以一种明显的微笑鼓励我继续我的运动。

当我终于喘不过气来，她做出赞许的神色，还对我说了我推测是一种恭维的话，那里边出现一个英文词"spring"[1]。我确信她是因为我的"弹跳力"祝贺我，至少她没有为她家床垫的弹力感到不安。在我们之间，这种游戏很快成了一种习惯，每一次我在她家睡觉，露西·波斯特尔茨维斯小姐都会在早晨端着她的托盘进入我的卧室，如同一个遵守条例的战士，我的一切在光天化日之下跳动，在足足五分钟的裸体锻炼表演中，她带着永远诚挚的微笑。有时，出于纯粹的善意，她会在我的口袋里塞十几英镑。我看到自己，闪闪发光的早熟年轻人，正在一个以供养少年情人为职业的女赠予者身边。

我的第二段经历性质更加让人不安。在那家前面我已经提到过的著名的保龄球馆，一个下午，我遇到了一位比我大一些的法国女子，她也在上语言进修班。这是一个相当一般的姑娘，关节结实，嚼着一块颜色不怎么干净的口香糖，她有些吓人的上半身尤其引人注意。她穿着一件谢德蓝羊毛小紧身上衣和一条苏格兰短裙。我已忘记是由于怎样的机缘凑巧，我们都坐到了电影院一间放映厅的最后一排，那里正在放映一部大卫·尼文[2]主演的美国影片。我们彼此相识还不足两个小时，却狂热地拥抱接吻，仿佛那就是全部生命所系。我的手在她巨大的胸脯上乱摸，而她的手则热切而准确

---

[1]　意为"弹跳、活力"。

[2]　David Niven（1910—1983），英国演员、作家。

地摆弄着我。我感觉好像有一群彩虹色鳟鱼在我的裤子里搅动。被这种养鱼塘的活力控制，意欲推迟我已预感迫在眉睫的极限，我试着集中精力到电影中大卫·尼文的奇遇以忘记这种快乐。但是，这种方法对我毫无用处，还没等到电影主人公点燃他摆弄了好一阵的炸药引信，我就先爆炸了。就是在这时，她把手塞到我的背后，开始抚摸我的后腰。她仿佛嚼口香糖一般抚摸着我：没有间歇。我无法想象在电影院里会有一个女人对一个男人这么做。而我更是没能预料到，她的中指灵活而狡猾，要混入我的臀间，而且，以极快的速度，插进了我的肛门中央。从来没人对我说过女人会做这样的事情，或男人能从中获得快感。我因此呼吸中断，眼睛圆睁，在椅子上弹跳似的（或许是我少有的"弹跳"）挺起身来。当意外的震惊过去，我马上牵起那姑娘的手，紧紧抓在我的手里，更多是为了保护自己不受新的进攻，而不是为了向她提供温柔或感情的证明。电影还在继续，我想这世界上只有一个男孩能在某天使这样一个姑娘幸福：我的朋友大卫·罗沙。

西尼卡·瓦塔宁与前两个女人没有任何关联。她是世界上最温柔、最漂亮、最优雅的女孩，是有着黑色长发和绿色眼睛的芬兰女孩，生于坦佩雷，她也在这儿强化她已经非常好的英语。我们是在布莱顿海岸的鹅卵石滩相遇的，而且我们立即决定把生命连在一起，甚至没有就此多说什么，在十五岁、在彼此相见的第一眼，一切就清楚了。

我们从相见的第一秒就彼此相爱，而且，当然，我们将永不分离直到死亡的那一刻。一个星期的时间，我们就这样度过，彼此相枕而眠，彼此相连，彼此相依，彼此相抱。当她抚摸我的时候，我觉得自己好像在水面上滑行。我们走在朝大海延伸的石子上。我忘记了我父母的面容、我哥哥的死、格罗夫斯一家的存在，甚至也忘记了在波斯特尔茨维斯小姐家床上弹跳的清晨。我现在仅仅是瓦塔宁先生，全英国都为他举杯庆祝，他是世界上最美的女人的情人，是不可思议的图卢兹引诱者，十五岁时就已经历了全部的生活，从晨间弹跳到肛门触摸，中间还要加上大卫的烤肉。我就是瓦塔宁先生，离开了家，离开了祖国，放弃了学业，要定居北方的冰雪世界，在那个他要终身热爱和保护的独一无二的女人身边。很久以后，在一本我已忘记了作者的书中，我读到这句话："真正的自在轻松是绝不因付出太多而感到束缚。"这句话立即使我想起了西尼卡·瓦塔宁。这句话向她表达出的敬意是我难以企及的。

我们的故事以一种最简单的方式结束：她乘上了开往芬兰的船，而我乘上了我的，回到我的国家。一到家，我就向父母亲宣布我要离家去坦佩雷生活的决定。他们建议我，在吃饭之前先去冲个澡。在三个月或四个月的时间里，我常常给西尼卡写信。她给我寄来她的诗和照片。后来，有一天，她在里边夹了一张她的狗的照片，那狗有点像长毛绒的熟透了的香蕉。我没法说出为什么看到这个动物会使我的情感发生改变，但是，就那么一秒钟，世界上最可爱、最温柔、最漂亮的女孩从我的心中、我的生活里永远离开了。

　　我无疑正在成为一个年轻男人，带着这事潜含的全部意义和与之相应的尊严。不管怎样，我一边继续着令人厌烦的学业，一边听滚石乐队，听珀西·斯雷吉[1]、奥蒂斯·雷丁[2]，而法兰西则在第三届甚至第四届蓬皮杜政府的治理下勉强维持。在南方农民的示威游行中，我们开始听到那活泼而粗野的口号回响："蓬——皮——杜，泵——大——粪，吸——血——鬼！"戴高乐，他总还是住在那些格朗丹里，但现在它们叫作戴里维亚、迪克来德东森或者根德。[3] 他说着诸如此类的话："手牵手向前走""自由魁北克万岁""欧洲从大西洋到乌拉尔"，或者还有"以色列人是有自信和能自治的"。我越是听这个人说话，看着他的广场卫兵军帽在人群中挤出一条路，就越觉得他像住在另一颗星球上，正在对一个改变了用途的动物园里的想象的寄宿者们发话。在当时青年人的聚餐中，大家把已被他们的时代所超越的父母辈叫作"老人""老家伙"。这位"最高领袖"，一个重视老人的国家之主，简直已成了扎着土黄色头带的有性格障碍的木乃伊。我还能说些什么？也许还有一点：在出行时，这位将军已放弃了有高级挡泥板的西姆卡雷让斯型总统专车，转而乘坐装配查普龙底盘的 DS 雪铁龙旅行

_____

[1]　Percy Sledge（1941—2015），美国节奏布鲁斯及灵魂乐歌手。

[2]　Otis Redding（1941—1967），美国灵魂乐歌手。

[3]　戴里维亚（Teleavia）、迪克来德东森（Ducretet Thomson）、根德（Grundig）
　　均为电视制造商名字。

车。当然，这个变化在我父亲那儿激起了极大的惋惜，我父亲的确是共和主义者，但他首先是西姆卡的特许经销商。

我可能说不出当1963年肯尼迪被刺杀时，我在哪儿，正在干什么。相反，我清清楚楚地记得1967年11月8日的那次家庭晚餐，那天，电视里播报了切·格瓦拉的死。在我看来，这是第一次，在人们吃饭的时间，如此放肆地展示一个人的尸体。我看见了那些画面，尸体布满弹洞，横陈于镜头前，以使每个人或可了解这名游击队员的死，没有一点儿怀疑；但同时，这仿佛也是为了使所有人明白，反叛之路是一条没有出路的路。在这则死亡通报中，有某种公开的告白的意味，某种具有威胁性的警戒的意味。电视图像中还加入了许许多多其他的军事冲突、野蛮的喧闹、政变，西方世界到处涌现的反抗潮流。这种反叛之风还是不规律的、幻想的、旋风般的，总是从我们微不足道的生活发出，经常以无关紧要的事实——个人的小小失望，家庭的、文化的、教育的不和睦——为基础组成。政治意识的觉醒还停留在试探的初期，但是，一代人正在诞生，他们不愿意再任人把头发剪成短刷子，更不用说照模板替他们修剪人生，或者拖着他们去教堂。一代渴望公正、自由的人，迫切希望与他们的诸神和师长保持距离。一代人，是的，的的确确与他们的上一代相距万里之遥。在历史上，在时代进程中，或许从来没有一次断裂，能像这样暴烈、突然、深刻。1968年是一次摆脱银河系的旅行，一项史诗般的英雄伟绩，远比美国人简单地征服月球的有限空间探险更为根本。因为在这个 5 月，情况刚好是，没有特殊预算，没有经过协商的计划，没有训练，没有 Führer[1]，没有 Caudillo[2]，而在同一个时刻，数百万男人女人登船，朝向一个新的星球，一个另外的世界，在那里，艺术、教育、性、音乐和政治都将摆脱在战后的严酷中形成的法规和戒律。

动荡的原因是什么？佛朗哥的绞索，马丁·路德·金被谋杀，君主们的自负，将军的军帽，蒂克塞尔－维南库尔[3]，神职人员的恶臭，学校的霉气，道德钳制，女性地位，官员至高无上的权力，"托利·卡尼翁"号事件[4]，吉斯卡尔[5]的大胆，还有蓬皮杜和他的高贵高卢人，越南战争，第二次梵蒂冈大公会议[6]，本·巴尔卡事件[7]，还有我父亲和他关于倒霉的西姆卡的现代主义新言论，我母亲和她神经质的静默，我姑妈苏珊吁求秩序和铁腕、更多礼拜及最重要的尊敬，她的丈夫于贝尔陷入

---

[1] 原文为德语，意为"元首"，专指希特勒。

[2] 原文为西班牙语，指军政领袖或专政元首。

[3] Louis Tixier-Vignancour（1907—1989），法国极右翼政治家，曾任维希法国副国务卿，1965 年参加总统大选。

[4] 指 1967 年 3 月发生在英格兰南部港口的漏油污染事件。

[5] Valéry Giscard d'Estaing（1926—2020），法国经济学家、政治家。蓬皮杜执政期间任财政和经济部部长。

[6] 1962—1965 年罗马天主教会召开第二次梵蒂冈大公会议，掀起罗马天主教在当代世界的革新运动。

[7] 指 1965 年摩洛哥政治家、左翼反对派领导人本·巴尔卡在巴黎被绑架后失踪。

社交性酒精中毒和种族仇恨之中，奥迪尔姑妈则从社会主义者变为吉斯卡尔不断变化的修辞的信徒，还有被怨恨打败的体育记者道森，沦为追随党派中央委员会制定路线的共产主义者。

在十八岁，在这个春天里，我们中很少有人明了这场运动在意识形态方面的精微。越懂政治的人越是自诩情境主义者[1]，但是大多数群众追随科恩－邦迪、吉斯玛、索瓦热奥的足迹，[2]全然不知由阿尔贝、阿尔芒多、贡斯当和乌德让签名的《情境主义国际荷兰支部第一宣言》[3]。至于我个人，则与德波[4]的战略相反，他在1960年代初写道："胜利属于那些懂得制造混乱而不爱混乱的人。"但我热爱极大的混乱，为了混乱而混乱。蹂躏街道如同人们摔碎旧玩具，以童年最后的愤

[1] 情境主义国际（Situationist International）是一个由先锋艺术家、知识分子和政治理论家组成的左翼国际组织。该组织成立于1957年，解散于1972年，主要活动于欧洲。1968年法国"五月风暴"中，情境主义作为一种批判的艺术观念第一次成为所谓新型"文化革命"的战斗旗帜。

[2] 1968年5月至6月法国爆发一系列学生罢课、工人罢工的群众运动，被称作"五月风暴"。科恩－邦迪（Daniel Cohn-Bendit，1945—　）、吉斯玛（Alain Geismar，1939—　）、索瓦热奥（Jacques Sauvageot，1943—2017）均为这场运动中的学生领袖。

[3] 阿尔贝（Anton Alberts，1927—1999）、乌德让（Har Oudejans，1928—1992）均为荷兰建筑师。阿尔芒多（Armando，1929—2018）、贡斯当（Constant Nieuwenhuys，1920—2005）均为荷兰艺术家。四人是情境主义国际在荷兰的主要成员。

[4] Guy Debord（1931—1994），法国哲学家、情境主义国际创始人。1967年出版的《景观社会》是其最具影响力的著作，德波写著此书意在暴露资本主义社会的弊端，客观上推动了1968年前后的法国学生运动。

怒断绝纽带，破坏规则。一种几乎是液体的混乱，这种混乱以它所具有的活力和不可控制，渗透进这个社会的所有缝隙，以它自己的能量生存，烧断那些工厂的和家庭的保险丝，淹没这个平庸的国度。一种极大的混乱，它以秋分时节海潮的速度、以奔马的速度涨起，迫使那些穿着成套西装的部长逃跑，因为他们意识到现在已经太晚了，人不能与大海的潮汐谈判。

3月22日，当学生们在楠泰尔占领了学院所在地的政府时，我在图卢兹，开着我的第一辆车飞驰。它是一辆1961年产的珍珠白色大众，装有双减振器、一组六伏的蓄电池，还有可以打开的帆布车篷。这是车行回收的，里程表上有七万公里的记录，获得了我父亲的认可。在把它的钥匙郑重交给我之前，父亲监督了这辆车的修复。他差不多是这样说的："我希望这辆车带领你到业士 [1]。"就是在这儿体现着父亲的幽默：简洁，低姿态，沉郁。接着，他又以一种在我看来更职业化的语调，加上一句："我相信它是一流的。"他酷爱这种赞美方式，把它运用到各种领域。一顿饭是一流的，一辆车当然也是，还有一部电影、一个工作日、一场橄榄球比赛、一个推理或者仅仅是一个白痴。这样我就有了一辆"一流"的汽车，一件棒极了的摆脱束缚的玩具，一枚自由的导弹，它使我因欢喜而激动万分。每一次加速，听到冷却风扇发出嗡嗡

---

[1] 法国高中毕业生通过毕业会考后被授予的文凭。

声以保障四个小汽缸正常工作，我都有一种正在被要求做超出自己能力的事情的感觉。同时我也感觉到，归功于这树脂方向盘，我平生第一次有可能把握自己的生活。我在3月22日的"运动"结果就是绕城一周，在公路上跑了几公里，然后以手持金羊毛的骄傲姿态胜利归家。

我欠那些闹事学生的情恐怕永远难以回报，因为在混乱中我得以获得那个浮夸而滑稽的业士学位，由我第一次见到其被动摇的社会阶层放在托盘上赠送给我。我从来没有喜欢过那些老师。我不是那种忏悔者，会向从前的这位或那位老师致以迟到的甚至是死后追授的敬意，因为老师曾为其揭示文学之美和自然科学或人文科学的魅力，帮助他们获得提高。我一生中所遭遇的教育工作者——学校老师、大学教授、助教、倒霉的代课老师——统统都是恶人、坏家伙、胆怯而残忍的废物，蛊惑人心，自以为了不起，给弱者套上枷锁，拍强者的马屁，而且自始至终都保有某种疯狂的归类、淘汰和羞辱的癖好。对我来说，无论中小学校还是大学学院，从来不是一个学习或成长的地方，我宁可说它们是依据需求，负责填充工厂和办公室的分拣中心。所以，在这个春天，当好运给我机会，让我——一个天生的笨蛋、一个彻头彻尾的白痴——面对这些微微颤抖的看守炫耀我的一片空白时，我发誓不管未来发生什么都永远不会否定这些混乱时刻所带来的恩惠。在1968年，一个人不获得他的业士学位是不可能的。全部笔试都被去掉了，考试缩略为学生和老师之间充满怀疑的握手仪式，后者有板有眼地祝贺前者，为了一个有时甚至并未发表的陈述之出色与简明。终于有这么一次，这些谨小慎微的知识海关的官员被迫放松了警惕，被迫放弃了热情，让那些渣子走私者通过——在过去，质询、检查和拒绝入内是他们的乐事和职责。我昂着头面对众考官，他们给我以宽宏的赞美和分数。就好像在橄榄球比赛中，本来该防守我的对方前卫，全来推我直到过了白线，那条代表大学录取线的白线。

除了在这种面对面的意外情况下感到的快乐的战栗，这些口试和那场使它发生的运动，还让我懂得了在社会生活中，一切都是由力量间的相互关系支配的。如果，我们数量多到足以颠覆它，那些昨天的嗜血秃鹫就会在瞬间仿佛着魔似的变成一群毫无意义的麻雀。

在家里，这个5月与其他月份是同样的：阴郁，沉闷，寂静。尽管有罢工，我父亲还是每天上午离家去汽车行，卖他的西姆卡。我母亲也离家，直奔那些人们每天提交给她的表述不恰当的文章，那些文字大杂烩。在饭桌上，完全没有关于街上的运动、关于反抗的合理性或者政府态度的议论。或许有过，我父亲在面对电视上被封锁的汽油仓库的画面时说了一句："这回我发现他们进步了一点儿。"汽油在他的眼里，比上帝之血更加神圣。没有汽油，也就不再有汽车。家里所有人，都没有表达过同样合情合理的评论。我特别记得一次充满火药味儿的晚饭，接近5月底，在我祖母家的花园里，我们那时住在那儿，在夜晚的热气中，在我父亲挂在栗树树枝上的古怪彩色灯泡下，两个互不妥协的小集团迅速形成。第一组由狂热的戴高乐分子组成，有让人受不了的苏珊姑妈，她的妹妹——前社会主义者、永远的教师奥迪尔，还有她们的一对朋友库尔贝夫妇，那两个人是旧时的合作分子皈依权力政治的辉煌标本。在起义者一方，当然有我的表兄让，他是科恩-邦迪的早期支持者，他的父亲于贝尔出于极度的反戴高乐主义而站在这边，如他自己所言，打出"最坏的牌"只为了推翻这位将军，道森尽管看不起左翼分子但还是站在党漂移不定的战线上，还有我这个被认定合法的业士、最后的莫西干人，因搅扰不安的活力而沸腾。我的父母亲还是老样子，作为沉静的主人，充耳不闻地追随一切争论。直到被苏珊姑妈有关物质成功带来尊重的自负言论激怒，我母亲打断了她的话，以一种非常平静的嗓音引述了蒙特斯潘[1]："命运的崇高，因拒绝而成就的与因获取而成就的不相上下。"所有人都被惊得目瞪口呆。我完全相信，这是自我哥哥死后，母亲第一次在众人面前以这种方式发言。

"不是靠这种理论来推动社会进步的，"酒糟鼻库尔贝说，"人们看得很清楚，在这种时候，拒绝现存体制的这些人正在把我们引向哪里。"

"绝对正确，"苏珊附和着，"在生活中，一切都等待夺取。一切。如果不是你去取得它，就是另外一个人占据你的地位，

---

[1] Montespan（1641—1707），路易十四的情人、女活动家。

那么……"

这个女人智力的极度平庸把一切都引向财产和积累观念本身。她并没有听我母亲说的是什么，只是听到了"拒绝"这个词，而这个词在她眼里包含着法语中最亵渎神灵的观念之一。接下来就到了收复失地的时候，表兄让抨击所谓"体制"，以人为奴隶的法律，而他父亲则以惯常的轻佻对戴高乐使用的"混乱"[1]一词加以评论。

"这真是军营里被鸡奸的家伙的说法……"

"于贝尔，你能不能说一句完整的话而不带粗词呢？"

"我亲爱的奥迪尔，前社会主义者，新戴高乐分子，未来的什么？沙邦分子？蓬皮杜分子？埃德加·富尔分子？我来对你说一个合乎道德的事实：像我这个维希政府的支持者，既然你喜欢重提这段历史，这个经常如此深地忍受你亲爱的将军的摆布的人，作为补偿，完全可以时不时地像军营里的鸡奸者那样对待他，不是吗？"

"我，不管怎么说，我同意妹妹的意见，"苏珊表示，"我觉得戴高乐已经完美地提出了问题：改革的时代也许到了，注意是也许，但绝对不是乱七八糟的时代。"

接着，是我冒出了反驳，从政治角度看少点内容，但表

---

[1] 原文为"chienlit"，还有"屎""脏东西"等意思。戴高乐的原话是："要改革，但不要混乱。"当时他也用这个词说过学生运动，意指学生总是制造混乱。后来愤怒的学生打出标语"C'est lui la chienlit"，可译为"他才是狗屎"。

达了某种真实：

"不错，正是如此，我们所爱的，就是极大的混乱。"

所有人都转向我，好像我刚刚放了一个异乎寻常的响屁。苏珊用指尖点了一下眼皮，转身朝向我的父亲，以一种悲痛的语调说："妈妈怎么说来着，可怜的维克多，我相信总有一天这孩子会让你眼里哭出血来。"

以某种方式，我的姑妈刚刚显示出一种预言的天分，如果愿意仔细考虑此后四五天里将要发生的事件的话。

不知不觉中，这场运动出现了贫血症状，正在衰弱下去。戴高乐准备去马絮[1]将军那里寻求担保，在巴登－巴登[2]，右派正在训练其军队，而汽油，力量无比的碳氢燃料、众人的能源，被控制在油泵里。但是，每天晚上，示威者的队伍仍在或多或少地自发聚集，他们建筑街垒，与共和国保安队发生摩擦。在图卢兹，这种对峙没有在巴黎那么壮观，但也并不缺少激烈和频繁。那时，我还没有进入大学，也不属于任何小团体，游荡于这铺路石被撬起的、充溢着氯气味儿的比武场，完全就像一个孤独的旅者。在斯特拉斯堡大道和卡尔诺大道上经常发生冲突，一些充满暴力的斗殴。在手榴弹声中，共和国保安队列阵进攻，要把那些最引人注目的示威者

---

[1] Jacques Massu（1908—2002），法国将军，曾参加过"二战"、第一次印度支那战争、阿尔及利亚战争等。

[2] 德国西南部城市。

驱散到毗邻的街巷中去，而那些坚定不移的无政府主义者坚守着自己的阵地，用铺路石和莫洛托夫燃烧瓶进行反击。在这种时刻，要想面对如此冲突而保持距离，不投身于反抗者的阵营，那非得坚硬冰冷得像大理石才行。

至于我，我在一个最不具有独特性的地点和时刻，选择加入了他们的行列。这天晚上，在卡尔诺大道上已建起了两三个街垒，警察的回击也更激烈。被爆炸产生的嘈杂和毒气所驱赶，我们重新朝贞德广场方向聚集，那儿距我父亲的车行只有几步之遥，而且，因为预见到警察的新一轮进攻，我们已将广场上的铺路石撬起准备用作武器。快到22点时，在无数次的微小武装冲突后，警察部队发起了他们期望是决定性的进攻。

真不知道这个晚上在我们的头脑里都发生了什么。真不明白为什么我们不是逃进相连的街道，而是坚定地守卫我们的阵地，以一种别动队士兵的意识边退边守，进行反击。在疯狂与仓促中，一小队轻率的警察进入了一条繁华的街道，在它的中心就是维克多·布利科的西姆卡汽车行。众人靠着有利的地理位置，来了一次角色转换，向这支被切断了后援的小部队发起攻击，而后者则犯下一个错误，躲在了家用轿车特许经销处的建筑立柱后。就是这样，我把一块接一块的铺路石像炸弹一样投向大兵，但更是投向父亲车行闪亮的窗玻璃，它们，在这场阵地战中，一块接一块地破碎，发出一种使人想到撞碎在大堤上的太平洋海浪的声音。

在这场战役中，我发现一部分的自我在对闹事者们喊：

"住手，住手！这是我父亲的车行，他是一个正直的人，只是卖他的西姆卡给工人，他们准备开着它去度假的！"而另一部分的我，较少宽容，更多暴力，则以引用瓦纳格姆 [1] 来吼出："意识的失望造就秩序的谋杀者！"

在这场战役的第二天，我没有勇气陪父亲去车行，也没有勇气装作分享他的悲伤。我只是满足于在晚上，听着他以和平常一样的语调，以非常克制的言辞来做的关于这场洗劫的报告。

6月中旬左右，政府决定解散极左翼组织，警察迫使抗议学生撤出了索邦大学、奥德翁剧院，扫清了这个国家所有的街道，雷诺发起复工投票，绝大多数国民选择支持将军。

一个月后，华沙条约组织恢复了捷克斯洛伐克的秩序，法国的第一颗氢弹成功爆炸。一切都在重新确认，然而，没有什么还和从前相同。我在草创中的米亥伊大学的社会学系注册入学，准备开始新的生活。

一年之后，1969年4月28日，被全民公决以类似傲慢罪之类的撤销授权，戴高乐辞去了全部职务。然而在我们家里，在电视机前，没有太多热情地追随这一投票结果时，我父亲突然做了一个手势，好像要抓住从他面前经过的什么东西，接着倒在了饭桌上，成了第一次心脏病发作的受害者。

---

[1] Raoul Vaneigem（1934—　），比利时作家、情境主义国际成员。其代表作《日常生活的革命》是情境主义国际的重要理论文本之一，后文引用的句子即出自该书。

阿兰·波埃

（第一代理期，1969 年 4 月 28 日—1969 年 6 月 19 日）

由于各种吊车、机械设施、以及数不清的立方体建筑，米亥伊大学很像人们想象里一个正在建造中的海水浴场，一个消费低廉、招人喜欢的小城，尽管并不临海，被以很快的速度建造起来，以便堆塞 1968 年自发孵化出的一群异乎寻常的学生。在社会学系——这块新大陆孵出的第一个教学与研究单位——生活是轻松的，教学可以随意进行，左翼的态度则是义务。整个学院中最右翼的老师是法国共产党成员，其他人，托洛茨基分子、无政府主义者或毛泽东主义者的随从，互相憎恨，各自投入隐隐的拉拢战，以在这座新的左翼小教堂里争夺布道的权力。他们忙于彼此间激烈的争论，忙于应对微妙的意识形态比武，这些知识分子以极大的慷慨给我们学分，当然，那没有任何价值。

我父亲缓慢地从病情中恢复过来，每天只在车行度过几个小时。在这最困难的几个月里，他从来没有要求过我的一点帮助，也从没有提议过有一天让我接替他去指挥"日与夜"。

也许，他已经看出我的计划将把我引向完全不同的另一种生活。但实际上，我对将要怎样支配未来没有哪怕一点想法。我只是某种生活的学徒，等待召唤，被盲目的利己主义所鼓动，也因青春而狂热。

在家里，生活变得越来越难以忍受。那种黄昏的气氛，沉重而令人压抑，与整个下午在教室里持续进行的热烈、激动的左翼争论形成对照。回到自己的家，我的精神状态仿佛一个被迫在半自由中服刑的犯人，在度过正常的白天之后，到了晚上必须被关进监牢。大概意识到没有能力维系亲密或正常的关系，当我与父母一同进餐却提前退席时——有时以相当粗鲁的方式——他们没有做任何把我留在身边的努力。

自从我在驾驶考试与中学毕业会考中取得成功，我的体格面貌也变了。可以说，我变得冷酷、具有男子气了——如果这一表述的确有某种含义的话。我留起了小胡子，还有忧郁多变的髯须，尤其是头发，现在它无所顾忌地披到了肩膀上。我完全吻合自己想象中不受任何约束的自由学生的形象，无上帝，无师长，无收入，却一心追求现代派的极致。

我脑子里只有一个念头：离开父母的家，过一种配得上自己的、真正的前卫生活。时不时地，我也会有机会与一个姑娘在大众车的后座做爱。座椅的狭窄和不舒服刺激着我尽快迁居到一个体面住处的欲望。

至于其他人，一切都照常继续。戴高乐走了，阿兰·波埃充当了最高权位的临时代理。在他短暂的任期内，他甚至

尝试说服他的国家，他可以不只是一个临时代理，他参加了
总统竞选，但那个1911年出生于康塔尔省蒙布迪夫的前罗
斯柴尔德银行行长冒了出来，赢得了58.22％的选票，把阿
兰·波埃又迅速打发回了参议院的老巢。

乔治·蓬皮杜

（1969 年 6 月 20 日—1974 年 4 月 2 日）

　　军队。服兵役。这就是那个时期我的烦心事，我摆脱不掉的苦恼。很久之前，我就做出了一个不会更改的决定：决不穿上军队制服，尽管这一定会让我付出代价。做这决定不过是一小时里的事，而且我对之后会遭遇的处罚也未多加考虑，在那个时代，拒绝服兵役会将你定义为 Untermensch[1]，让你到森林管理中心，在那儿待二十四个月——而不是服兵役的十二个月——并强迫你给树皮打蜡。我对军队的拒绝是彻底的，我的战斗将是一场短兵相接。

　　但是，为回应征召通知，我还是到了位于奥什的军营征兵处，以便在那里经受所谓的"三日"，在这三天里要忍受一次例行体检、一次睾丸触诊，还有一系列据说可以评估你智商的测验。这"三日"，只不过三十六小时，对逃避兵役者是至关重要的时刻。你要么得以加入那细瘦而令人羡慕的"免

---

[1]　原文为德语，意为"劣等人"，纳粹德国使用其指称非雅利安的低下种族。

除兵役者"的行列，要么被人们当作二等服兵役者。为了不被认为"合格"，某些人甚至到了自断一根手指的地步，还有人在来军营之前一小时喝几十杯咖啡，或者装作疯癫。有时，医生们会碰到产生幻觉的状况，那时还为医学所未知：一些家伙流着暗绿色的用发泡剂制造的口涎，或者呕吐红汞和洗涤剂的混合物；另一些被咖啡因或更强的兴奋剂浸透了，以至于他们既没法坐下去，也不能待在一个地方，而是一边回答医生的提问一边在检查室里乱转；还有一小部分人玩起假冒同性恋的牌，一种风险极大的作假，有时能直接把你送到法国或德国保留的某一个惩戒营去。

冬天的浓雾笼罩着这座城市和这个兵营。天还没亮，但全体士兵已起来很久了，忙于各种至关重要的任务，诸如清扫院中的沙砾，向迎风飘扬的旗帜敬礼，抬起生锈的营门栅栏，再放下，吼精神错乱的口令，吓唬那些爱好和平的大傻瓜，用酒精中毒而模糊不清的眼虹膜挑衅地打量他们。

我把自己的大众车停在紧挨征兵处入口的地方。我知道，如果情况不妙的话，它能把我带得远远的。我几乎还没有跨越岗哨的门槛，一个瘦高的小脑袋的家伙就用假嗓子朝我劈头喊了一句，让我赶快往前走。

我穿过一个小院，进了一幢建筑物，那儿所有的窗玻璃都蒙上了一层水汽。门后边，一个大块头的非洲人迎着我。刚刚察觉到我的出现，他就对着我的耳朵吼道：

"赶快脱了，到淋浴下边去！"

"可是我刚刚才冲过一次。"

"闭嘴！再去冲另一次！"

"谁吃绵羊？ a.山羊，b.狼，c.牧羊人。一只船干什么？ a.它滚动，b.它飞翔，c.它漂移。"正确回答大约五十个如此合情合理的问题中的大多数不足以让你成为一支部队的将军，但能使你得以进入某些所谓的精英部队，诸如空降兵或者海军陆战队。在回答中使用嘲讽这一武器时，必须非常非常小心。因为，假设一个牧羊人非常贪吃，以至于吃了绵羊，或者在上了五年大学后，坚持说装甲舰编队在飞翔，都完全可能把你打发到德国冰冻的平原上，去发现其他自以为是的幽默家。

就快到中午时，一名职业军人把我们重新集合到院子里，然后领我们到一间巨大的同时散发着狗食味儿和工业废料味儿的餐厅。这是一种说不清的气味，隐隐约约令人恶心，里边再掺和上午饭散发的气味：烤牛肉和某种添加了贝沙麦尔干酪烘烤的布鲁塞尔卷心菜。看到这种菜，尤其是看到那些嵌了大蒜的肉块，我感到反胃。我想象着厨房里一种大卫·罗沙式的战斗，刀子闪光，裤子褪到了脚踝，以同样的热情给这些兵营的烤肉以光荣。

"你不吃你的那份吗？"在世界所有的餐桌上，总会有那么一个客人天生具有凶猛的、患强迫症的胃口，他在吞噬自己那盘的同时，一只眼睛还不停地盯着别人的盘子。这位贪吃者无疑已被祖上遗传的反射驯服，只要哪个人稍微留在盘子里一些，他便立即企图占有被遗弃的盛宴残余。"你不吃你的那份吗？"这是一个戴眼镜的小孩，让我想起粉红色的雏鸟，还没长毛，大张着嘴，嗷嗷叫着要求自己的口粮。他三口就消灭了那块肉，又贪婪地吞吃那些黏糊糊的卷心菜。然后他像小孩儿似的打了个饱嗝。

两三千个穿着三角裤的家伙。手里拿着一张纸。在某个类似体育馆的地方，在一个兽医做派的军医面前等着，彻底展露自己的体形。这就是这次例行体检的情况。检查牙齿，检测听力、视力、触检睾丸和其他淋巴结。也许是为了打断一下厌倦，又或许只是因为他觉得这很好玩，这位医生竟然在掂量我们的生殖器官时开了一些极其可鄙的玩笑。兵营里的日子就这样进行。

晚上的安排与白天的活动日程有同样的节奏。17点30，晚饭。18点30，电影。21点30，熄灯。在18点时，继续节食，我回到了宿舍，躺在床上看一本不知什么杂志。其他三四个应征青年也同样宁愿离开食堂，躲到宿舍里来。过了几分钟，一名军人，他的脸使人想起岩羊的粗野，闯进了房间，吼道："通通下去。电影必须看！"

我能够理解淋浴是必须的，完全就像例行体检，或者还有那些测试是必须的一样。但是，看电影也是？

"什么片子，长官？"宿舍深处一个人问。

"《地下室的旋律》，新兵。而且的的确确，那是在地底下发生的！"

我身上有点什么东西在这时想要闭门谢客。一种与容积警报器一样的防卫装置，当有僭越者进入你的私人领地时，它就自动闭锁了。

"我看过那个片子，我宁愿待在这里。"

"我没问你宁愿干什么，我命令你和其他人一块儿下去。"

"我说了我留在这儿。"

"你在那儿干什么？米歇尔·梅西埃，你这小卷毛头，你想安心地手淫，是吧？是吧，你想手淫？"

我没有回答，也没有动，而且我几乎都不喘气了。

"从那儿下来，该死的鸡奸犯！"

这名军士掌握一套我闻所未闻的骂人话。在我们争吵的过程中，他强加给我的辱骂大概是从长期海外出征带回来的。

"你以为你在哪儿？这里，嗯？是在修指甲屋？你以为人们要来给你修指甲？杂种。马上给我滚下那婊子的床来，到下面跟其他人集合。"

"不。我不下去。"

"那么，你觉得你是了不起的同性恋，你！该死的喝洗脚水的家伙，我来给你一下，让你从这倒霉的楼梯跳着华尔兹下去！"

他朝我这边跳了过来，一把抓住我的头发，把我拖下了床垫。

"噢，你不想去看电影，混蛋！"

我使劲儿挣扎力图站起来，但是他用大巴掌猛烈地给了我一记重重的耳光，这一下把我打得滚到了楼梯边上。踢在肚子上的一脚使我喘不过气来。就好像要用脚跟踢开一只草包似的，这名军士把我推向台阶，我以蹩脚的替身演员的方式从那里滚下去，尽可能保护着我的脸和身体。到了第一段楼梯下，我已经有两颗牙掉了，颧骨和右颊伤口很大，跌撞后的身体像被汽车碾过。

"这下好点儿了吧，吃屎的，或许还得我再来帮你滚到最底下？"

我试着自己支撑起来，不是为了反击进犯者，不过是为了有一点儿起码的尊严来面对他，可是，我不再有腿，也不再有胳膊、有呼吸。摔碎的两肋使我完全无力，而且我几乎意识不到一小群人在我们周围聚起来。

我听到什么"奸山羊的家伙"之类，然后我的视线模糊了，凶手的声音显得遥远，软绵绵的，接着我闭上了眼睛，没有估量这个"搞鸡奸的家伙"刚刚给我提供的豪华服务。

我在营房的卫生所里度过了那夜，由一位值班医生和一名被指派作卫生员的新兵每刻钟轮流一次地监护着。早晨，在无数次的扭曲挣扎之后，我终于站立起来，在镜子里看到一张吓人的陌生面孔，而我将必须与它为伴度过此后的几个星期。

到了中午前后，我在这个兵营的上校的办公室里见到了他，房间宽敞朝阳，位于建筑群主楼的顶层。这是一个年纪四十岁左右、看起来对自己的角色和级别很是认真在意的人。

一种自得的姿态、皱纹冷漠而轮廓完美的无须脸颊都给予他一种自然的权威感。他以一种平稳的、清脆的嗓音说话，每一个字都说得很清楚，有点像是把它们断开来说的。

"布利科先生，请您相信，我对昨天晚上发生在我的部队里的事件很难过。您的不守纪律确凿无疑，但也不能说明这样的过分行为是合理的。我在您的档案材料里看到，您是在米亥伊大学注册的，在图卢兹，是这样吧？"

"没错。"

"我可以问您吗，布利科先生，您对军队体制的看法究竟如何？"

我对他想要把我拖进去的这一领域没有什么想法。他也没有真的期待从我这儿得到什么。但是，我感觉到我的伤口和他的属下的放纵，在这种情况下，使我得以把握形势，尽管不能完全主宰它。

"对这个问题我没什么要回答的。"

"您看，布利科先生……"

上校似乎有一种习惯，在开始说一句话时，用眼睛直直地盯着你，而后忽然转身一百八十度，在继续他的话题时，背对着你，微妙地忽略你的存在，在某种程度上否定你的存在，他这时看起来是在向一个想象中的、在玻璃窗的另一面存在的对话者发话。

"您和我，我们处在一种位置，它授予我们某种行动的自由。所以，也许该聪明一点，不要因采取进攻的、不可调和的态度毁掉了我们的会见。那么我换一种方式来重新提出这个问题吧：一个免除服兵役的身份是适合您的吗？"

现在，我猜到了上校在隐约暗示我什么交易了：我不针对他的部下提起诉讼，作为回报，部队把我从它的名单上划去。

"以什么作为交换呢？"

"我不认为我们可以真正地谈论交换。我们只是简单地说，我的一个部下品德低劣，今天把您放到了可以使您转而从法律上反抗兵役体制的位置。但是，此类判决的假设——总是相当不确定的——并不能就此免除您的国民兵役。我甚至可以说，完全相反，在您的应征期内，命令肯定会发出的，十二个月的期限，为您提供足够充裕的时间，去发现这一服役期的充分与丰富。当然，还有它的严格。某些岗位是尤其让人不舒服和严酷的……但是，我将非常理解，根据您的政治或哲学观念，您会做出这样的勇敢选择……"

"如果不这样选呢？"

"那么，我们将达成一致，我们可以商定，昨天晚上是为了赶去集合看电影，您滑倒了，而且不幸摔下了楼梯。在这种情况下，当然，我们的保险将会支付全部医疗费用，还要根据合同的赔付率给您赔偿。至于部队，到了必要的时候，它也会表现自己富于同情与慷慨大度的一面，它会把您从国民兵役的名单上划掉。这就是我们和解的大致模样吧。不如前一种那么有骑士气概，作为补偿，这种解决方式给您带来的优越性是不可比拟的舒服。"

于是就这样，三个小时后，带着粉红色的但是重新包扎过的伤口，我回到了家里，免除了义务，但也遭受了一个看起来了解人类的弱点就像了解自己的口袋底儿一样的狡猾上校巧妙的羞辱。如同一切停战和解签约所要求的规矩一样，上校和我，我们重新聚在一间军官餐厅里，以便一起在各自的文件上签字画押。在我这边，是一个不那么光彩的事故声明。他那边，则是一个同样有效的兵役豁免证书："在战争时期，当冲突发生，您将会被指派尽非军人的国民义务"。

3月份，在马尔科维奇事件 [1] 中被提起诉讼，乔治·蓬皮杜在三个月后当选为共和国总统。从十一年的兵营中走了出来，法兰西准备好被当作一家烟草店来经营了。但并不是这位总理——而且他还是波尔多人——将在其中改变什么。在我看来，夏邦-戴尔马 [2] 充其量也只不过是一个使人厌烦的网球运动员，他受过训练，能把飞来的球打回去（推卸责任）以便造成错觉，而且尽可能持续更长时间。不管怎样，他没有一个敏锐的政治家应该有的精神高度或敏感，去思索这些中肯的言论，这是一名黑人劳工1956年在《非洲风貌》栏目中向他的

---

[1] 斯特乃·马尔科维奇原是法国影星阿兰·德龙的保镖，因举办性爱派对而臭名昭著。他被杀害后，有谣言称其是因为用不雅照勒索蓬皮杜的夫人而被灭口，致使准备参加总统竞选的蓬皮杜卷入丑闻。后调查证实蓬皮杜夫妇与此案无关。

[2] Jacques Chaban-Delmas（1915—2000），法国政治家、戴高乐主义者，1969年至1972年任法国总理。

白人老板说的："最初，当我们看到你们的卡车、你们的飞机，我们相信你们一定是天神；而在一些年后，我们已学会了驾驶你们的卡车，很快我们也将学习驾驶你们的飞机，于是我们明白了你们最感兴趣的是制造卡车和飞机，是赚钱。我们呢，我们最感兴趣的是利用它们。现在，你们就是我们的铁匠。"我们的生活也是这样进行的。我们花费自己的青春去打造它们，然后为了毫无价值的薪水出让它们，我们从来没有发现自己在驾驶内心的卡车和飞机的位置上。而相信现实与此相反的是一些沙邦分子或一些有真福的人，反正这差不多是一回事。

在1969年春末，我的表兄让死于车祸，在安瓦里拉山口蜿蜒曲折的路上，在安道尔，他和女友一起到那儿去过周末。在撞击发生的时刻，他的女友被弹出了车，而他，则实实在在地被那微型奥斯汀车的薄钢板切成了两段。保险公司和警察局的诸多报告没能确定事故的原因，最初的一个报告归罪于速度，而另一份专家报告的结论则是制动系统失灵。

我父母因这次死亡遭受了极大的痛苦，它突如其来，使他们回忆起自己孩子的骤然逝去。我的姑妈苏珊还是老样子，以那些无论在什么场合都能自持于忧伤之外的人所特有的冷淡和小心翼翼的距离，操办了葬礼、通报丧事和答谢的应酬。于贝尔，他则被这个他或许从未理解但深深爱着的儿子的死击垮了。与他的妻子相反，这一失去使他恢复了部分人性。他和我父亲走得更近了，而且把他强烈的憎恨、过时观念与怀旧的信仰彻底留在了过去。

1969 年 5 月初，我遇到了一个比我略大一些的姑娘，身材结实得足以活几个世纪，而且要让男人永恒地梦想。玛丽与那个时代的其他女人十分不同。那会儿的时尚青睐苗条、中等身材和小乳房，而她，一切都是浑圆丰满的，她的乳房十分可观，但与她一米八的身高——这在当时简直构成了一种残疾——比例协调，唤醒了男人们身上经久沉睡的荷尔蒙淤泥。当我靠在玛丽的臂弯里进入一家咖啡店时，就会有一种按着一辆红色法拉利的喇叭开进了这间屋子的感觉。这令人难堪极了。但另一方面，很大的优越性在于，面对她，男人们都挺老实的。她看你的方式就像在大声说 "don't even think" [1]，一句对美国人来说非常珍贵的话。

　　玛丽在一家诊所做牙医助手，这家诊所由一位生活在社会边缘的开业牙医操持。玛丽的工作是用笑气麻醉他的病人，或者在一个装满了以彼此残杀打发时光的怪异金鱼的玻璃鱼缸对面，给他们施行镇痛治疗。我有时去等玛丽下班，我们去吃晚饭，然后到她在运河对面、布里昂小街上租住的小公寓里一起度过夜晚。我很羡慕这个完全属于她的地方，崇拜她对其所享有的自治权。在我眼里，玛丽体现着独立与拥有自我的自由，这远比她是一个非常漂亮的女人重要。她经常说："你有时间，你还年轻。而且你很幸运，有父母亲能养活你，供你上学。"这却不是她的境况。给手术器械消毒，或

---

[1]　原文为英语，意为："想也别想。"

在牙洞深处吸可疑的液体，这不是一种出于志趣的职业选择。玛丽的父母都是工人，有六个子女。父母供养他们上学到法定年龄，然后就把他们交给了生活，任由自然选择发挥作用，有能力摆脱困境的人得以生存。三个男孩都选择投身警察和军队事业。

我喜欢玛丽身上焕发的那种生命力量。她让我感动，比起她的不测命运，我被溺爱、保护和优待的童年生活，有时甚至让我感到不安，尤其是当她以一种不容反驳的语调决定付餐馆账单时，或者当她产生了要送我一件极其昂贵的高级羊毛套衫的愿望时。她纯朴、慷慨，非常健康。政治对她来说，代表着一种只适合退休者或者势利者的活动，是在集邮和高尔夫之间的娱乐。她总是说，一定得有很多时间，才能对那些从未对你有兴趣的人感兴趣。而玛丽实在是没有闲暇去挥霍于谈论那些无论如何从来不会有什么结果的事情。明显地，她更喜欢做爱，实实在在地使人强壮的颠覆性活动，这在各种情况下都被我的无政府主义者和情境主义者同胞们所广泛推崇。

怎么说呢？如果说玛丽在生活中引起我强烈的感受，我必须老实承认，在床上，她使我惶恐不安，有时甚至使我吓得发呆。我们有同样的身高，但是在她的两臂中，在她的大腿间，在她宽厚的胸脯下，我总有自己是个孩子的感觉，一个天真地玩弄他乳母乳房的笨拙小毛头。在我们的嬉戏中，她随心所欲地把我翻过来再翻转去，好像我根本没有分量，好像我们是生活在月球上。反过来，当我尝试要对她做同样的事，那就是一场真正的灾难，一次肌肉崩溃。然而，玛丽并不胖，一点儿不胖。她只是出众地结实。在那时，除了强健程度的不足，我还因无经验而错误地相信这是我的义务，我应该向她显示作为男性的力量，我也能够把她像哑铃一样举起来。

当我向大卫——又一次错误地——透露这个忧虑时，和他习惯的一样，他表现出处理某个确定问题的敏锐与宽容："这样的姑娘，就和美国老车一样。只要路是直的，还好；一旦要拐弯，它就出问题了。"

这个 7 月的第三周，道路拐弯了。玛丽和我又一次驶下海兹基贝山，这座把丰特拉维亚同圣塞巴斯蒂安的工人区分开来的小山的坡道。大众车静静地行驶在公路上，在这些起伏的深绿色山丘脚下，海洋散发着假日与含碘的快乐气味。我们让车顶篷敞开着，玛丽把两只脚搭在仪表板上，太阳耐心地一点点咬啮着她长长的胫骨。我对她说：

"我喜欢你的胫骨。"

"我的胫骨？怎么能喜欢胫骨？"

"这是非常非常性感的骨头。"

"性感，胫骨？你钟情于这些骨头，你，现在？"

"一般来说，不是。但是，你的胫骨实在是太美妙了。叫人难以置信地长且直。加上你的皮肤紧绷，在闪光……"

她像一个好心的女精神分析学家那样轻轻地点了点头，

把手移到了腿肚下面，好像在涂擦一种软膏似的摩擦自己的腿，然后她问我：

"我们还有多长时间到法国？"

法国就在不远处，在比达索亚河的另一侧，这条小河把西班牙的伊伦市和法国的昂达伊镇隔开。在边检站，海关官员让我们打开大众车的行李厢，又朝汽车后座机械性地扫了一眼，接着是玛丽的腿，然后示意我们开车。

昂达伊镇的火车站从来都很热闹。旅行者必须从那儿换乘火车，因为西班牙和法国的火车轨距是不一样的。因此，在夏天我们就能看到，在站台上，穿涤纶运动短裤的法国人和背着行李的西班牙打工者交错而过，后者试图逃离佛朗哥主义，在图卢兹或者法国的西南平原碰碰运气。出了车站后，为了等待他们的接应者，移民中的大多数都聚集到了附近的饭店里，饭店的大招牌上都写着"Calamares in su tinta"[1]，一些墨鱼，含碘、鲜嫩、美味，盛在冒着热气的小容器中。

这天是 1969 年 7 月 21 日，所有的报纸都在谈论一件事：这个晚上，两名美国人，阿姆斯特朗和奥尔德林，将要在月球上行走。玛丽和我渺小得多，我们散步在没有尽头的昂达伊海滩，在这个傍晚，微风的清凉有时使我们感到惬意的战栗。向远处望去，你可以追随正在驶回港口的金枪鱼捕捞船。远离了那些大张的嘴巴、令人不快的龋齿、浸湿的绷带、吓

---

[1] 原文为西班牙语，意为"墨鱼汁炖墨鱼"。

人的拔牙钳，玛丽头发披散，皮肤略为晒黑，看起来快乐、松弛。人们可以感觉到她无拘无束，全身心地回应生活的召唤。有时，面对浪花，当她做一次深呼吸时，你简直可以说，她想要存储这沸腾的大自然的全部活力。

汽车旅馆仿佛挂在山上，一排排平房紧挨着峰顶，虽然最后一排给人留下的印象是正在脱离整体，松开了手，悄悄地滑向深渊。随着夜晚到来，海风加强了，带来了层云、阵雨，也摇动着柽柳的颈项。玛丽和我在床上看着电视度过了这个夜晚。我们对这个离我们非常遥远的月球奇迹期望什么？我越是对这种空间悬念、这种送入轨道的激情感觉不理解，玛丽越是聚精会神地追踪每一则新的通告，好像那高处正在决定她的好运和我们一大部分的未来。她不停地跟我谈论第三名航天员柯林斯，根据她听到的说法，他将不走出登月舱。如果一切进行顺利，在柯林斯留在登月舱内部期间，阿姆斯特朗和奥尔德林将在月球上行走。经受所有这些年的训练和准备、忍受这种高强度的付出、承担理智无法设想的危险，而到了该得到回报的时刻，却留下坐在机械内部，如同普通的出租车泊在停车场，而与此同时，其他人正在发现生命的极度之轻，在月球的人行道上不停地舞蹈。玛丽不能接受柯林斯的这种命运，这个男人成为牺牲品，而且在遭受宇宙的不可思议的折磨。

躺在玛丽身边，我在电视机射在她皮肤上带些蓝色的闪光中发呆。有时一片困倦的薄翼遮住了我的视线。有一会儿，我沉入某种羊水似的液体中，在那里听到的声音不仅非常弱，而且是片段的。玛丽则相反，她靠在一个小枕头上，紧张地感受这次远征的每一瞬间，根据预测，必须要到凌晨三四点钟才能达到目标。

"你有没有想到，在月球上要比在地球上轻六倍？"

我想到的是天已晚了，而且这在我是加倍的兴奋感觉，它促进或者说总是伴随着我的勃起。我想到的是三个从来没见过的穿着航天服的家伙，正在搅混我准备要和一个非凡的姑娘度过的夜晚的空气。在月球上和玛丽做爱，一定是轻而易举的事，即使在那上边，依据同样的重力法则，幸福也不一定会怎么有分量。

"你知道阿波罗号以什么速度飞向月亮吗？每小时三万九千公里！这就几乎等于不到十分钟从巴黎到纽约！你能想象吗？"

我发出某种可以表示很多含义的原始的呼噜声来回应。我的思想漂浮在睡意的边界，而我的阴茎，与这个世界和谐一致，而且非常明白自己想要到哪里去，它的海绵体已满载了压舱物。在这个意识模糊的时刻，我经常能见到樊尚把他的豪华马车小心翼翼地摆好时的严肃面容，或者他在足球场上成功射进一球时容光焕发的微笑。这就有点像是利用这个飘忽的要睡着的时刻，我哥哥得以潜入时间的空隙，从我的童年深处重新升起，如同一个生命中的气泡，来给我的记忆力充氧。我问自己，哥哥会怎样与玛丽发生关系，他是否能用胳膊把她托起来，抹去重力法则。他是老大。他一定知道怎么解决这类问题。

"你听见了吗？登月舱将要在 3 点钟着陆，如果一切顺利，阿姆斯特朗随即就会出舱。"

必须坚持直到那时，与她分享这奇异的时刻，既是完全非现实的，但同时又是在物理和数学的基本法则上建构的。不管怎样，将来可能有一天，在世界上，会有一个傻子问我们，人类第一次在月球上行走的那个晚上你在哪儿。在我们各自生活的禁闭中，我们那时也将回忆起我们是一个在另一个身边，在巴斯克地区一家汽车旅馆深处这张受到保护的床上，旅馆的某些房间靠近绝壁，给人留下正松开慢慢滑向大海的印象。

玛丽点燃了一支烟，开始吐起烟圈。黄烟混合的桂皮和蜂蜜的气味使我从昏昏欲睡中清醒过来。

"你又在吐烟圈了。"

"这妨碍你吗？"

"不，但是，当你在公共场合这样做的时候，我发现其中有粗俗的一面，有点不像你。"

"你有什么难堪的呢。"

这正是问题所在，对我，是最严厉的谴责。因为一个绝对的自由主义者不会为什么而难堪。最好是在任何情况下，他都一定不会难堪。

"我根本没有难堪，不过当人们看到你吐烟圈，就这个样子，在饭店里，他们忍不住会认为你和我在一起感到厌倦，而其实你吐烟圈是为了打发时间。"

"你真是疑心重又自负。再说，那真得跟你一样古怪，才会以为那些从来没见过我们的人会因为我吐烟圈而那样想。至少你知道我为什么这么做吧，这烟圈，因为我在哪儿读到过，卓别林宣称会遗赠他财产的四分之一给第一个能成功在他面前吐出七个同心圆的人。"

她释放出三个完美的旋涡飞向天花板，第四个，在一个很有希望的开始后，瓦解于不可见的旋转中。玛丽熄灭她的卷烟，喝了一口汽水，溜进了被单。她肚子的热度、腿的温软，激发起我的阴茎一次新的欲望。与她的肉体接触、她手指的清凉把我紧紧拴在这块土地上，在这个独特的夜晚，我依恋这块土地超越世界上的一切。

"现在，该你为我做这件事了，来个从没有过的，好让我一辈子都记得。"

我滚到她上边用力抱住她。我还什么都没有做，她已开始呻吟，她有太强烈的想要快乐的欲望。当我正深埋在快乐的谷底时，听到玛丽说："它动了。"

"什么动了？"

"我想他们出来了，我看见有什么东西从屏幕上过去了。"

这就是人生。当我想象我们一起飘在共同的沉醉中时，她却好像刻板的瞭望水手，留着一只冷眼盯着监视屏。她听了一会儿电视评论员的声音，一点儿都不小心地摆脱了我，跳下床，把音量放大。

"我们看到的图景非同寻常。差不多一小时前,登月舱在茫茫的静谧中着陆,与预定的登月点相距不足六公里。现在,巴黎时间 3 点 56 分,1969 年 7 月 21 日,作为人类历史上的第一次,一个人刚刚踏上了月球。"

玛丽光着身子坐在床边,面对电视机,全神贯注得仿佛要在精神上拍下每一个瞬间。看着灰色的图像,听着抒情性评价,我想到玛丽宁愿选择他人的幸运场面,胜于我们的肉体快乐。我仰卧着,胸部被看不到的重量压迫,再次前所未有地感受到支配我们这个地球的重力。当我正在想着感情和欲望的不同步时,她说:

"你想过柯林斯吗?"

为这个没人要的压舱者,她流露了太多的同情。然而我就是迈克尔·柯林斯,这个孤儿,这个家伙,他待在出租车里,等着这个星球的其他部分快点结束与星宿们的游戏,以便能够重新上路,恢复他自己正常的生活。但是有一点差别把我们分开了。在那舷窗之后,为了打发时间,迈克尔一定会对自己念叨一些这样的话:"物体在自由降落时,它们只受假设恒定的、沿着一切轨迹的重力作用。轨迹是垂直的。动力学的基本关系写作 $mz'=mg$,这里 z 是高度。"

"你觉得这些人将会成功返回地球而不坠毁吗?"

"玛丽,我累了,而且我冷。我真希望这些小伙子能够自己处理好,但是现在,求求你了,把电视声音放低些,让我睡吧。"

"你要去睡觉吗，当那两个人正在月球上行走时？"

"是啊，我相信我会睡着的。"

"如果我继续看的话，你会厌烦吗？"

没有什么比这更让我气恼的了，但我回答她说不会，而且我甚至还支起身来，为了凑到她的嘴边吻一下。然后我重新躺下，把自己的性器抓在手里，仿佛它是一只鸟。

也许我的构造有点古怪，但是如几年前西尼卡的狗冻结了我的性欲与情感一样，这个巴斯克漫长的月球之夜使我骤然疏远了玛丽。我努力做出殷勤的样子直到我们的假日结束，但是，不需专家也能从中了解到，只不过是我们空洞的躯体违心地、毫无热情地在继续它们的职责。

在接下来的那个夏天，我决定离开家。一份三个月的工作合同和一个在新学期开学时任学监的职位，使我得以一到秋天就能安顿在属于自己的家里。

当我告知父亲我要在 10 月离家时，他只是简单地回答我说："我明白。"在他的语言里，这话可以理解为："我不会对你说这件事使我感到高兴，不过，如果我是你，我肯定也会这样做。人不能在一个像我们这样的家里生活太久。"他朝花园的方向走了几步，接着问我：

"你和你母亲说这件事了吗？"

"没，还没有。"

"什么也别和她说。我来说吧。"

然后，他拿起园艺剪，如同街道上的理发师一样，开始一点点修理黄杨新发的枝叶。从此之后，他以一种比痴狂更热烈的精心，把大部分时间贡献给美化这个小园子。在汽车行，要不是我父亲，情况已经发生很大的变化。他说特许经销店只不过成了无法统治的老殖民地，一块将要独立的领地，当然，他还会去，但是次数越来越少，他把那里委托给了一个对待他人过于粗暴的年轻人，而这个人，照他看来，也不能让已经衰落的西姆卡帝国维持很久。

在我这方面，我第一次穿上了领工资者的紧身衣，在一家半公半私的机构，负责建立建筑工人的带薪休假卡片。我们有三十来个雇员就这样仔细地检查那些工资单，还有承包者提交的"由于恶劣天气而停工的申报"。必须把这些休假时段移到特别的文件中去，在那里登记着这个工人的名字，再进行一些基本的累积计算，然后确定应该支付转账款的数额。这是一个和数以千计地存在着的此类工作一样的活儿，没有乐趣，只是一种管理链条，另一个世纪的留存物，一个一点点吞噬你生命的卑微职位，一种付给工资的慢性癌变，它不会杀死你，只是一天接一天，使你寻求幸福的肌体麻痹瘫痪。在这里，最滑稽可笑的，恰恰在于我们的活动就是计算别人假期的长短。我知道自己在这个密不透风的小格子里只要忍耐几个月，而大部分雇员已经在那里度过了他们人生的大半时光。

在这个管理机构短暂停留之后，我成了一种怪癖现象的受害者，从那时起，它就再也没离开我。那就是无意识地把自己的精神集中在某个专有名词上，我会在头脑中不经意地重复它，在几天、几个星期、几个月里，对某些词甚至是几年。有时，当我意识到这种精神上的反刍，就会感到一种无法抑制的需要，大声地念出这个词。好像为了给自己证实这种转圈的唠叨是非常真实的，为了证实我不是疯子。和所有这些同样荒谬的是，那个词一般总是没有什么名气的运动员的名字，不经意地被记在心里好多年，有一天突然出现在我的面前。因此我还记得曾一千次地重复"泽伊采夫"，我相信，他应该是1970年代苏联橄榄球队的后卫或者边锋。我也同样非常爱念叨"赫根泰勒"，他是一名德国足球队员。一些年里，我又被用作商标的姓氏所侵扰，诸如"永瑟勒德"（截断机械），或者"歌兰尼"（家电），或者"英格索兰"（压缩机）。这种嗜好，这种不引人注目的强迫性紊乱，任何时候都可能爆发，不管我是否愿意，也无论是在痛苦的日子还是快乐的时刻。那时，没有什么能更好地使我与其他人区别开来，除了这种以划坏了的老唱片的方式、潜在却顽固地在我头脑里扎根的经文："永瑟勒德—永瑟勒德—永瑟勒德—永瑟勒德。"

在带薪假期管理处，部门负责人叫阿祖拉依。这是一个四十来岁的男人，一副带鼻音的专横嗓音，加上极浓重的阿尔及利亚法国人的口音，显得怪里怪气。他喜欢滥用权力和香水。他的办公室散发出柠檬味臭药水的气味。每次进入这个房间，我的眼睛都受到刺激，好像是遭遇到一场森林大火的烟雾。当他情绪不好时，阿祖拉依从他的办公室朝我们喊着发出指令。在其他时候，他如同我们是被俘获的动物一样对我们发话。

　　他唯一的生存理由就是让别人为他的失望、损失、不满意付出代价。也许阿祖拉依过去在奥兰就是糟糕的臣民，现在在图卢兹，成了一个坏蛋。一个法律狂，命令狂，制度狂。这些制度，确实，法兰西在阿尔及利亚没能很好地尊重，他，阿祖拉依，以他的粗鲁饶舌，眼下有雄心要把它们教授给法国人，让他们牢记心中。尤其是他的首要靶子，埃里克·代尔马斯，一个疲倦的、未老先衰的人，手上起了色斑，脸像一件旧衣服的两肋磨得发亮。代尔马斯穿着一件领子过大的衬衫，在那里边摆动着他天鹅般的细脖子。这一穿着方面的细节更强化了他留给人的病弱印象。阿祖拉依没有放过这个弱点，总是拿折磨他的部下取乐："那么，代尔马斯乡生，[1]一晚上就更瘦了？小心点儿，如果继续下去，您会连骨头也没了！"或者还有："代尔马斯乡生，刮风呢，出去之前，别忘了先把您的脚拿锁链绕上两圈！"阿祖拉依从他的小玻璃缸深处，以令人讨厌的小嘴乌鸦的嗓音喊出这些，使全部门的人都有机会听到，而和所有这类部门一样，人们总是为部门领导可耻的笑话而发出奉承的笑声。而我则努力对代尔马斯表示友好。但是，他是如此习惯于被虐待，以至于当有人对他

---

[1]　即"代尔马斯先生"，作者此处以改变原词拼写的方式摹写阿祖拉依的阿尔及利亚口音。

表示某种关心时，他看起来几乎是不舒服的，甚至感觉被打扰了。

一个上午，我看到代尔马斯松开了电话，伏在办公桌上泪流满面，我想起了在听到樊尚之死那一天的母亲。在他们遭遇的突如其来的剧痛中，有一种共同的实质，一种宇宙之恶，它阻止你挂上电话，给你永久地展示一种人生扭曲变形的图景。从远处注意到这个场景，阿祖拉依走出他的笼子，向他的猎物靠近。

"有烦恼事，代尔马斯乡生？"

"看来我不得不走……我的女儿刚刚昏迷了……是在学校……他们说……"

"我来对您说，我，在学校里人们说的是什么。他们说，介个代尔马斯乡生，[1] 为了比所有的人早走，总是编一个横好的理由[2]。我发誓，总是坐不住，代尔马斯乡生，是吧？好吧，去吧，但是，下午两点我要看到您准时在这儿，嗯？"

另一个，迷失于混乱、眼泪和惊慌，以一种要去惩戒委员会的小学生的笨拙收拾他的东西。我从来没有见过一个男人日子过得如此糟糕。代尔马斯动物般的劳苦让人无法承受。阿祖拉依，他，以得到满足的学监的姿态在中间过道上移了几步，回到他的大口瓶里。

---

[1] 即"这个代尔马斯先生"。

[2] 即"总是编一个很好的理由"。

整个上午，我无法工作，后悔没有在事件发生的时候介入。我是那个唯一能够这样做的，唯一可能去顶撞阿祖拉依的人，因为我只不过是一个过客，一个他不能把我怎么样的人。我没有这样做，只是沉默，任由他为所欲为。

　　下午两点，代尔马斯准时坐在了他的办公桌旁，又在清点停工卡片，他眼睛干涩，手里拿着笔。他的女儿好些了，已恢复了知觉。这是关键。其他没什么意义。电话没有响过。他没有拿起过电话听筒。什么也没有发生过。什么也没有。

　　这个安静的、气闷的结局，在我身上解开了什么，或许是恐惧的结，或者是愤怒的结。我站起来，进入阿祖拉依那使人想吐的巢穴。他抬起头，很意外。

　　"布洛克乡生，我相信没有听见您敲门。"

　　无数的小苍蝇在我眼前舞蹈，我的心在胸中咚咚地撞击，一些语句，不成形，如同乱麻滞塞在了我的喉咙深处。

　　"我已提出了一个问题，布洛克乡生。门在那边，您敲了还是没有？"

　　如同一头狂暴的熊，我举起两臂，尽全力把两只拳头砸在他的办公桌上。那声音给我自己强烈的感受，桌子、地面都在震动，和它们一起的，还有我们处长脸上最松弛的肥肉。过后再看这件事，我想我真该在那一瞬间发出一声原始的号叫，一种美洲大褐熊的叫声，然后什么也不再添加，就冲出去。然而并非是这样，也许因自己的力量发泄而获得解放，句子从我的嘴里喷射出来：

"听好了，下一次您再指责代尔马斯先生哪怕一点儿，我就要起来，用这拳头打烂您的嘴。"

在说这些的同时，我把拳头伸到了他的鼻子跟前，刚才就是它们令这个房间震颤，而且，我感觉到它们的可靠。

"您怎么了，布洛克乡生，啊？您吓着我了，啊。"

"布利科。"

"什么，布利科？"

"我姓布利科，不是布洛克。"

"对，布利科乡生，瞧，这是什么样子，啊？"

"我再给您重复一次，只要我在这处里工作，您跟代尔马斯先生说话就得客气点。还有今晚，在他走之前，您去跟他道个歉。"

我走出阿祖拉依的办公室，门狠狠地摔上门，以至于所有的玻璃等我回到自己位置时还在振动。期待着他的猛烈反击，我所有的同事都把视线集中在他们处长身上。而这一位却把他的圆珠笔搁在嘴边，像一个满怀疑惑的小学生那样，吮了它一会儿，仿佛突然驱散了他的疑问，重新开始工作。

那天晚上，在家里，很久以来我母亲第一次发起了交谈，就西姆卡1100的新模型跟父亲说笑，而且还对我领工薪的第一个月的生活方式表示出兴趣。我跟她谈到束缚，谈到视力疲劳，谈到由于缺少活动而背痛。但是，我不能向她叙述我跟阿祖拉依交火的故事。她对我表达了她对工作的看法，接着，以一只鸟起飞的迅即消逝在厨房里。当她回来的时候，克莱尔·布利科在我看来像是一个还年轻的女人，灵敏，有才智，充满魅力。生活没有怜惜她。她一边喝着无咖啡因的咖啡，一边对我说："哦，今天下午，我读到了哲学家阿兰的这个句子，不知为什么它让我想起了你，'胃口还好 / 衣服洗了，生活气味芬芳'。"在我母亲口中，这一对照听起来如同一篇祝词。

我结束了在带薪休假处的三个月，没有遇到一点儿麻烦。阿祖拉依不再去纠缠代尔马斯。至于我，他仿佛已完完全全把我从视线中一笔勾销。为了我在这个处里的短暂经历不是完全无功，我产生一种恶意的快乐，在扣除数量方面作弊造假，以此给那些在工地上累断筋骨的工人以额外的补助。毫无疑问，阿祖拉依发现了我做的手脚，但是——力量关系发挥作用——我确信我熊一样的粗鲁方式，已教他明白，有时，最好装作不知真相。

相反，我的爆发在同事们那里没有产生同样的效果。它没有使我赢得人心，没有引起任何最低限度的支持，也没有丝毫同情。耗尽了，累垮了，代尔马斯已不再有这些情感。至于其他人，或许他们宁肯责怪我无意间让他们看到他们真正的敌人远非阿祖拉依，而是自己的懦弱。

我在处里的最后一天，所有人都没跟我说再见就离开了。阿祖拉依最后一个从他的房间出来。在我面前经过时，他停了一下：

"布利科乡生，那个……那就是……就是关于增加工时的问题，那个，在停工报表上。我想跟您说，我不得不都更正了，那个，然后还给上级领导做了一份报告。所以，如果他们传唤您，那个，一定不要犹豫到局里去，嗯？"

结束了我的代理使命几天之后，我收到了一封有教育部题签的信，通知我被指派到图卢兹远郊的一所中学，充任学监的职位。这种工作的工资前景，虽然微薄但却稳定，使我想到这一次有些事情是真正地开始改变了。我能够寻找一个单间公寓，或者是三间或四间的大套房与其他学生合租。在那个时代，为了找到一处住房，不需要提供五年的工资单、六份医疗证明、七个月的押金、八份银行担保、九页犯罪记录册的复印件，也不必有一张遗产继承人的脸。甚至经常的情况是，那些失去光泽的老旧大套房的业主们，并不会用恶毒的眼光去看待这些机灵而几乎不计较房屋状况的大学生，因为对于后者，独立的快乐远胜于家庭设施的考究。

为了找到这类住房，我有一张王牌：罗沙一家。他们的代理处主要以出售和经营高档房产为主，但是也保留了一片相当繁荣的地盘提供以学生为对象的出租业务。马尔泰·罗沙以绝对权威掌管这一利润微薄的分部之经营，她把这看作一种长期投资。在她眼里，一个大学生首先代表一种正在生长的购买力。这个长得像黑桃 A，穿着一件阿富汗半长大衣，腼腆地推开她店门的留长发的医科学生，明天可能会成为做鼻整形手术的大人物。而且，今天她愿意去奉承他披散的头发，只不过是为了将来更好地修理它。马尔泰·罗沙对待金钱有如对待性一样，是美食家，是贪吃者。一切都在索取之列，大钱小钱一样，没有停歇，也没有可忽略不计的利润。米歇尔·罗沙，他则在贪心方面略差一点儿。他以一种把一只胳膊搭在车门上的、漫不经心的度假者的方式操办他自己的业务。自从我们相识以来，我从来没有在他脸上看到过其他东西，除了那种典型的哺乳动物性欲满足后得以平息的目光和松弛的微笑。马尔泰则有更加勤勉的外形，甚至由于某些方面，使人想起她儿子表现出的那种无节制的持久的躁动不安。裹在很合身的、永远是灰色的西装套裙里，她使人想起夏天的蜜蜂，强健而勤劳，采了一卷宗夹的蜜，接着采另一个，在从中汲取汁液时，似乎她把它们都储藏在了自己的胯部，于是，随着年月流失，它也更加浑圆。

在三天里，大卫的母亲，就其字面意义上的，把我挟带在她的翅膀下，让我看了十来处套房，从适合单身汉的单间公寓——一种根据最小公分母令人失望的密码布局的单细胞蜂巢，到有橡木彩画装饰、栗木地板、乳白色玫瑰花饰的极高天花板的布尔乔亚的套房。

我决定把自己的搜寻目标集中于一个面积可供三个甚至四个人合租的住房。这个共同体可以激发精神，对增进交流有无数的好处，而且还可以分担房租。

考虑到我的选择，马尔泰约我下午 5 点左右到叹息街上的一座给人感觉不错的楼房三层与她见面。没有什么比在这样一个地址开始单身汉生活更罗曼蒂克的了。可以想象这个地方的房客，穿戴盔甲的高贵生灵，在某些寻求骑士般爱情奇遇的女来访者身边变得衰弱疲惫。这条街道——它通往南方运河——并不与其名真正相称，因为它与一个消防队为邻，而那里的警笛发出的声响完全是其他东西，远远不是叹息。

马尔泰那天用了味道很重的香水，浓郁的花香调，还扑了粉，隐隐透出琥珀和肉桂的香味，一种晚上使用的香型，甚至是夜里才会用的，带着深沉、亲密的气息，令人产生睡意。马尔泰·罗沙不等到那么晚就开始释放这种使人心乱的气味。我踩着她噼啪作响的足迹，听着她的鞋跟带着这种说不上来的西班牙风情，这种弗朗明戈的激情，这种动人的亲密，敲在每一层阶梯上发出的咔咔声。

那个套间呈扇形格局，四间卧室连接着一个宽敞的半圆形客厅，它使人想到一只巨大的圣雅克扇贝。主要出口朝向一个遮满荫凉的院子，可以保证夏天的凉爽。

"你不会找到更好的了。"

她以一种完全与职业无关的语调这样说。在她的语气变化中，甚至有某些与怀旧感同类性质的东西。可以感觉到她对那将要生活在这里的年轻人的嫉妒，嫉妒这迁入新居的兴奋时刻，这狂热的第一次，在此时每个人都急于开始他自己的历史，带着飘飘然的感情以为从此以后一切都将实现。

"我相信你已选择好了你的房间。"

她挺得笔直，一条腿轻轻地晃动，脚起到支点的作用，令人想起古典舞蹈女演员休息的姿态。她的胳膊高高地交叉在胸脯前，从她的白衬衫的凹陷处，隐约可见其内部。

"你在这儿会快乐的。我感觉到了。"

我也感觉到了。斜射的光线给这间房子一种受到保护、如同在家的舒适气氛，而且几乎觉察不到街道上远远的嘈杂。有的时候，只需登上几个台阶，跨过一个未知处所的门槛，就能让自己从心底里感觉到生存在另外一个世界，在那儿，你刚刚还思索的、想要的、相信的一切都突然颠倒了。

在这个颠倒了的世界里，虚假永远是一个真实的时刻，马尔泰·罗沙，房地产代办处的女经理，妻子和母亲，重新成为那个我曾无意间穿过灯笼式天窗时撞到的女人，慷慨而贪婪、专横而驯服，在其臀部工作期间，她的后代目光瞄着玻璃窗，仿效其榜样，以清除自己的精液。

马尔泰·罗沙朝窗户移动了几步，好像要看一群雏鸽起飞。她的手指略微分开，把手平放在窗玻璃边上。没等她对我发出邀请，我就走向她。上了年纪的木质地板发出吱嘎声，仿佛警惕着我的每一步。当我挨近她，在她背后，在可以接触到的地方，我僵住了，好像一位地铁乘客，抓着他道德心之极限的把手。她朝向我，毫无拘束，也没有回身，没有看我。她后退着，将臀部压在我的肚子上，并开始在那里摩擦自己，而我身体的那个部位已不受控制。她张开的手扶在玻璃上，然后挺起了胸，以一种几乎是沙哑的声音低声埋怨：

"你不在这儿。"

这个谜一样的句子使我恐慌。我在这儿。当然。她能够清楚地叙述她本来想要的东西。我把她放在我的瞄准线上，用与他儿子刺穿烤肉一样的方式。以那种在廉价电影里可以见到的同样粗鲁的动作，我狠狠地把她抓牢。她有一点儿满意的喜色，似乎在说："对了，就是这样，现在你在这儿了。"这谦逊的赞许使我不能自制，一阵低压电流的战栗穿透我的脊梁。

"你别急，我们有的是时间。"

并未转身，她把双手滑进了我的裤袋里，以发现她的新玩具的形状和轮廓，而我在这时突然有一种经历了长期呼吸暂停后奔涌在一片洋面上的感觉。从来没有哪个女人有同样的本事，透过一种棉织品的纤维乱摸我。我也从来没有想过这样的感官宝藏能潜入我的裤袋深处。当她结束仔细搜寻，甚至没有让我察觉微妙的解扣动作，我发现自己的裤子已经是螺旋形地退到了脚踝。这个女人有魔鬼的屁股和乌迪尼的手指。她以一种优雅的，甚至是装腔作势的动作掀起了短裙，褪下短裤，接着把我引向她决定带我去的准确地方。在这个插入的时刻，我又见到了她，完全同我青春期的那个夜晚发现的、套在米歇尔·罗沙的阴茎上的她一样，脸夸张地以驾驶员集中精力对付一个困难的马路牙子的姿态扭向后边。对，就是这样。以这样的方式把你看作一条人行道的边缘，把你当作一种障碍物，马尔泰·罗沙，在这种情况下，给人一种她正在停车的印象。

"再往右一点，对了。"

现在她引导着我，指挥着操作。驾驶课还在继续，既是令人快乐的，同时也被这种不断的、我遵从却不无批评意见的指令所败坏。随着我们进入未知领域，请求变形为指责，变形为越来越专横、越来越明确的要求：

"继续，你不要停下来……抚摸我的乳尖……还有我的阴蒂……不是这样……"

马尔泰·罗沙有她的习惯、她的要求、她严格的"操作模式"。她让我忍受的这一清单使我失去了方寸。一种不能胜任的恐慌开始抓住我。我觉得自己处在一个新驾驶学徒的位置，面对着对他来说太过复杂的操作台的红绿灯。显示灯在闪了，操控装置不再回应，而且，渐渐地，一切都显示着局面已完全失控。我只不过成了一个失去控制的自动装置，不顾规则、不合时宜地在送出的冲力下进行反作用。

达到了一个时刻，那时我真的不能分辨天和地、结果和原因、罪过与美德、习惯和规范。当她感觉到我的慌乱加上高潮来临前特有的僵硬紧张时，马尔泰·罗沙努力以一道最后的指令来防止灾难：

"现在不要，不，还不要。"

她也许本可以说，不要，或者别这样，或者不要这么快，但她选择了还不要。我在那时有一种从令人晕眩的峰顶跌落的感觉，而且掉到了充满敌意和冰凉的空气中。在我坠落的过程中，马尔泰·罗沙感觉不快，有一种孩子气的噘着嘴的表情。我也许说了我很抱歉，我不懂，我不知道为什么会发生这样的事情。她好像并没有听我的道歉，如同从一辆拖车或从一种累赘中解脱，她以一种无可挽回的而且不雅的动作离开了。

"要赶快把这一切都忘了。在这个套房里什么也没有发生。我们说好了，是吧，保罗？"

是的。马尔泰·罗沙已克服了短暂的失望，而且也忘了这次不满足的堕落，转到另一件事。重新穿好，重新调节，她再次披上了职业的甲胄。

"对这个套房你怎么决定？租吗？"

一边提起我倒霉的裤子，回答说，对，我要租它；一边想到我怎么也得过一段时间才能平静地穿过这个客厅，并从记忆中驱散对我笨拙举动的回忆。

我们在楼下握手告别。她以坚定的步子返回代理处。我在门廊上呆立了一会儿，看着人们在人行道上来来往往。我深深地吸了一口气，想到从此以后，我将住在叹息街。

就是在这个地址，几个月之后，诞生了 Round up[1]，我和这个套房的几个合租者一起建立的异想天开的节奏布鲁斯音乐组合。这个音乐实体以各种不同形态存在了五年，最繁荣的时期有九名成员。我是这个团体中唯一的一个过着差不多正常生活的成员：我每天早上起床，黑夜降临时睡觉，我差

---

[1] 原文为英语，有"聚集、聚拢"之意，也是一种有机除草剂的名字。

不多按时吃饭，而且和我的同类维持着可以说是友好的关系。我的同伴们可能具有这些特点中的一种或几种，但是从来没有谁能做到全部。

在经历了非常短的学徒时期之后，Round up——以四个处于初学者状态的乐手为基本核心——决定致力于征服俱乐部和私人晚会。我们提供了一张曲目少得可怜的节目单，基本上是三和弦表演的片段，对视唱的无知和技术上的不足，不允许我们去触碰和声老到的奥蒂斯·雷丁、史蒂夫·旺达[1]之类歌手的作品，更不能去碰什么柯蒂斯·梅菲尔德[2]。我们那时是——而且直到最后也还是——拙劣的手指僵硬的乐手，完全没有起码的天赋，但有猛兽的胆量。我们对任何人都不亏欠什么。对于我们，音乐是一种高层次的颠覆活动，是以其他手段继续进行的革命。因此，在排练过程中，更经常存在的是政治的问题而非音乐的问题，而且，我们是在辩驳和折磨的著名"体系"中，而不是在遵从什么节拍和旋律中感受更多的快乐。这些并没有阻挡我们在那些平庸的俱乐部和善良的或至少是足够不顾危险的——非常真实的——敢于把我们引入家中的个人家里，进行各种表演。

就是这样，有人推荐我们去为一场婚礼晚宴助兴，或说我们被期望表演几个小片段，与录制的唱片音乐交替。尽管

---

[1] Stevie Wonder（1950—　　），美国黑人歌手、作曲家、社会活动家。

[2] Curtis Mayfield（1942—1999），美国最有影响力的非裔音乐家之一。

蔑视婚姻制度，我们还是约定要很好地克制自己，闭口不谈我们不可调和的观点，可是这却没有把马蒂亚斯算在内，这个吓人的萨克斯管演奏员，使福斯托·帕佩蒂[1]某个感染了水肿病的灵感和最自由的先锋派不可控制地狂热结盟，是自发的功夫派毛泽东主义者，极端的持不同政见者，视一切温柔的冲动为"神经官能症的投降"。在他的世界里，男人只能在某些气候宜人的季节里接近女人——在田间劳作的时刻，为了在收获期间帮助她们。不同的性别绝不是为了繁殖而存在，仅仅是为了合作以建立无产阶级专政，这种专政显然对于军事艺术的实践和塞尔玛牌萨克斯管的使用是宽厚的。以他瘦削的身材迸射出的洪亮声音、他奇特的中分且有刘海的发型、他经常性的柔道套路动作强迫症，马蒂亚斯有时给人一种聚集了从不同大陆收集来的不协调因素的印象。

在这个晚上，当一位来宾手拿话筒介绍了我们，并且宣布了 Round up 的第一个节目时，他无法想象他刚刚释放出的这怀有敌意的力量能有多么严重。甚至还没等我们拨响第一个音符，马蒂亚斯就走近话筒，举起拳头吼道："婚姻是两性关系中最具欺骗性的形式，这就是为什么它享有纯洁道德心的赞美！尼采。"接着出现的是苍白的寂静，我们弹奏了"米——拉——西——"几个音符，企图以一支舒缓的布鲁斯乐曲来驱散它。人群不是很记仇。我们得到了不应得的掌声。

---

[1]　Fausto Papetti（1923—1999），意大利萨克斯管演奏家，以抒情风格而闻名。

在唱片更合情合理的音乐接过接力棒期间，客人们甚至来与我们攀谈、和我们喝一杯。这是一些可爱的人，聚在一起为了共度令人愉快的时刻，祝福一对刚刚投入生活的夫妇好运。他们向我们提出一些与这个场合适应的问题：我们在生活中以何为业？我们在一起演出有多久了？Round up 这个名字从何而来？怎么解释这个问题呢，这个名字事实上只不过是一个除草剂的商标，它在好几个月的时间里——在"英格索兰"之前——悄悄地赖在我发狂的大脑里。

在我们开始第二小节的时刻，马蒂亚斯又一次抢过了话筒，我们从未见过他如此细瘦而如此具有进攻性："婚姻是合法卖淫的形式，是对合乎道德的拉皮条经过公证的协议……"这一次，马蒂亚斯没来得及把他的引语说完。那位新娘的父亲，五十多岁，反应敏捷，上半身挤塞在一件过于合身的西装里，登上舞台，从他那儿夺走了话筒。自觉是言论自由受到伤害的牺牲品，马蒂亚斯使自己陷入可笑的战争，给他认定的进攻者一记"回旋踢"，或者甚至还加上一个"大外刈"的惩罚。可以说我们的主人是朝着舞台深处飞出，直到最后撞在打击乐器组成的墙下。接着发生的是一场群众运动，人人有份。每个人都选择了自己的阵营，站在想象中的善与恶、反对派和公众力量、幸福的人和准备创造绝妙传奇的人之间划出的边界的这一边或那一边。在混战中，我们遭受的拳脚远远超出我们给予别人的，直到如同异己之物一样被排出，被砸来的椅子赶出一场此前本来祥和的晚宴。

"是不是鬼抓住你了，让你搞这套该死的把戏？"我们中受害最轻的一个说。

马蒂亚斯鼻子和上嘴唇肿胀，牙齿上全是血，回答说：

"其皮亚的。"

"什么？"

"他说这是必要的。"

"是这样，好吧，我同意。那么你能告诉我们，现在我们怎么才能去把我们的设备取回来吗？"

过了好几天，而且由好心的中间人插手调停，才得以见到我们的财产，在此期间，它们遭受了严酷的报复：吉他弦断成几截，扩音器和键盘连接线被切断，大鼓和长鼓的皮被撕开。

1968 年过去了三年，我们头脑中还充满那场运动桀骜不驯的力量，而没有看到那个蒙布迪夫人[1]已经重新让这个国家恢复了习惯，让民众重新开始工作。

这些年里，乔治·蓬皮杜、沙邦 - 戴尔马或者皮埃尔·麦斯梅尔的法国与马蒂亚斯——抨击、"红宝书"和功夫的拥护者——的草率世界之间能有什么共同的东西呢？而且我们，我们全体，与这位银行家出身的总统、波尔多市市长或法国海外省的前总督能分享什么？当我们 1974 年末或 1975

---

[1]　指乔治·蓬皮杜。

年初在传奇的"蓝调之音"进行了一次短暂而丢人的演出后，那种荒唐也许以某种方式标志了 Round up 的末日。

必须想象一下那时在我们眼里，"蓝调之音"代表什么。是一种认可，是我们全部学徒岁月的完成。我们终于要到只由黑人出入的顶级黑人夜总会去表演黑人音乐了。我们终于要达到目标了。这份雇用合同我们得归功于埃克托尔，我们的三个吉他手之一，也是糟糕的独唱者和真正狂热的疯子。即时性神经痛病人，疑病患者的光辉典型，埃克托尔每天都被一种不同的剧烈疼痛所袭击，他总是给我们详细描述其症状，还告诉我们他再活三五年的微茫可能。奇怪的是，这些病痛从不并发，因为根据一种不改变规律的魔法，每天早上，新的一种会赶走其前任。当我们请他注意这种现象的不合常情时，他总是很气愤，而且会又一次阐发一通模糊政治学的论断，根据这一学说，自由的病人必须走出"不知情"状态，以便把他的身体掌握在自己手中，并且质疑那种官僚体制的不合理特权。他说，自然的躯体必须效法社会的躯体——处于永久的反抗。至少有一次在音乐会上，埃克托尔抱着两肋、胸脯或者肚子，满脸苦相地放下吉他，脚步踉跄地走开，到后台去消磨他的疼痛。有时在排练中，他甚至都不浪费力气走开，而是就在原地，在我们眼前瘫软跪倒，如此提供不断重复的戏剧性场面，以他接二连三的临终挣扎让人疲倦。仿效那些身上弹洞无数，还数百米地拖着他们骨架的拙劣演员，他没完没了地死去。

很久以后我问自己，埃克托尔是否利用了这种疼痛来诱骗"蓝调"的老板，把他控制在一场很难应对的动人的讹诈中。我想象他向经理倾诉他对柯蒂斯·梅菲尔德和马尔克姆的无限崇拜，接着悄悄对他说自己在 Round up 表演，但是，不幸的是，这一切不会持续很久。是的，他病得非常严重。不，他真不愿意说这一切，他只有一个遗憾：在离开这个世界前没能在"蓝调"演出哪怕一次。什么？这可能？可以考虑？真的？我知道埃克托尔足够疯癫也足够古怪去投身于这类事情，并在其中放上一个不治之症患者的全部信念，再说，他认为自己绝对是那样的人。我们在傍晚到达俱乐部，以便安顿我们的乐器，并努力把它们调整得尽量平衡。打击乐器演奏者，地狱永远的双胞兄弟，狂风发作般地喷出几口烟雾，印度大麻的强烈刺鼻气味体现出这种植物的新鲜叶片所独具的丰富性。我们带着一种恶意的愉悦在公众场合吸大麻，这总能增加一种细微的不光彩的战栗。我在家里的暖房中也种了几棵印度大麻，这种植物种子随着季节生长，而且给园子增加了一些美丽。我的母亲，我的园艺教练，当我不在的时候好心地定时给我的苗浇水。我的父亲，他熟悉自己亲生父亲当年的故事，那时那个人经常造访丹吉尔城几家昏暗的鸦片烟馆，他把我的烟草栽培看作微不足道的孩童游戏，我甚至怀疑他曾尝试了一两次我的四氢大麻酚。

打击乐手在敲，每一击都在当时空荡荡的空间回响。埃克托尔每十分钟离开我们一次，他说是为了去呕吐，这一次是因为我搞不清的什么肝炎。他回来时头发都湿了，毫不回避地吞下某种解除痉挛的药丸。马蒂亚斯换了他的塞尔玛萨克斯管的簧，吉他手给他们的新琴弦调好了音，而我则整理好了那些瀑布般垂直连接共鸣箱的琴弦。为了这场非同寻常的演出，我设法借到了一架带轮的有列斯利外壳的哈蒙德风琴。与这个乐器成直角的是一架芬达钢琴，我在上边放了我的老牌穆格合成器。今天我还能非常清楚地回忆起这些装备的准确细节，我能闭着眼睛从气味辨别它们。根据它们的不同制造方式，那些琴键有不同的气味。某些主要是氯丁橡胶味，其他的，在发热时散发出焊锡味，还有的可闻到一种总是使人想到甘草香味的清漆和压缩木板的混合味。不过，在这个晚上，我的鼻传感器被两个打击乐手释放的大麻烟雾扰乱、麻醉，早就失灵，无法再进行如此微妙的辨析。

看起来又一次遭受肝炎的侵扰，埃克托尔在快到晚上7点的时候离开了我们，这一次使之成为受害者的是什么"鼻出血发作"，一种轻微的日常的鼻子出血，但他给我们展示得如同一种不可控制的、非有专家紧急介入不可的大出血。

包扎完成，病人痊愈，电源插好，琴弦调准，乐手微醉，晚上10点我们到了舞台上，准备表演第一支曲子，杰米·亨得里克斯的《沙做的城堡》。

从第一个小节开始，我就感觉有什么在发生，一个直到那时还难以想象、无法预见的大事件：我们演奏得不错。可以说我们遵从节奏，没有过分扭曲和弦，也没有使旋律变得刺耳。地点的魔力发生作用，我们得到了某种神恩的点化，即随着一支支曲子的进行，我们起初的均匀性有一种渐渐风化的趋向。我们是第一组在"蓝调之音"表演的白人，第一组被黑人世界认识的白人。还能梦想更美好的融合吗？在演奏一支我已经忘了名字的威尔逊·皮克特的曲子期间，舞台突然陷入一片漆黑。然而，在我们周围，还有灯，酒吧闪烁着无数的灯火，这里的音响声音盖过了我们的扬声器。在"蓝调之音"，观众数量总是很多的，他们已开始在舞池里跳舞，好像什么也没有发生，好像我们并不在那儿，好像我们从来没表演过。焦躁、惊慌，急于想重新开始演出，于是我们在黑暗中摸索，想要确证电源插座是否正常。过了一会儿，俱乐部老板的助理走到我们跟前。

"你们可以都下来了。"

"下来什么……在出故障之前，我们才表演了五支曲子。"

"没有什么故障。"

"怎么回事？没有故障？"

"没有，是老板决定给你们切断电源的，因为你们演得实在糟糕。"

"他给我们切断了电源？"

"是这样。所以，现在必须赶快搬走这一切。抱歉。"

接着，就是幽灵，是驯服的无声的躯壳，一个一个地断开插口，把设备搬运到在街上等待我们的大卡车上。胳膊承载着东西，我们不得不努力在倨傲地看着我们的观众中间钻行。就在离开前，我好像看见埃克托尔正在酒吧服务台旁边，遭受一个穿制服的、神情完全像是这地方业主的高大黑人的严厉教训。在货车上与我们会合时，他脸色苍白，手捂在肚子上。由于习惯，我们也没有对他想象的痛苦给予比平时更多的关注。他使劲儿想要对我们说些什么，但是他的话噎在了喉咙深处，接着他弯下腰吐了。

这件事肯定是发生在快到1974年年底的时候，考虑到已遍览共同生活的荣誉与束缚，那会儿我正准备离开叹息街的套房。在这个地方，在不到五年的时间里，合租伙伴和我已经安葬了两位共和国总统：1970年11月9日，夏尔·戴高乐，动脉瘤破裂的受害者；1974年4月2日，乔治·蓬皮杜，被卡勒氏症（多发性骨髓瘤）击中。总是忧心忡忡地培养他的神经症的埃克托尔，用黑墨水笔把这连续的死亡和它们的原因写在卫生间的门上。已习惯了他没有伤害的荒唐，我相信我们中没有人问过他为何要进行这种厕所记录。每天，等我们占据那个宝座时，我们只是简单地接受别无选择地去读这些病态的摘记。

我们是四个人分享这共有的空间：马蒂亚斯，无法平静的萨克斯管演奏者；埃克托尔，无法治愈的吉他手；我，通情达理的钢琴家；还有西蒙，不可思议的低音提琴演奏者。我们都在继续各种学习，同时也从事一些微不足道的职业，它使我们可以安宁度日，可以交房租。全部，但不包括西蒙·魏茨曼。他说是在大学修医科，但我从未见过他的脚迈进阶梯教室。同样显得不可思议的是，魏茨曼声称自己是阿拉伯人，是摩洛哥皇室成员，而且是他们国家内务部部长的侄儿。这倒一点儿也阻止不了他以打牌度日，在赛马场游荡，将难于理解的偷窃物搬上楼来，甚至到行政部门盗取家具。我们的扶手椅，来自保罗萨巴斯蒂埃大学的会议室。厨房里两张大桌子还有那些椅子，来自米亥伊大学。至于门厅里固定在墙上的奇特铁制书架，是从与社会科学系毗邻的政治学院的某处拿的。生活就这样运转：晚上我们在一间空空荡荡的套房里睡下，第二天早上醒来时，我们的客厅就变成了阿里巴巴满是宝藏的岩洞。这时西蒙会点燃一根香烟，用欢快的眼神看着我们，表现出快乐和狡黠。从外表上看，西蒙酷似胡阿里·布迈丁[1]，这种相似，考虑到那个时代政治的和种族的背景，对他没有好处。但是，西蒙生活在一个远远超越这些琐事的世界里。实用主义、聪明，即时地适应各种情势，他的生活总是瞬间现实的即兴之作。他借用、偷窃所有那些从他手边经过的东西，甚至一辆女式自行车、一双滑雪鞋或仿皮制扶手椅。西蒙不是一个小偷。他只是简单地忽略所有权的存在。对他来说，世界是一口共同的锅，在那儿每个人都有权利依据自己一时的意愿与需求去享用它。当然，他并非不知道规则、禁令、习俗，但是他尤其愿意对它们转过脸

---

[1]　Houari Boumediène（1932—1978），阿尔及利亚革命委员会主席、共和国总统。

去，或者以这种地中海式优雅的轻蔑、这种使不安分的孩子活动自由的给人好感的活力去无视它们。

夜里，西蒙总是接待客人。有时大清早我们在走廊上，能碰到一些小心谨慎的家伙。他们的足迹过后都留下令人回味的神秘气味和烟草味儿。那个时期，示威游行和反对佛朗哥主义者的炸弹不断繁衍。自制炸弹甚至被安放在离省政府和军队总部尼埃尔宫两步远的西班牙领事馆门前。夜间爆炸的频度和密度都在增长，同时，在边界线的另一边，军事首领还继续发出不同政见者的死刑执行令，以绞索棒的技巧把他们处死。

西蒙和马蒂亚斯与分属不同组织的反佛朗哥活动分子接触密切，这些组织活跃于反抗独裁的斗争中。在我们的寓所里，可以看到列队而过的巴斯克人、加泰罗尼亚人，还有全国劳动同盟的人。尽管他有可疑的出身，有与摩洛哥独裁者的所谓家族关系，有作为办公室抢劫者和偷自行车者的名声，西蒙还是非常快地成了我们的来访者唯一的对话对象。我们说西班牙语要比他好得多，我们关于政治文化的了解更广泛，然而，赢得别人信任的却是他，也是他扮演了国际斗争中互相支持的典型。有不少时候，那些来访者甚至宁愿单独与他在一起，到他的卧室里去讨论。我们把这些时刻当作一种侮辱来忍受。而在一个夜晚，我们的嫉妒达到了顶点，晚餐时，西蒙对我们宣布：

"它今天夜里要炸了。"

"什么要炸了？"

"领事馆。"

"怎么回事，领事馆吗？"

"我跟你说，领事馆要炸了。就这些。"

"你怎么知道这个的？"

"我就是知道。"

凌晨两点，一阵巨大的爆炸声惊醒了整个城区。无疑被一种同样的感情驱使，马蒂亚斯、埃克托尔和我急促地跑出我们的房间。我们发现西蒙坐在一把扶手椅中，带着典型的度假中的英国人的轻松姿态抽着一支雪茄。

"你怎么知道的？"

他以诈骗者的和善面孔看着我，把烟蒂放在嘴边，吐出的几个烟圈儿旋转着飞向天花板。然后，他以一种前所未有的高深莫测，穿上外套，一边走出去，一边没有回头地赏给我们简单的一句："晚安，小伙子们。"

那时，我的工作是在位于远郊的玛丽·居里中学当学监。这所有四百多名学生的机构是由一个从人性的观点来看可怜，从智力方面来看不足，从职业方面来看是罪恶的人物领导的。在他生硬的面部上有一种东西使人想起贝尼托·墨索里尼。埃德蒙·卡斯当布伊兹管理他的学校就像在操纵一艘装甲舰。他本人，唯一的管理大师，几个人所共知的懦弱而驯服的下属，排列在舰船的第一个纵向通道，而其他人，学徒们，乱七八糟的工头，则挤在机械舱。换句话说，卡斯当布伊兹是一个发冷光的笨蛋，一根充满自负的、由 1968 年的失败提了神的天香菜。

我是 1970 年到的这里，就是在那一年，他决定重新把形势控制在手中，强迫老师和学生接受一种完全从他的树脂脑袋产生的过分夸张的新内部规章。

玛丽·居里中学在接收了大批农村生源后情况恶化，这些学生之前都就读于当地的小学。他们中很大一部分是种田人的儿子或女儿，来自那些分布在城市周边的廉租土地上聚集的收入微薄的家庭。卡斯当布伊兹讨厌这些他叫作"不好对付的客户"的人。他不明白为什么会将他——一个规章制度的赞美者和美德的卫士——指派到这个聚鼠洞一样的地方任校长。以他的才干、他参与抵抗活动的过去（被他的诽谤者大大地怀疑）、他对希腊文和拉丁文的熟练使用（纯属垃圾水平，据知情者说），他完全配得上领导一所著名高中。没能如此，而是到了这儿，照他说，到了一群怀有敌意的、粗野的、甚至是未开化的人当中，由一队无能的、关心组织工会和通奸远甚于关心尊重中等教育基本法则的人来辅助。

"我猜您不打算让您的头发老留这么长吧？"

这就是埃德蒙·卡斯当布伊兹在我去向他报到时，跟我说的第一句话。他不知道我的姓名，也不知道我从哪儿来、学什么专业，我哥哥是否死了或我父母是否还活着，却已开始解决我的外貌的根本问题。

在我到玛丽·居里中学工作的全部时间里，他不得不与这一见到就令他无法忍受的蓬乱毛发共处。单单是我的在场就使他不能忍受，在他安静的办公室中，由于他两腮剧烈的收缩提示，我甚至能听到他的牙齿咬得咯咯作响。在他的门上，他叫人安上了两块彩釉标牌，一块写着："校长室"，下边一块则是："公立中学校长先生"，用的是哥特字体。人们很容易想象，这种字体的选择不过是为了吓唬乡下人，威慑年轻的教师，并树立他不可改变的本区独裁者之气势。

"……此外，我将要求您不要和学生不拘礼节，他们大多数，没有受到使他们能懂得权利微妙关系的教育。所以您要严格地执行内部规章，而且向我报告任何细小的违规。还有……您的头发……当然，尽早。"

说着这些，他用中指和食指做出剪刀的样子，以一种邪恶的贪婪姿态在已经很秃的头侧比画着。

玛丽·居里中学仿佛是一个有三重空间的地狱。第一重，我必须忍受学生们的起哄，他们已完全了解我不是一只把门狗，而更可能是一只对他们无恶意的可以做伴的动物。最高一重，那德国皇帝经常指责我的左翼分子观念、我的缺少权威，还有我茂盛的毛发。至于那些教师，滞塞在我烦恼的夹层中，他们中的某些人把给卡斯当布伊兹捧场当作职责与快乐，有时甚至走到了竞相献媚的地步。

在这个书生气的污水坑里，只有两个小部落羞答答地给予我支持和鼓励。首先是那些共产党员教师，有三个人，是全国中小学教师联合会的成员，为了对付他们，卡斯当布伊兹在许多年里进行着殊死搏斗，私下里和他的同党们一起把这三位老师叫作"布尔烧"或"俄国阵线"。就这样，我的到来，刚好减缓了这个所谓阵线承受的痛苦。凝聚了校长新的仇恨，我使这些苏维埃得以喘过一点儿气来，得以重新组织，去进行以反对那个此后不得不两面受敌的公立中学校长为目标的行动。在每次学校管理委员会选举之前，这几个被人叫作"斯大林"的人，总是努力笨拙地奉承我、哄骗我，比如，对我反复说，我是他们"客观上的盟友"。

第二组不打算反对我的人是那些有婚外恋的情人。他们代表了教师中不可忽略的一部分，是一种有趣的亚分类。他们对我表现好感是很容易解释的：由于卷入夫妻之外的不正当关系，他们都有一种做了不可挽回之事、冒犯了至高无上的内部法规、永远在挑逗惩戒委员会的感觉。作为患幼稚症的成年人，对他们细小的卑劣行径既感觉恐惧，又感觉兴奋，他们暗中体会到自己从此是那个"对现状不满的"世界的同谋，而我在他们眼里，是那个世界的代表。他们努力让自己相信，对配偶说谎、在教师休息室里眉来眼去、在课间休息时手淫、每两个星期三[1]做一次爱，都是解放和自由的标志。他们把自己看作在一个服从的、标准的、被阉割的社会里新的两性关系方面反秩序的先锋。每两个星期三中的一个我借

---

[1] 法国中小学星期三下午休息。

给他们叹息街套房的钥匙，在那儿他们可以不慌不忙地哼哼两个小时。他们不太有时间去致力于什么其他细节，他们各自的配偶，也同样是有学衔的教师且对纪律吹毛求疵，可不习惯拿吃晚饭的时间开玩笑。

有时候，一个星期好几次，我早晨要搭载这些伴侣中的这一对或那一对去学校。快到七点半的时候，他们便来找我，爬上大众车的后座，而且在整个行程中拥抱在一起。他们有时甚至让人难以忍受，而我就像一个宽容的出租车司机，不得不在就要到学校之前停车，以便给他们时间去恢复发型、整理衣服。不过纯属徒劳，他们涨红的脸颊和鲜艳得夸张的嘴唇都泄露出刚才血液流动的强度。

几个月后，我成为他们私生活的一部分，他们在我面前不再有起码的克制。我尤其想到那个女英语教师，傍晚下课出来，爬上大众车，她的情夫已在那儿等着，她一边轻轻地掀起她的短裙，一边对他说："我已经湿透了。"她以发育迟缓的青少年的天真声音说出这句话，没有起码的顾忌，好像我是一个可以忽略不计的量、一个模糊的抽象概念、一个旧制度下又聋又瞎又哑的仆人。但是，第二天上午，第一节课，这个湿淋淋的圣母就能冷漠地把一个学生赶到门外，唯一原因是他在上课时嚼口香糖。不论他们在性方面不值一提的琐事达到什么等级，这些教师壮观的伪善、令人惊讶的前后言行不一致、行使严厉判决的可怕需求，使我惊愕不已。

我在这使人消沉的平庸环境中待了差不多四年，而最糟糟的是总得再去。随着时间推移，所有这些人物在我看来都在他们各自的角色中成了化石，卑鄙无耻的卡斯当布伊兹有条理地折磨着这个小劳改营，对此，他赞美自己同时是它的"首领"和保护者。有一天，他来到办公室的时候，发现了一个"Heil!"[1]用黑粗墨水笔写在他的门上。这一事件刚好发生在一场有关他作为伪抵抗者历史的几乎是政治性的争论之后。我不知道卡斯当布伊兹在战争期间都干了什么，但是所干的已无法比他在和平时期操纵的卑劣斗争更可耻。

1974年暑假开始的时候，我离开了玛丽·居里中学，这一次是再也不回去了。我出发的那一天，卡斯当布伊兹在我的最后一节课结束时出现：

"您是今天离开我们，布利科先生？您知道我对您的看法，那么我也就省去那种'我们将会非常想念您'的套话。这里没有人会想念您，除非，也许吧，所有那些大喊大叫的脏小孩，他们，我希望下一年，将面对一个更加负责而较少通融的学监。您吸大麻吗，布利科先生？"

"吸过。"

"我就知道。没错。您有时候眼睛里有那种典型的瞳孔扩大。"

"我现在必须走了，布伊兹先生。"

---

[1] 原文为德语，表问候。"Heil Hitler!"在纳粹德国时期是希特勒拥护者见面时的招呼语。

“是卡斯当布伊兹，劳驾，您还在我的学校里。而且不要用这种高傲的语调和我说话，我请求您。”

这个人念台词般的顿挫使我想起了我的祖母玛丽·布利科尖利和断然的语调。和她一样，我感觉他极难控制那只憎恨的高大牧羊犬，它在他身上永远挣紧了皮圈。

“最后一个问题，是您，不是吗，写了那个德语词，去年，在我的门上？”

“您是想说那个‘Heil’？”

“是。”

我最后看了一眼这个卑鄙的纳粹德国的区长，他注意仪表，不论冬夏都紧裹在全套的西装里，脸总是刮得很光。尽管有这种永恒地表现其男子气概的强烈愿望，他身上却散发着一种暧昧不清的，甚至是女性化的东西。人们可以不费力地想象他经常造访芬兰浴室和男盥洗室。

“不。我什么也没写过。”

“好好听我说，布利科。我知道是您。我知道这一点如同知道您吸大麻。所以关于这一切我已送交了一份报告给学区办。一份详尽的报告。我希望这份档案将跟着您，到一切您要去的地方，而且它将阻止您进入教育部管理机构，如果有那么一天您打算进去的话。从这里滚吧。”

在这一年里，在西南地区，夏天的天气例外地炎热和干旱。我的父亲已经把汽车行转让给了他的年轻代理人，他经常待在家里，以照管他已成为博物馆和真正绿色画廊的颇具规模的花园来度过一天的大部分时光。在几年里，他成功地把一个患了关节炎的老迈花园改造成了绿色的瀑布，那里混杂着品种极其繁多的植物。一些灌木丛顺着小径延伸，如同绿色的溪流，而另一些则缠绕在榆树和雪松的周围，好像深长的皮毛筒子。经过修剪、整枝，去除枯枝，棕榈、梧桐、栗树、刺槐，还有桑葚都尽展风姿。而且，在树和常绿灌木之间，到处是由一台英国品牌的割草机定期修整的低矮又茂盛的草地，天长日久，割草机留下了切割线条的痕迹。

这个花园对我的父亲而言远远不只是一种消遣，它对他的心脏病是一种治疗，还是他人生最后的理由。总是在这样的时刻，经过长年累月的努力，人们相信终于接近了幸福与终极目标，而意外事件突如其来地把我们打倒在地，粉碎我们的梦想和劳动。

就是干旱摧毁了我父亲人生的最后田地。一种强度和长度都难以忍受的干旱。这一年，春天降水便很少，4月和5月雨水踪迹全无，到了6月，还是没有一点降水，7月在令人绝望的蓝天下简直就像持续的大火炉，以至于从月中开始省政府就采取了紧缩措施。在农村，农作物的浇灌受到限制，任何人也不能再从南运河抽水。在图卢兹，禁止洗车，禁止给游泳池注水，尤其禁止浇灌花园，不管是私人的还是公共的。

我父亲，作为诚实的公民，彻底的共和主义者，严格遵守禁令，任他的苏格兰草坪渐渐枯黄下去。接着，轮到那些灌木渐渐被太阳烤焦，然后是大树。樱桃树干枯了，一点一点地落尽树叶，好像在 11 月里那样。一天又一天，整个自然界都窒息了。土地干得裂开，植物的根脉徒然地在土壤中寻找湿润的踪迹。

晚上，我有时会和父亲喝一杯咖啡。我们待在花园里，可以听到树叶掉落。它们在接触地面时会发出一种轻微的金属般的声响，这使我父亲无法忍受。

"全都干了。整个园子都死掉了。"

到了 8 月初，他终于决定触犯法规，开始每天夜里给他的树木根部浇水。他接通了好几根管子，每刻钟移动一次。他行动迅速，好像一个偷自行车的人，害怕被人撞到正在侵吞公共财产。他试图压下愧疚，解释说他之所以在夜里浇灌，是为了避免水分蒸发，尽量利用水资源。他这样自己欺骗自己地过了整整一个星期，而后他的心理问题永久地解决了：水泵再也抽不上水，干了。

接下去的日子，父亲把他的时光用来听气象预报，期待着一次降雨气旋。晚上，他走到阳台上看着天空，而炎热的光焰仍然在远处环绕。

猛烈的暴风雨快到 8 月末的时候突然到来。第一场骤雨落下时，我和父亲在一起。我们走出去，呼吸那湿润的土地如此独特的气息。喧腾的空气带来了被突然而至的雨水解救了的植物的所有气味。在园子里，硕大的雨滴如同钢弹，噼噼啪啪地敲打在干叶子的地毯上。

"我没想到，有一天一切是以这样的方式了结。一星期里，草地就会重新绿起来。但其他的，太晚了。天上全部的水也永远不能使死树复活。"

法国有了一位新的共和国总统。理查德·尼克松刚刚辞职。这个世界被各种各样的战争和纠纷所折磨。但是，这个晚上，在我看来，没有什么比看到我父亲，这位经验丰富的君主，在他荒凉而了无生气的王国边缘徘徊更令人忧伤的了。

阿兰·波埃

（第二代理期，1974 年 4 月 2 日—1974 年 5 月 27 日）

这个夏天，在父亲开始遭受老天的变化莫测之前，我自己，在春天的时候也有了和一个不正常的牙医打交道的故事。他的名字本来就该让我提高警惕。他叫埃德加·胡佛，和美国中央情报局局长的名字一样。这位胡佛是玛丽的老板，而我和玛丽一直保持着断断续续的联系。自从月球登陆的那个插曲之后，我们时不时通个电话，互相了解一下近况，彼此交流一些各自生活中的细小琐事。所以，当我的一颗臼齿突然遭遇剧烈疼痛的袭击时，我就自然而然地向她寻求帮助。她在当天就为我安排了与胡佛的约见。这是位真正的巨人，因为满脸的浓密毛发而显得面色晦暗。他的每一根汗毛都仿佛篱笆桩似的粗硬，人们无法想象一把剃须刀能够走出这片蛮荒之地。而且，再加上一头浓密的黑发披散在衬衫领子上，可以推知一样茂密的体毛也遮蔽着他的前胸和后背。这个看不出年龄的男人也患有与他那个职业的人相同的病症：他总是自言自语。他会安排你坐在扶手椅上，问你哪儿疼，然后，一开始检查，也就开始了令人厌倦的长篇独白：体育事件，名人奇遇，水门，下一届总统大选，或者是他对阿兰·波埃的感受。我知道，胡佛两年多来也是玛丽偶然的但却是好嫉妒的情人。我了解他们之间关系的性质，但我简直做不到考虑哪怕一秒钟这两位能在一张床上亲近。我不能想象这样一个粗糙的庞然大物抖动在玛丽那如丝般的肢体之间，也不能想象这镀了镉的下巴划破她瓷器般的胸脯。然而，正是胡佛享用着所有这一切。

玛丽同样也向我透露，这个牙医正在被一种持久的消沉——自从他的妻子跟他的合伙人走了之后——所折磨，他按照美国的流行方式对此加以治疗，就是每天晚上，在诊所关门之前，吸几口他有时用作轻度麻醉剂的笑气。这是他自己独特的面对夜晚接下去的时光和他认为是自己人生中永久的失败的方式。玛丽经常撞到他躺在治疗椅上，脸上是面罩，眼睛盯着天花板，全力呼吸着这种使人欣快的氧化物，他的职业米酒，他的减压大麻。

"您觉得是这儿疼吗？我压的时候，是这儿，对吧？"

胡佛似乎与疼痛维持着一种贪婪的美食与美食家般的关系，尤其是由他来激起疼痛的时候。当他只用食指那么轻轻地一按，就在你的脸颊激起剧烈灾变时，除非瞎子才看不见他眼神里那一层美滋滋的薄雾。也许，就是这种虐待狂的快感使他得以坚持到他的快乐充气时刻。

"我得给您用点抗生素，然后在五到六天之内，我会为您杀死牙根神经。就是那儿疼，嗯？"

于是，霹雳又一次穿透我的嘴巴。

玛丽曾错误地和他谈了我们过去的关系。自从跨过胡佛的门槛，我就感觉到他不喜欢我，我在他眼里几乎是所有他讨厌的东西的一种浓缩。

玛丽不和胡佛生活在一起。她还保留着自己的套房，还是每周都会在那儿住几个晚上。我们见面的那个晚上，或许被重逢的这种特殊际遇所刺激，我们又来到了她的家，在那里，依照她的习惯，她让我依稀感到幸福并让我在床上翻转。我的牙齿继续剧痛，而且这回因心跳和欲望而强烈了百倍。

到了早晨，我开始抗生素治疗。在服用了第一粒胶囊一小时之后，我感到整个阴茎有一种剧烈的瘙痒感。接着这种奇痒又让位给一种令人不安的灼热。到了中午，它已变了颜色，而且样子吓人。我的皮肤上布满疱疹，一种令人恶心的让人疼痛的大水疱，好像是被成百上千的感染性细菌咬啮过。我不知道这种正在折磨我的疼痛的性质，只能去想是玛丽把一种如此有毒性的、尖刻的、置人于死地的异形怪物的所有权转让给了我。我用纱布将我的器具包裹起来，冲进一家皮肤科诊所，他不需补充检查就诊断出是由抗生素过敏导致的红斑，而且预言要四十天或五十天才能结痂痊愈。

在差不多两个月的时间里，我就这么过活，性器官脱皮，暴露，包裹在气味难闻的纱布里像个木乃伊。我的牙齿，不再接受任何治疗后，重新开始了它圣盖伊的舞蹈。我徒劳地去胡佛那里看过几次，什么也没做。他给我开的止痛剂让我在此期间勉强得以过夜。我一次次地躲避剧痛就好像人们跳过水洼。每一次我们相见，胡佛都要用指尖在我的牙龈炎症最厉害的地方压一压。

"就是这儿，嗯？一直反射到腮帮子上，在我这么压的时候，是吧？"

在展示了这纯粹施虐狂的一瞬之后，他取来亚硝酸氧化物瓶子，把面罩覆在我的脸上，并且把阀门开到最大。于是，我的胸膛充塞了一大团幸福，就像现实一样既虚假又容易挥发。我还记得每一次在安置他的大玻璃瓶之前，胡佛都小心翼翼地屏一口气，就像是某些人要在宴席上喝干一杯酒时一样。在重新起身的时候，我总有一种生活在跷脚的世界里的感觉，没有什么是直线的，而我甚至不得不把身子侧转过一边，为了跨过这个房子里歪歪斜斜的所有的门。当我有时在走道里遇上玛丽时，我的大脑迟钝到了这样的程度，以至于她和另一位病人早已经消逝在治疗室里，我的手才开始要伸出去。

我几乎是天天来听取这个专家的建议。

"脓肿还是存在。但是，既然您不能使用抗生素，我将不得不做手术。您对麻醉剂不过敏吧，偶尔用一点？"

胡佛，又一次以这种居心叵测的典型语调向我提出问题。越是进行这种治疗，我越是确信，这个有神经质嫉妒心的男人要让我为与玛丽的关系付出代价。

"把嘴张大。在我扎进注射器针头的时候，会有一点儿疼，然后，疼痛就会过去。"

我处在这个大猩猩的爪子之间。他戳我就像我是车轮内胎，给我注射他合法的毒药。玛丽在他旁边，戴着口罩，帮着他作恶。她能够看到我的嘴里边，发现全部的缺陷，一直到达我的扁桃体的凹凸处。我明白，从此以后，她对我的口腔会有一种临床的认识。我讨厌这种想法。

"亲爱的，给他一点气体。"

在其他病人面前，胡佛对玛丽以您相称，而且叫她小姐。而当我在场，大概是为了体现其雄性主宰者的特权，他偏爱使用这个亲近的词语。亲爱的于是给我输送了一剂足量的亚硝酸氧化物。然后，亲爱的又在我的口腔里放上牵开器，在腮帮子里的破口处敷上棉条，吸去我的唾液，擦掉一些血丝。当胡佛把我的牙龈折磨得失去知觉时，我却在想这位亲爱的几天前对我的生殖器所做的事，现在它是完全变形了的家伙，被宣判闲置而且包扎在褌裸里，活像是丑陋的春卷。胡佛把所有递到他手里的东西全部塞到我嘴里。而且他塞进器具时也不怎么小心，就像是某个早晨出发去钓鱼的人装车一样。同时，他还在说话，叽叽喳喳一刻也不停：

"……显然这次选举将不同于其他。您还记得巴尔比吗？他哭了，我不记得是哪一年了，还有迪卡特尔，他这样开始他的演讲：'自我介绍一下，路易·迪卡特尔，同名导管的发明者'……亲爱的，那儿，抽一下……这次不是，因为有迪蒙，一个生态学家，和这个女人，我忘了她叫什么，我们将会……亲爱的，给我准备再来一次注射，再给他来一点气体……"

以他的魔鬼式鸡尾酒、成癖的镇痛剂使用，胡佛把我当作一个狂暴的疯子来治疗。事实上，他把我置于他的支配之下，控制了我，在他的神秘治疗过程中，我蒙受了非同寻常的痛苦和创伤，然后，只有他能在注射、胶囊和气体瓶的帮助下平复这一切。在两个星期里，胡佛成功地摧毁了我的生殖器，成功地把我变成了一个驯服的病人，麻醉剂依赖者，不能在勒努万、克里文、鲁瓦耶或者拉吉耶尔的纲领之间看出一点儿区别，而且特别是不能给恋人带来幸福，甚至不能去接近她。

瓦雷里·吉斯卡尔·德斯坦

（1974 年 5 月 27 日—1981 年 5 月 21 日）

　　我从未投过票。这是一个原则，我希望以后也不会破例。一直以来，我抵抗所有的诱惑，抵制所有使人产生犯罪感的、破坏稳定的活动，抵抗压力、要挟，以及铺天盖地的论据充足的辩论或是似是而非的诡辩，我只紧紧抓住自己唯一的卑微信条，认定自从 1968 年以来，每个人都明白，卷入选举从其中捞取利益的极少有值得称道的组织。因此，我谦卑地力求做到一点儿也不参与这类事情。这在某些睿智者看来可能显得有些无能，不过，这种简洁的清澈和谐对我总是很合适。在这里对此展开说明其动机将会不合时宜。简单地说，除了这个不可更改的先决条件之外，我在这个第五共和国治下所度过的一生中，从未发现哪个寻求选票的候选人能让我高兴地把自己的车钥匙或是家门钥匙委托给他，一句话，没有哪个家伙会让我愿意和他度过一周的假期，或者单单是分享一次垂钓聚会。然而，在 1974 年 5 月 19 日的晚上，当我看到吉斯卡尔·德斯坦被宣布以 1.62% 的优势当选，也就是比他的对手——不可否认的"社会叛徒",不过是在一切更可取的意义上——只多得了 424 599 张选票时,我在一小时时间里,有一种茫茫然的感觉,伴随着难以接受的反应。

如果说我几乎没有谈到我的社会学学习进展,那是因为它就像一个长长的令人愉快的理疗过程。在四年的学习中,我没有写过一行文字,没有交过一点儿作业,也没有经历过最基本的考试。教学更多依靠全体大会,而不是教师的课程。而且,如果某些教师有想要教授知识的意图,即使是悄悄地,也许就会把自己送往某个在田间或工厂的再教育营里,以便去学习《论青年一代的处世之道》[1] 的基本原则。每一年结束的时候,管理机构无条件地给予我们所需要的学分。我们没有任何监督,没有任何考试。向我们要得到学士学位所需的分数是无效的,硕士学位也一样,不必填起码的文件;这一切都自动地给我们提供了。甚至我们的课也不是非去不可。只要在开始时获得选修资格,然后尽管顺其自然,时不时地过去看看,有时论证一下辩证法能够打碎砖头就足够了。课程缩减为情境主义者、毛泽东主义者、托派分子、自由派、法国共产党马列成员之间无尽的意识形态和战略的冲突,而且其中也已有一些独立的激进分子、武装斗争的拥护者。被指定在此当班的教育者,沉默、谨慎、专心,做着笔记,在与观念的永恒运动的接触中完成教育,他有时——必须很好

---

[1] 作者为情境主义代表人物瓦纳格姆,出版于 1967 年。

地认识这一点——有一种过高估计其革命和革新潜能的倾向。

我无法说清楚为什么吉斯卡尔·德斯坦获选改变了这个完美世界的管理程序，但是，在几个星期里，这种气氛就完全变了。管理部门——它已得到了命令？它害怕检查？——开始变得强硬起来。有学衔的教授振作起了精神，助教们也大着胆子要行使其微不足道的权力。因此，到了1974年考试的时候，老师们要求我们为每一个学分提交作业。这还不是考核我们学识的问题，但是我们必须提供那么一份可以作为对等物的文章，一种空洞无物的东西，以换取管理部门将要给我们颁发的毕业证书。这件事在我们看来，就像一次政变，一个意想不到的打击，于是有许多大型集会抗议这种向官僚主义的倒退。那些最极端的人提议一种"物理的"解决方式——清除几个教授、洗劫管理部门。有着改良主义头脑的其他人，则鼓吹立即罢课和全部大学总动员。

那时这些还不过是一种学生们欢乐的混乱，但是，由于一名助教的错误而演变为骚乱和暴动。从来没人知道为什么，一个叫布赖特曼的人决定独自面对面地向我们挑战。他教的或许是最被人们蔑视的东西——统计学，而且他在我们眼里代表极右派斗士的形象，因为他是法国共产党党员。在学年末，他不仅要求我们提交署名的作业，还让我们参加一场真正的考试，在那种场合下我们有关校正数据以及其他的统计学把戏的知识都会被真正地考核。

布赖特曼既不是一个邪恶的空想理论家，也不是精明的策略家。他多半属于那种不谙世故的教师，容易激怒，精神刻板，准备为小小的冲突挺身而出。此外，他的政治选择和他对党的忠诚也鼓励了他的强硬态度。在每一次课上，他都被激烈地要求解释自己的选择和态度。布赖特曼于是收拾起自己的东西，一言不发地离开教室。这种情形持续到一个月的时候，我们决定采取一种恐吓行动，以为这一行动足以引导这匹野马恢复理性。在吃晚饭的时候，我们三个人到了他的私人住所。打开门的时候，他的脸色立即严肃起来，而且是以一种自我保护的语调从金属防护门后边向我们发话：

"你们想要干什么？"

"谈谈。"

"谈什么？"

"喂，可以进去吗？"

"不。"

耶稣·奥尔特加，三人中最没耐心的一个，飞起一脚踢在门上，门开了，骤然撞在墙上，震落了一幅画。

"他妈的，你别让我们厌烦！跟你说了，我们是来谈问题的！"

"没什么可谈的。现在你们不是在大学里，你们是在我家！所以，出去！"

布赖特曼几乎还没结束他的句子，以绝对吻合的步调，他已挨了来自奥尔特加的一记重重的耳光，发出无情的声响。一眨眼之后，我们全都到了他家的客厅里，坐在长沙发上，聚在一起，好像军队里的老朋友。

"好了，布赖特曼，这回你该听听我们的了：你的牛仔故事该到头了，结束了，明白吗？我们甚至并不想知道这些日子你脑子里都装了些什么。明天，你要向所有人宣布，你已改变主意，你将依照惯例给我们学分。否则……"

"否则怎样？"

"否则真的打烂你的脑袋，还要烧掉你的汽车。"

布赖特曼好像凝结在了他的座位上，在重新聚集起勇气的最后分子，就像是人们准备要面对巨浪的打击那样，没有看我们，脑袋嵌进了肩膀，他说：

"明天我要重复直到今天我一直在说的：你们都要经过考试，绝没有例外。"

耶稣·奥尔特加在矮桌上猛击一掌，它的玻璃在拉拉链似的声音中碎成两半。"该死的共产主义分子！"我很是不知所措，而且尽管在场的力量不成比例，我还是困惑地感觉到布赖特曼正在赢得这一局。"该死的共产主义分子。"奥尔特加一边重复着，一边在客厅里来回踱步，客厅四壁好像在收拢，在朝着我们的圈子合围关闭。布赖特曼只比我们稍微年长一点，可是，当我们看起来像是不需承担责任的黄萤时，他则是现实原则的化身。一个实实在在的陆居者，一直看到了这块土地之物质性的最深处。

"明天是最后期限，布赖特曼。然后就打烂你。"

奥尔特加给了沙发愤怒的一脚，然后走出了房间。可以听到走廊里玻璃被打碎的声音，接着什么也没有了。我说了这样一些话：

"您最好仔细想一想所有这一切。"

布赖特曼朝我抬起铁青的脸，那里闪闪发光的是充满怒火的眼睛。

"滚出去。给我通通从这里滚出去。"

从第二天起，而且在两周内，校园里燃烧着如同 1968 年的最美好时光的激情。示威，罢课，与法国大学生全国联合会成员的肉体对抗，处处混乱，汽车被掀翻，布赖特曼引起的裂变具有了核原子裂变的规模，以至于大学不得不关闭十天，以便建筑物里恢复一点儿秩序，头脑里找回一些理智。

在重新开学的时候，我们再次发现布赖特曼还是忠实于他自己，共产党员，顽固的人，僵硬得就像篱笆上的木桩，而且比任何时候都更坚决，要虔诚地检验我们统计学情感的理论依据。一个与管理部门之间的协议最终达成：布赖特曼按照他的理解考核我们，但是不论我们的水平如何，学校负责依据旧体制的惯例给我们学分。就这样我得到了我应得的，而且离开了这座疯人院，在那里我当了差不多五年的寄宿生。我二十四岁了，口袋里装着一个古怪的文凭，还有一种对这个炭黑色世界的扭曲的看法。美国人将要离开越南，皮诺切特坐定了圣地亚哥，毕加索死了，而我年轻的生命，混乱、无序，像他画作中最立体派的一幅。

自从哥哥死后，我经历过一些困难的时期，在那些时刻我常感到无依无靠，忍受着被遗弃、孤独的痛苦折磨。在1974年的秋天，我经历了与此类似的巨大空虚，一天晚上，陪着玛丽回她家的时候，她以一种紧张而失真的声音，向我宣布她因埃德加·胡佛而怀孕了。保护措施的一次失败、一次遗忘、一瞬间的疏忽或不小心，已经足够让毛茸茸的牙科口腔学家的数百万精子之一与玛丽的卵子上演落籽结胎的游戏。无论如何，她都不想让牙医知道她的这种状况。她说，他首先是她的雇主，而她，不希望他当丈夫、父亲，甚至也不是这种焦虑时刻的顾问或道义上的支持者。于是，她打电话叫了我，只是为了让我陪伴她，为了不要独自走进那个医生的暗绿色诊所，那个医生要求她带着必需的毛巾，而且必须要以现金结账。

迪瑟里埃医生属于这样一种开业医师，人们一看便知他冒险做人工流产，绝对不是为了帮助慌乱中的女人。就像他其他地方的大多数同事一样，迪瑟里埃索取令人望而生畏的高价来交换他的技艺。这是一个中年男人，好像不断地被自己的矮小身材激怒，总是踮着脚尖走路。宽阔的眉毛把肥胖的面庞切成两半，中间是靠得很近的豆子眼，蓝得惊人，在空气中扫来扫去，但从来不会和你的目光相遇。迪瑟里埃穿着一件短袖衬衫，露出肌肉发达的前臂，举重运动员一样的肢体充塞着雄性激素，而且习惯使用产钳干活。然而这位医生的专长不是妇科学，不是产科学，也不是外科学。比这些都平淡无奇，他在法医学和医疗检测领域工作，主要受雇于银行或者保险公司，负责检查某个申请贷款或请求担保的客户或者企业主的肝和肾。

当我们爬上通往诊所的楼梯时，我注意到，脸上没有表情、手里提着小运动背包的玛丽已经踏上秘密和痛苦旅程，在这种凶险的远征中，一个女人总是失去部分的自己，也丢掉一部分的纯洁天真。

"您是谁？"

"您是想知道我的名字吗？"

"我问您是她的什么人？"

"她的朋友。"

"我在这里见到的除了朋友没别的，先生。所有坐在您这个位置的人都说是朋友。我想要知道的是，您是否是她的近亲，或者床上的朋友，这是肇事者的另一种叫法。"

被我的含糊其词所激怒，迪瑟里埃以言辞、随便和低俗的惯用语来娱乐自己。和所有不大正当的医生一样，他露骨地蔑视在他诊所里出入的人们，尤其是那些女人。可以看到，他模糊地觉得享有父亲、法官和监察官的角色。这个无情的施恩者将要治愈极大的罪恶，并且让你品尝它的各种滋味。金钱引导着他的生活，但是，另外一种更可疑、更令人不安的东西，指挥着他的手。

"不是，我只是她的朋友。"

坐在我的旁边，玛丽还是没有表情，她的背包放在脚边。

她的手一只放在另一只上，好像相互依赖，在等待什么。我过了一会儿才发现她脸上的不一样：她没有化妆。她来这里没有刻意打扮，摆脱了取悦于人或是抛头露面的欲望。这是第一次，我发现了完全不加修饰的她。

"您不走运。要是一个月后，您就能够受益于新的法律。不过，等待将是不理智的，而且无论如何，按照我了解的，您将要超过时限了。您怀孕多久了？"

玛丽以窒闷的声音回答提问，微弱、纤细的气流，声音很难从她的嗓子里发出。而他，无动于衷，还是追踪着他的预审线索：

"您带结算款了吗？"

他静静地数着，手指灵活地一张张翻着那一沓，好像肉类批发商或是经销汽车的商人。一切劳动都要求酬金，因此钱随时都在换手。就这么简单。

"好了。女士和我将要到我的检查室去，而您，先生，我请您在候诊室里忍耐一阵儿。如果您想出去转一圈，回来的时候，短促地按三次铃，我就会知道是您。"

迪瑟里埃站起来，给玛丽指了路。还没等她走三步，他便用胳膊拦住她，指着她的包说：

"您忘了您的单子。"

渐渐地，生活教给了我它的法则，让我知道了它的优先权已在男人和女人之间画出了看不见的界线。在那个时候，我知道胡佛正在他的面罩下吸袋装酏剂，仰在他的扶手椅里，腿微微抬起，以促进大脑的清洗。而玛丽则倒在带搁脚架的手术台上，两腿分开，脚被束缚在上面，而这个小眼睛的男人将这些冰凉的家伙塞进她的身体。在他熟悉商人业务的脑子里，他认为这样做是为了赚钱吗？我与这件事毫无干系，与这间候诊室并无关联，但是，一种模糊的与父亲身份有关的什么在我的脑子里出现。一种我做不到明确表述的焦虑在咬啮我的胸膛。我回忆起那个登陆月球的晚上，在那天夜里，玛丽和我不知不觉地偏离了我们的爱情轨道。我记起我们有关柯林斯的谈话，第三位航天员，他的那次旅行一无所获，甚至没有跨出舱门一步。我对自己说，那个让迪瑟里埃忙活的胎儿将和他一样。他也是，在无限小的令人心悸的宇宙里完成了全部的长途旅行。但是，在这个旅程尽头，他找到的除了不能逾越的门和舷窗外一无所有，穿过舷窗，和柯林斯一样，他只是能隐约看到一个世界，听到其声音，感觉其震动，但是永远不能在上面行走。

当玛丽走出迪瑟里埃的诊室时，她的脸色苍白、面容疲惫，面颊上因为流汗还粘着一些头发。我请迪瑟里埃叫一部出租车。

"这就不值得了，下边就有车站。"他说。

活儿已经干完了，现在，他急着看到我们赶快离开。也许他还有另一个约见，而且不希望他的病人彼此碰头。

"一般来说，一切都会好起来。如果有问题，就打电话找我给了您号码的那个医生。"

"您不在几天内再见她一次吗？"

"不了。而且你们一定不要再来这里。就这样。我和你们说再见了。"

直到我们接近了微光中楼梯的最后一级台阶，我们都感觉到他探究的目光落在我们肩上，然后门轻轻地关上了。

我留在玛丽的住处，她因疼痛和孤独而不断发抖。服了一剂量很大的镇痛药，她抓着我的手，很晚才入睡。

在好几天里，这次对迪瑟里埃诊所的访问在我身上还继续激起一种奇特的漩流，好像有人搅起了沉睡在我人生支脉底部的沉渣。一种悬浮状态的软泥模糊了我的视线，以一种回忆的薄纱包裹了我的心灵，在那里交织着死者和活着的人们，混合着墓碑的寂静与孩子们的尖叫。

一天早晨，我驾驶着汽车，往比利牛斯山方向行驶了半个小时。在国家公路的上空，法国梧桐建造起绿色的穹庐，而且它完全不羡慕大教堂的自命不凡。过去的时候，所有通往南部的道路都是这样，有浓密的枝叶遮盖。旅行因此也是快乐的一部分，是休憩的一种序曲。

这是我第一次又来到这块小小的乡间墓地，那里埋葬着樊尚。不知道为什么，玛丽的流产和我的精神卷入的曲曲弯弯的历程把我引导到了这里，到了这块石板旁边，在它下面有我哥哥的遗骨。我试着想象他的骨架、他颅骨的形状、他牙齿的状态。他的头发怎样了，他的指甲呢？他的衣服还剩下什么？还有他能潜入水下十米的防水手表及其表针、荧光表盘，顶得住这种时间的深度吗？不愿意接受被一种忧伤的潮汐所侵袭，我的头脑以提出各种各样有关人类遗骸的愚蠢问题来建立起虚幻的堤坝。渐渐地，这些廉耻的壁垒坍塌了，它们被来自童年深处的泪水的波涛冲决而散。

我从未祈祷过，也不理解那些单腿跪地、在没有任何耳朵倾听的情况下进行哀求的装腔作势。我从未祈祷过，也没有真诚地信仰过什么东西。我看见人生好像是一种孤独的演练，一种没有目的的横渡，一次在既平静又令人恶心的湖面上进行的旅行。在大多数的时间里，我们在漂流。有时，在自身重量的作用下，我们滑向底部。当我们触到了底，当我们在脚下感觉到那种模模糊糊的柔软又令人恶心的物质，我们于是感受到祖传的恐惧，它萦回在所有注定要死去的蝌蚪们身上。一生从来只不过如此。一种耐力的操练，在容器的底部总是有一些淤泥。

我坐在墓石上，紧靠着哥哥。我们终于重逢了，肩并肩地，好像从前。我可以和他说话，告诉他，他的离去把我们大家骤然推入了虚空。如果他还一直和我们在一起，爸爸也许还会保留他的车行并保持一颗更结实的心脏。妈妈也会继续在餐桌上说笑，继续穿着色彩明亮的衣服。而我，每天夜里，也会对慢慢地滑入湖底少一些恐惧。我告诉哥哥，我始终爱他、崇拜他。我和他谈论起我们共同的童年，谈论到对我来说他代表着的一切。一位使人放心的长兄，一辆轰然作响的摩托艇，它牵引我走向人生，走向成人的世界。为了那些马和那辆豪华马车，我也请求他的原谅。我向他承认，我经常梦到自己的手腕戴上了他的手表。在离开前，我向他说明，至少有一次，我真希望他能够对我生活中的所作所为提出意见。

我读着墓碑上他的姓氏。我们的姓氏，是它使我们成为不可分离的兄弟。并非不知道这种虔诚心愿的虚荣，但我还是喜欢抱有这种念头，这就是我哥哥在某个地方关心着我。

从墓地返回时，我到玛丽家逗留了一会儿。她看起来精神很好，而且已重新开始在牙科诊所上班好几天了。她以一种有时用来掩盖自己真实情感的轻浮，谈论各种各样毫无意义的事情，小心翼翼地避免触及我们在迪瑟里埃那里拜访的情形。我理解她这种极力与那些痛苦时刻保持距离的迫切心愿。只是，在谈话进行中，我犯了一个错误，提起了她和胡佛感情的未来，这时，她好像稍微沉吟了一下，说道：

"你知道路易丝·布鲁克斯说的那句话吗？我们不可能爱上一个善良或可爱的人。因为，世界就是这么制造的，我们爱的实实在在永远只是些坏蛋。"

不由自主地，我用舌尖触了一下胡佛最终给我拔掉了牙齿的仍然很敏感的创口。我完全被玛丽刚刚所说的话震撼了。这句话好像一种令人委顿的厄运砸在我的头上。而且直到今天，它有时还以其全部分量压迫着我。

安娜·维朗德勒闪闪发光的美貌，还有我们相遇的情境也增加了这个令人不安的定理的光彩。

面对这个将来成为我妻子的人，我经常体验到一种奇异的磁力现象，它把罗盘疯狂地引向磁极。而且在好长时间里，只要她的目光接触到我，就足以让我的防御、我的原则，甚至我最隐秘的信念都摇晃起来。安娜完全没有玛丽那种雄壮与威严的体格。但是人们还是会被这张脸所控制，它同时具有谨慎的印记和一种不可压抑的狂放，透过她栗色眼睛的光滑表象可以猜到其纹理。

我们是在一次由 Cruise Control[1] 发起的私人晚宴上认识的，那是一支由一些讨人喜欢的有钱大男孩结成的乐队，他们拼命地延续没完没了的学业，以求最大限度地拖延进入成年和就业的时间。Cruise Control 的大多数成员，似乎在他们的幼年就接种了抵御现实疾病和世俗感染的疫苗。他们都有长长的头发，柔软、光泽，得益于那个时代性方面混乱的自由，他们给人一种靠时代空气生活、饱食了地上食粮的印象。安娜是一名吉他手的女友，这位合时宜的乐手非常小的时候就误入歧途去学了枯燥冗长的药学。这是一个风度很好的男孩，脸部轮廓有一些女性特点，而他长长的手指则像海里蜘蛛的爪子。当他吃力地拨动琴弦时，会令人想到一个不自然的网球运动员，笨手笨脚的瘦高个，好像总是在和断裂点调情，但是不管怎样总能以高效率取得成功。除了他的独奏天才，格雷古瓦·艾利亚也有永不餍足的引诱者的名声。以一

---

[1] 原文为英语，意为"巡航控制器"。

种有争议的别出心裁，他的朋友们给他起了个诨名叫齐佩，这在英文里意思是指"男裤前边的拉链"。

我相信从我见到他的第一秒起，我就不信任这位拉链先生。他在我眼里体现为这类出色坏蛋的变种，优游的、没有政治意识的富人，对于他，女人是和高尔夫、海滨慢跑以及花样滑雪一样的消遣。一见到齐佩，我就再次想起了路易丝·布鲁克斯，想起了玛丽。他就是那种神奇坏蛋的绝妙化身，对他吃人妖魔一样的需求，女人们都非常愿意去满足。

对这次晚宴我已没有了记忆，不记得在那里见到的人，也不记得演奏音乐的好坏。在我的记忆中唯一留存的，就是安娜的脸，完美的椭圆形，鲜艳的唇，幼鹿的眼睛，如同闪着幽光的行星，里边似乎在不停地上演着世界的命运。她的脖颈也和全身的骨节一样纤细优美，使人感觉它超越了万有引力的共同规律与基本法则。安娜穿了一件连衣裙，我一辈子都能重绘出它的曲线，黑色的毛织紧身衣完美地与高雅的臀部和充满活力的胸脯融为一体，健硕的乳房让人无法想象它注定具有哺乳的功能。

如果仅从纯粹的美学角度来看，安娜·维朗德勒和格雷古瓦·艾利亚是相当般配的一对。如果看得更远一点，他们的家庭财产和未来职业前景的合理结合，一定会保证他们过上什么都不缺的生活。艾利亚的家庭是一个非常大的医科群岛。每一个小岛在拥有自己专长的同时，系统地把他们的病人送到本城最重要的放射科诊所去做全面检查，而后者是由这个家族的家长，西蒙皮埃尔·艾利亚拥有并管理的。因此，这个部落生活在封闭的圆周里，从一群被捕获的、疲惫的和忍受现代病压迫的顾客那里抽取它的什一税。格雷古瓦是这个家庭中的失败者，他曾学医，但没有成功，不过同时也是这个卫生系统中刚好短缺的一环。一旦安置妥当，他将成为体系中最后的敲诈勒索者，将为其兄长们开的处方供货。有了他，这个环就真正闭合了。

维朗德勒家不属于任何王国。作为第一代中产阶级，他们无法从任何一个网络得到益处，只能自己拼命地工作。让·维朗德勒是一个讲究实用的人，有胆量，有活力，相当有主见，讨厌抽象概念，讨厌牟利者，讨厌懒汉以及一般左翼的观点。他以同等的才干管理着一家预制游泳池公司和一份以橄榄球和足球为核心的全国性体育周刊。为了远离这个她认为过于男性化的世界，玛尔蒂娜·维朗德勒从普通医生转行成了整形外科医生，已经在一家专门做隆鼻、隆胸和面部去皱的诊所干了十五年以上。她具有一种光彩照人的美貌，并把它遗传给了自己的女儿，同时，她还有幻想破灭的波纹所赋予的令人向往的光泽。

维朗德勒和艾利亚的家庭门当户对，在同一宇宙里，即使他们的行星，因不同的品性和结构，显然不具有同样的引力。但是，在这场初春的聚会上，我并未意识到那种微妙，也不了解他们完美的家庭，我的眼睛紧盯着两人：安娜，令人眩晕，而齐佩，我希望他死去，就在那儿，即刻，就在他试着要表演一支独奏曲的时候。从这一天开始，我的生活全部围绕着让我出现在这一对儿面前的那一刻运转。我必须去接近他们，必须钻到他们的圈子里，赢得他们的好感，成为一个亲近的人。当我重新回想起那个阶段，我又看到自己像忍耐、执着的蜘蛛一样，什么都不看，专心于我的任务，编织着爱情之网的无数丝线。

一种时时刻刻的用功努力，一些在左翼论辩和那个时代的无拘无束中学到的狡猾，使我得以在春末就被他们的圈子接纳了。和格雷古瓦一起，当然，我们谈论音乐。他有极墨守成规的趣味，还有令人吃惊的平庸，他以令人震惊的真诚崇拜一些蹩脚到令人无法忍受的团体，比如美洲，阿士拉谭贝尔，平克·弗洛伊德，发电站和不可饶恕的杰瑟罗·图尔。他的选择没有任何的思考，没有起码的连贯性。事实上，他拥有和投币式自动电唱机一样的辨别力。除了这些，他还酷爱冬天的滑雪、夏天的帆船、赛车，还有在所有季节里到家里来的姑娘。长时间的观察，使我认为格雷古瓦并不爱安娜。我想要说的是并不是真爱，不会为了爱她而失眠或断腕。安娜受到和 MGB 敞篷汽车、卡斯特尔滑雪板、芬达吉他还有 Yes 组合同等的对待。她是那些使生活变得更加温柔、更加惬意的附属品之一。在格雷古瓦的灵魂里，她并不是他所爱的人，而只不过是他在市场里找到的能给自我最好安慰的人。他对她只是非常罕见地表现出感情的迹象，对待她更像一个他喜欢时不时看着她的胸脯喝马提尼的伙伴。他们组成这样一种虚构的伴侣，供人们在做样子的楼前花园里或敞篷汽车里拍照。他们好像是只生活在照明灯和表演的错觉里。

安娜集中精力于未来的职业，给人的印象是满意于这种最低限度的生活，满足于与这个没有内涵的男生为伴。而格雷古瓦如此程度的简单和可预测，保证了她能够完全控制这种关系。从她父亲那里，她继承了敢打敢拼的性格，可以毫不犹豫地去奋斗。安娜比我大两岁，但是已经取得经济学专业的毕业证。她只剩下一学年以结束法律专业的学业。她正作为实习生在一家律师事务所工作。

时间过得越久，事情在我看来就越明显，安娜和格雷古瓦没有任何真正的类似之处，什么也不能保证她继续与他经常往来。不过，如果我稍微有一点清醒的话，我本该立即想到，她也没有更多的理由对我感兴趣。

在那个夏天里，艾利亚好几次和他的伙伴及乐手们到海边度周末。就像鱼一样，格雷古瓦和他的部属成群地随着季节挪动。安娜讨厌这种群体迁徙，而宁愿留在图卢兹。她住在父母家，尽管有时一周会有几次去格雷古瓦的套房，她有那儿的钥匙。这个住所朝向皇家花园的大树林，在如此热闹的市中心，它的宁静和王侯气的景色总是给人已经过时的感觉。我好多次在这个大得过分，备有一些扶手椅、诺尔牌长沙发的客厅里被招待，格雷古瓦喜欢在那儿为 Cruise Control 的朋友们组织特殊的小型聚会。这些聚会必不可少地有性、大麻，而且很不幸，还有乏味的音乐。这种节庆的程式是一成不变的：三十来个人，许多杯酒，一道北非式炖肉，一些音碟制造愉悦的背景音乐，嘴巴塞满的交谈，澡堂伙计的恶俗玩笑，还有一点儿白粉或是印度大麻给每个人增加血色，衣服越来越没有必要，成双成对越来越不正当，共享的时刻，自由贸易地带，然后是松弛阶段，浸染着一种更接近眩晕而非幸福的润湿。在这些聚会期间，我曾见到过各种各样的事情：因大麻致幻的家伙把自己糟蹋得一塌糊涂，醉酒的姑娘往低音吉他的音孔里撒尿，格雷古瓦亲自用仿真男性生殖器把一些姑娘搞得精疲力竭。Cruise Control 的一个乐手甚至还给他被喂饱了这里偏爱的甜食——蘸了印度大麻油的蛋糕——的狗手淫。

除了有一次在那儿转了一圈，安娜从不参加这种聚会，显然她把这看作适于迟睡的乐手们的消遣。格雷古瓦是否是这种活动的唆使者和主要发动者对她并无更多妨碍。格雷古瓦毫不掩盖自己从这种罗马军团士兵的快乐中得到的愉悦。他总是在笑。这很正常。玩乐是必要的。人们不就是这样受的教育吗？

我在那儿的时候，总是感到满心不安，害怕安娜会突然出现，而且撞到我正四脚伏地，像一只母狼似的，用我唯一的而且肿胀的乳房给一个沉醉于东方香精和杰瑟罗·图尔粗俗谵语的希腊拉丁文女教师吃奶。实际上，我这样吓唬自己没有任何合理性，也不必为这种神学院学生的犯罪使自己困扰，然而，我还是感觉欺骗了她。

古怪的时代。我们中的大多数人，以这种典型的发现新世界的探索者的迟钝状态走过了这个阶段。这片新大陆是属于各种自由的大陆，既陌生又广袤的土地，在那里，时代风气鼓励我们过没有暂停的生活，鼓励我们无拘无束地享乐。人们推荐给我们、提供给我们的，是前所未有的奇遇，是男人和女人之间关系的根本颠覆，摆脱了宗教的外壳和社会的契约。这就意味着重新质疑爱情的排他性，意味着身体所有权的终结，意味着享乐的文化，意味着嫉妒的根除，而且也还意味着，为什么不呢，"每天傍晚5点钟以后的贫困化的终结"。

到了半夜时分，当格雷古瓦已排空了精液，再没有什么重要事情的时候，他过来倒在我旁边无拘无束地闲聊，反正大部分时间已经消磨掉了。我让他感到惊讶。就像他说的，我是他认识的唯一的左翼分子。好几次我们试图谈论政治，但是，这在他是一种非同寻常的努力，就好像用额头去推一块巨大的花岗岩一样。他被基础的观念绊倒，淹死于十厘米深的抽象概念，而且最终总是以他神奇的"你—今天—说—这个—但是—明天—你—最终—会往右转—和—所有人——一样"来结束争辩。

谈论音乐，同样也不是愉快的事情。

"你听见了吗？用我的新播放器，实在是棒极了。哈曼卡顿的，两百瓦带蓝星的反射板。我全都换了，甚至连线。你感觉出不一样了吗？"

"声音不错，但是你听的这个……也完全可以用一个旧的德帕斯放。"

"我搞不懂在人们喜欢的音乐里是哪儿叫你不舒服。你真是有种古怪的口味。比如，你是我认识的仅有的不喜欢甲壳虫乐队的家伙。"

"就是这样。"

"不管怎样，他妈的，甲壳虫……"

"什么'不管怎样—他妈的—甲壳虫'。这太滑头，太英国了，我听这东西时，感觉没法自在。"

"不，不过等一下，你不能这么说……再告诉我一次你喜欢的家伙们的名字，这样，试试看……"

"柯蒂斯·梅菲尔德，约翰·梅耶尔，埃斯利兄弟，布赖恩·埃诺，马文·盖伊，软机器，鲍勃·塞格。"

"这都是什么呀？该死的，我一个都不认识。我敢保证，如果你问这里不管谁也是一样，没有人认识。我要告诉你：音乐是一种简单的东西。你在机器里放不管什么，如果三十秒内所有人不跳舞，那就是一钱不值的。今晚你让自己累坏了吗？"

我还能说什么呢？我是在他的公寓里，在他的名牌皮长沙发上，浸渍了他的油，饱食了他东方式角形糕点和他女朋友的爱。我前所未有地感到与不像你一样思考和感受世界的人分享快乐时光的困难。我越来越确信，在一个男人和一个女人之间，可以存在比所有的性情不合更深、更不可调和的政治分歧。于是，就这样我发狂地爱上了一个右翼女孩，她出身右翼家庭，每周几次与一个右翼继承人做爱。

夏天，安娜变得更美丽了。阳光强化了她南方人的特征，她的皮肤带上了漆光栗木一样的色彩和光泽。我们见面的次数越来越多，而且也有不少次，当格雷古瓦迷醉于某种体育活动时，我陪着她逛街购物。我喜欢这种消费主义者的跋涉。我喜欢和她一起行走，看着她买这买那。她试穿鞋子的样子让我高兴，她付账的态度也是一样，她买东西总是拒绝小票。还有，事情做得一定要快，不能浪费时间，即使我们没有什么其他事情要做。有时，我们会在某家咖啡馆的露天座喝上一杯，我看着她胳膊的肌肉在阳光下变圆，或是她的胸脯渗出纤细的汗滴。我还没有敢跟她交代我有关胫骨的理论，但是，她的胫骨令人着迷，向前突出好像船舶的立柱，每一次都让我想入非非，任自己的目光溜向她的大腿。

在这些时刻，格雷古瓦从未存在，也不再有性革命。安娜是我的，只是我的，而且我非常希望就这样留住她，在我的身边，在我生命的剩余时间里。

我早已离开了叹息街，又回到我父母的家，在离开那所中学后，等着找到一份工作。我的父亲，因疾病而体力衰减，脸色改变，身体也给人萎缩了的感觉。当他爬楼梯去他的书房时，那样子就是一个老人在爬他人生的最后阶梯。他的精神还保留着活力，而且以听天由命的态度看待他疲惫的躯体不断增加的麻烦。在我们一起吃饭时，我父亲从来不抱怨他的身体状况。相反，他总是不失时机地用一件四年前成了他心病的事情来让我烦心：

"你想过没有，我怕是到死也只能通过照片看看托雷莫里诺斯的那个套间了？"

托雷莫里诺斯的那个套间。一件要追溯到1971年的往事。那一年，在他年轻的合伙人——汽车行里的那位——的建议下，我父亲在西班牙的托雷莫里诺斯，位于半岛最南端的海水浴场，离直布罗陀海峡两百米的地方，买了一个小套间。一次有远见的投资，一次上等的投资，在合同签字前的几个月里他总是重复这些话。他是在图纸上买得这房产的，还配有给他十年期回报的保证条款。这个定期利润的规则相当简单：您一次性投入一笔资金，开发商建造房屋而且有权在十年里每年出租您的财产十一个月获利，作为补偿，开发商保证每年给您支付您先期投资的百分之十；因此，根据合同，您就拥有了一个没花钱的套间。我父亲似乎对这种财产蒙太奇的巧妙非常感兴趣，一种巫术般的神奇技巧，公平交易的精华。他徒然地反反复复从各个角度考虑这笔交易，从中没有找到任何缺陷、任何不完满，各方的利益都得到了不可否认的保护。我没有分享我父亲的热情，而且我甚至差一点就要让这个交易破产。

因财产继承的缘故，他决定把这个套间登记在我名下，这就使我处在几乎不可忍受的位置。我怎么能够一边鼓励用塑料炸弹炸毁领事馆，参与反对执行绞刑的示威，与最极端的反佛朗哥势利往来，一边"投资"伊比利亚的不动产，名副其实的生金蛋母鸡，"un millón Veintiuna mil quinine tas Cincuenta Pesetas"[1]，直接建筑在那荒诞的阳光海岸上的罗望子树社区1栋196号的88平方米套间？父亲徒然地给我解释，说这里边有一个数学的简单计谋，还说在心底里，他不反对我的迟疑，我就是做不到因他的理由让步。我不明白，为什么他能如此轻易地放弃重要原则而看重个人的蝇头小利。在长时间的家庭论战中，母亲巧妙地利用父亲的健康状态这张牌来给我施加压力，我决定把自己的名字借给这笔我永远会觉得糟糕的交易。

各种文件签字的那一天，我觉得，我的灵魂不比浮士德的灵魂多值一个比索。伊比利科房地产公司的代表把我当作这个条例的恩人来对待。条约的每一页都这样开始："Sociedad Financiera Internacional de Construcciones y Don Paul Blick, de nationalidad francese, mayor de edad, estudiante, natural y Vecino de Toulouse, con domicilio Allée des Soupirs."[2]公司代表培尼亚·费尔南德斯－培尼亚先生符合伊比利亚开发商和伪君子的漫画式形象。头发用发油紧紧贴向后面，长方形的玳瑁眼镜，人们完全可以想象，他充当路边小旅馆里的餐厅总管

---

[1] 原文为西班牙语，意为"1 021 550 比塞塔"。

[2] 原文为西班牙语，意为："国际建筑投资公司与保罗·布利科先生，法国公民，已成年，学生，出生并定居在图卢兹，现住叹息街宅邸。"

角色和在宪警队掌管监察和情报部门一样合适。在我给最后几页文件的原件画押期间，他和我说，稍后将由一个叫阿方索·德·莫拉尔伊德·卢纳的事务所首席书记员给我寄复印件。只是这时，我才在整个合同的最后一页发现了由伊比利科公司选定为这项交易担保的公证人的名字和联系地址：卡罗斯·阿里亚斯·纳瓦罗，桑佐尔热将军街，马德里。阿里亚斯·纳瓦罗，我简直不敢相信自己的眼睛。我在做生意，而且差不多就是在和佛朗哥最有势力的部长之一做生意。

我从来没敢和任何人谈起这件事，直到它在1981年以一种最荒诞不经的方式结束，它一直压在我的身上，就像一段附敌分子的历史。在这种情况下，父亲当然可以周而复始地哀悼这笔他将永远见不到的远方投资，叹息它不可接近的白沙海岸，他反反复复地哀叹在我这里从来找不到一点儿同情的表现可以使他得到安慰。因为，在这个1975年的夏末，我主要关心的是寻找一个职位、一份平静的工作，没有太多牵扯，能起到过渡作用，使我得以在一两年里养活自己。安娜成了我的施恩者，她和父亲谈起了我。他正好在找一个人接替将要退休的体育记者。让·维朗德勒很快就在他位于尤·盖达街的办公室里接见了我。那是一个亮堂堂的蚕茧，铺着金色木地板，外加一间装饰得十分有气魄的小客厅。《体育画报》是一份全国性周刊，每周一出版，主要关注足球和橄榄球，创始于1937年，由于一点运气，让·维朗德勒从它的创始人埃米尔·德·瓦隆手里买下了这份报刊。玉米黄的纸张，柏林式的版式，《体育画报》是什么都无法影响它的出版物之一，无论是战争、繁荣，还是进步，一代一代的人在那里看到的总是前人留下的老样子。人们可以把它放在床头柜上，离家旅行十年，回来的时候再拿起来接着看。《体育画报》里除了那些比赛结果，一切都从不改变。

"您喜欢体育运动吗？"

"喜欢足球，但更喜欢橄榄球。"

"您玩过橄榄球？"

"两种都玩过。"

"实际上，我并不真的需要一个专家，更多是需要一种什么都接触过一点儿的人。某个能够在每个星期日，到体育场飞快地写一篇报道，然后回到办公室，记下各地记者给我们发来的比赛结果，而且还要修改他们的稿件。说到修改……您曾给报纸或是杂志写过什么吗？"

"从来没有。"

"您觉得您能够干这个吗？"

"说实话，我不知道。"

"社会学家，是吗？"

"是吧。"

"和体育没有任何关系。"

"是没有任何关系。"

"我女儿让我确信您是一个聪明人，那么我们先试一段吧。星期日上午您来这里，部门主管会给您解释您的工作，而且会给您安排一场下午的比赛。我们呢，星期一中午在这儿再见。您的姓，是布洛克？"

"是布利科。"

让·维朗德勒每天至少在报社待两个小时。他酷爱这个报社的氛围，它好像是在气垫上，可以不表示反对地吸收一切震荡，吸收一切外部环境对神经的刺激。当时买下这个刊名时，他完全不懂新闻，不懂它的规则、法律或是周期性。不过，他爱体育，更爱与体育有关的闲话。队员们之间的小纠纷，有关转会的流言，对教练员的威胁，秘密薪资，兴奋剂事件，围着明星转悠的姑娘，还有那些俱乐部经理，他们在本笃会修士的神色下，过着一种在快艇俱乐部和法拉利之间放荡不羁的生活。维朗德勒并不属于这个肌肉发达和富有的小世界，但是他很喜欢，当他高兴的时候，会通过办公室的舷窗去观察它。不管怎么说，这使他得以从他建造游泳池的事业的刻板琐事中抽身。

"您和我的女儿很熟？"

"还行。"

"好像格雷古瓦不在的时候，是您到处陪着她？"

"差不多是这样。"

"您觉得格雷古瓦怎么样？"

"一个冬天玩滑雪、夏天玩帆板的人。"

"哈！哈！这太让我高兴了。一点儿不差。一个真正的白痴，就是这样。"

离开《体育画报》的时候，我有一种已经赢了的感觉。我还没有和让·维朗德勒谈及我的实际工资，不过，只是为了听到一个老板对我的敌手发布这样的宣判，我已经准备不计报酬地工作了。

那个星期天，我一大清早就到了报社，带着一种尽管根本不知道跳伞的起码常识却必须在不到十小时内独自投身这项运动的心情。五年的大学生活没有为我做准备去应对这种特殊场合，对那些定理的知识，诸如"人类社会所顺从的政治体制总是这个社会内部存在的经济体制的表现"（克鲁泡特金[1]），在解读越位犯规或者描述利落的铲球时也不能帮我。

部门负责人路易·拉加什是一个很有教养的人，对他的部下很尊敬地以"您"相称，把他们都叫作"朋友"，而且还一点儿也不做作地使用大量考究的词语，与人们在工作中惯用的语言很不协调。

"那么，您就是我们社长介绍来的那位。欢迎加入，朋友。我希望您会是我们大家期待的那个珠贝。"

"珠贝是什么？"

"一种产珠的牡蛎，朋友，一种珠母。"

我没敢问他珠母的含义是什么。在第一次执行任务之前，我有太多紧急的东西要学习。但是，这个期限的接近似乎远

---

[1] Pyotr Alexeyevich Kropotkin（1842—1921），俄国思想家，致力于提倡无政府主义。

在路易·拉加什的心思之外，他不停地表达一些一般性观点和无关紧要的评论。

"不要担心，朋友。我们过一会儿再来解决细小的操作问题。此外，好朋友，不要忘了我们是为《体育画报》工作，《体育画报》中有这个词……"

"……体育？"

"不，朋友，不是，是画报。千万别忘了我们这类杂志的读者喜欢的是什么，是记录胜利的图像，表现努力的照片，展示功勋的彩画。所有围绕这些图片转悠的小块文字，从来不过是负责编织传奇的卑微诗文。我说得够明白吗？"

拉加什有一种总是运用特别细腻的比喻来谈论简单事情的才能，而且永远给人一种超然于体育记者的日常琐事之上的印象。在那之后，我将会明白，在这种表面的漫不经心背后，工作着一位能够挽救令人绝望的局面的高明老手，而且能够详细地描述一场他负责但并未到场的比赛。某一天，当我问他从哪儿得来如此的才干时，他的回答仿佛笛声一样飘扬：

"那整个小世界是这样地可以预知，朋友。那些场面的重复和巴黎剧场里上演的通俗喜剧一样。人们走了、来了、进去、出来，门砰砰地关上，情人从壁橱出来。而且，您看，我不信这种一成不变的套路是体育界的专利。在所有的社会职业领域，都能发现这种喜旧厌新的倾向。我相信的是，朋友，一个人，即使肌肉发达，也毕竟还是一个渺小先生。"

拉加什是编辑部里唯一的一个以这种超然态度观察世界的人。社里的大多数记者都紧张地体验着这个体能市场的起伏波动，试图预见并且分析它的进程。足球方面的专家，尽管与其他人相比已远是懒汉，还以宗教的狂热进行最不可能的统计，在每一场比赛后记录球员的表现，并且不停地讨论，以求在推出由十一名本周最有价值的职业选手组成的"每周球队"的名单上达成一致。

体育记者，甚至一般意义上的记者职业，在我的家里从来没有好的声誉。我永远记得，当我向我父亲宣布在五年大学之后我已决定当一段时间体育记者的时候，他那满是懊丧的表情。他抹了抹眼皮，真诚地感到失望，低声埋怨道："我还是宁愿你去当警察。"

两个星期的学徒期结束，让·维朗德勒与我签了一份工作合同，保证我有了体面的工资，作为交换，周末我要在潮湿而且半空的体育场看台上度过。有时候，我也得随着球队移动。与职业足球球员一起生活，或者只是简单地陪着他们旅行，一种令人沮丧甚至是给人损伤的经验。当他们停止训练时，这些人脑袋里只有两件事：午睡和打牌。尽管这些运动员拥有强壮的身体，但其兴趣爱好与私生活和婴儿无异。而且，他们很快会与一个头发漂染成金色的保姆结婚，他们在睡觉前合情合理地吃奶，而在此期间她则照料他们踢球者的生涯。

我看到的一切每天都在重复，在每一支球队，不管哪个层次、什么风格、类型或哪个人当教练。希望与这群在奴隶的语言崇拜中受教育的运动员进行一场严肃的交谈是徒劳的。失败还是胜利，顺利还是倒霉，他们总是以自己可支配的二十四或二十五个词脱身。那些教练也好不到哪去。他们总是设法采用鳗鱼的方式，在失败的夜晚溜掉。胜利时，他们炫耀自己的羽毛扇，在走廊里神气活现地走来走去，像是俱乐部的商业教父为其穿上了利克拉礼服的小公鸡。只要形势开始变坏，比如，几次连续的失败，或是在转会期间，分歧使一名球员与他的俱乐部形成对立，沮丧的气氛立即变得令人无法呼吸。

我讨厌为了收集他们的感受，在比赛后到更衣室去采访。"在失败中—总是—有一些—可以—汲取—的—教益"或者"我们—终于—打出了—证明—自己—的—比赛"。在这种时刻，感觉是被包裹在耻辱的长斗篷里，我准确地理解了父亲曾想表达的意思。

在《体育画报》的办公室里，一些记者是处理危机的专家，阴险、狡猾、伪善的访查者，他们能够以影射和不怀好意的加框短文，使海水燃烧，让山峰交战。他们来看看这个队，接着看看另一个，这边吹吹风，那边挑拨挑拨，然后逐日地发表他所收获的令人不快的果实。他们毫无根据地展现一些难以置信的事件，而且一些本该在私下里由一杯简单的吉恭达酒解决的问题被登在报头上，或是记录到劳资调解人的账上。

"您认为，朋友，新闻业是一种由绅士进行的高尚活动，他们中的大多数都由善良和合乎道德的情感所驱动？您知道瓦雷里喜欢反复说的那句话：'我是一个正派的人，据此我想要说的是，我赞成我的大部分行为。'我的所有采访员都是如此。和其他大多数通讯员一样，他们确信他们做坏事的合理性。"

今天我已很难准确地描绘路易·拉加什的面部特征，作为抵偿，他庄重而有分寸的低沉嗓音，他富有变化的表达，像是远处暴风雨无穷无尽的雷鸣，还继续在我的耳边回响。这样听着，在那时，我有一种面对着过去时代的幸存者的感觉，他也是厌倦的，他如此法国化的精神表达方式，没有其他的雄心，只是要抹去这份报刊中令人不快的皱纹。

两个月里，我生活中那么多的事情发生了改变，有时，看着这种新的存在方式，我会有奇怪的窥测一个邻居的感觉。首先是我在这个杂志的职位，出乎意料地与我的大学课程毫无关联；还有我刚刚迁入的新居，几乎是过于雕琢的；而尤其是，安娜很快做出的难以置信的来和我一起生活的决定。

一天晚上，她离开了格雷古瓦·艾利亚，从她父母家收拾了重要东西，用小莫里斯把它们运到了我的住处。我如此经常地被优柔寡断的重负纠缠，不断地过高估计哪怕一丁点儿的移动带来的影响，所以，我总是震惊于那种毫不犹豫地引发家中地震的性格，他们几句话就决定放弃完美的生存空间，清空柜橱，从一个居所搬到另一个居所，换床，换伴侣，换习惯，有时甚至改换观点，而这一切，按阿拉米人的说法，都是在比母羊产仔还短的时间里发生的。

艾利亚被从安娜的生活里清除了，一种立即开除，突然的，没有预兆。事情一秒钟就决定了。他原来在那儿，而一眨眼之后，已经消失了。他，他的 MG 罗孚车，他的船，他的帆船鞋，他的哈曼卡顿，他的蓝星，他的沃克斯，他的芬达，他的鳄鱼牌服饰，他的杰瑟罗·图尔，以及他作为药剂师的未来。他干了怎样的坏事以招致这种耻辱？据我所知，没什么特别的。根据后来人们给我讲述的，那天晚上他还是老样子，也就是说，富有、快乐、爱笑，但也粗俗、粗鲁、粗野和粗暴。这种混合物，从前一直维持着安娜对他的好感，而这一次，对他则是致命的。后来我知道，安娜有一种性格，可以参照她令人敬畏的父亲建造的游泳池的名字，名为"一满即溢"的性格。和这些坚固的泥水匠的作品一样，她可以不置一词地承受怨恨的沉重压力，但是，当这种怨恨达到极限，结果就是整个水面从四面八方溢出。那天晚上，格雷古瓦·艾利亚仅仅是不顾警戒水位，又玩起了他惯常的黄昏时分的闹剧。

在绝交发生的前五天里，利用艾利亚的一次外出，安娜和我，我们几乎完全没有分开过。沉浸在一种感官的迷醉中，我们对彼此性方面的潜能和爱好做了彻底的盘点。这个狂乱的经验就发生在格雷古瓦刚好闲置的套房里。在安娜的陪伴下，再次见到这个去除了它令人讨厌的主人、乱七八糟的朋友和难以忍受的音碟的地方，真是一种略感罪恶而又绝对刺激的经历。阳光与月亮连续交替，在它们之下，我被揉捏、调制、吞食、舔舐、抚摸，一百二十个小时火星四溅的旅行，在那期间，我感觉好像有名巫师在我的胸膛里塞进了许多翅膀灼热的蝴蝶。

所有这一切似乎都在我们的意志之外发生。我们没有任何预谋，没有算计。机遇仅仅是着手安排情境，以便在"黑暗中"运行的造山运动的力量终于把我们爱情大陆的接近泄露于光天化日之下。旅行归来，当格雷古瓦把钥匙插入锁孔时，他无法知道门后边一场已预知输赢的诉讼在等着他，那些将直接出席的听众中的一个，要很快地把他打发到不体面的终点。

与安娜一起生活就和在夏天的午后骑自行车滑下长坡一样简单、愉快。生命的气息在你耳边温柔地吹响，带着干草气味的微风轻抚你的面颊。时光契合没有一丝震动，而当你在夜里睁开眼睛，就会有一种非常珍贵的感觉：终于在这个地球上找到了属于你自己的位置。

我渐渐地发现了安娜的真正性格，这片地形复杂、坎坷不平的秘密领土，在那儿山脊的小径沿着让你透不过气的深渊延伸。在这个女人的眼睛里，有着比在格雷古瓦·艾利亚喧闹的涡流中的高等妓女的麻木目光里多得多的脆弱、忧伤和慷慨。从我们开始共同生活的那一刻起，我相信我们再也没有谈起这个男孩，甚至没有提及他的名字，就有点像是他从来没有存在过。

然而，快乐里也有1975年11月20日这个裂痕。我从《体育画报》回来时，从汽车的收音机里听到了佛朗哥的死讯。我兴奋极了。我记得遇到一队流亡者在卡尔诺林荫道上驶过，挥动着红黑相间的旗帜，高兴地按响喇叭。我到西班牙领事馆那儿转了一下，在它前面，欢腾的人群拍手呼应着加泰罗尼亚音乐。三十多年了，在这个城市里，数以万计的共和党人和难民们就等待着这一时刻。

安娜一进家门，我见到她便欣喜若狂，迫不及待地向她宣布这个消息：

"你知道吗？佛朗哥死了。"

"那又怎样？"

我感觉自己悬在了半空中，在一根每一秒都可能断裂的、把我打发到与军事首领佛朗哥的幽灵相会的线上摇摆。她只是说"那又怎样？"，而这足以令一个世界崩塌。艾利亚也会如此回答，艾利亚和所有那些在他的住所里出没的人。"那又怎样？"我突然明白了，那把我与安娜结合起来的情感和肉体的联系，实际上掩盖了一桩深刻的社会地位不般配的婚姻。我们属于彼此平行的世界。我们没有呼吸一样的空气，也没有分享同样的境遇。我自鸣得意于左翼神学，而她却把政治看作和流苏花边差不多的技巧。我那在西班牙尽头的可怜的八十多平方米，每夜都折磨着我的意识，而她的家族企业用水池恬不知耻地淹没了布拉瓦海岸最漂亮的宅邸。我总是阅读有关革命的理论著作，而她则习惯于《拓展》月刊的各种专栏。

仅仅是一张 2.8 平方米的床，就能消除这种分歧，缓和这种差距。在这个微不足道的平面上，我们任由身体来关照形势的控制。它们总是完美地履行其职责，在比武的时刻结合，而后任随每个人在退潮的安宁中，留心品味一名资产阶级女子和一个进步分子彼此口交的比较价值。但是，2.8 平方米的高浓度乳汁，能够代表一个底座，一个足以希望建立一种爱情关系的空间吗？尽管姿态无拘无束，我在那时却深切地渴求稳定，希望爱唯一的女人，尽可能长久地爱。对这个理想的伴侣，我甚至有一种非常清晰的想法：一个女孩，长得像西尼卡，而思想像我的哥哥樊尚，她将能爱我、震撼我；而且，当我走错路的时候，和她能一起游戏，一起干零活，一起吸大麻，一起在外过夜；我能给她讲述神圣的豪华马车的故事，谈论那诅咒般的套房；而在她身边，从此以后，我再也感觉不到人生的沉重负担，也没有独自死去的恐惧。

但是就这样，两个月的时间就足以让我的梦想幻灭，让我明白实际上我爱的是一个吉斯卡尔分子、一个激进的自由主义者、一个自私的经济学家，或许有着惊人的美貌，不过对于她，格尔尼卡永远不过是一个比斯开地区的城市，因它建造在曼达卡谷地的铸造厂而闻名。

我不认为那天晚上安娜觉察到了我的烦恼。况且她怎么能够觉察呢？"那又怎样？"无论如何，在她看来，那是一个合适的反应。

"你知道吗，我的汽车出了点毛病，"她接起对话，"我加速时稍微大点儿劲儿，发动机就熄火，好像没油了似的。"

"我下去看看是怎么回事。"

"现在？"

我抓住这个机会逃离了房间。我想专心于其他事情，忘掉刚刚在令人头昏的碳氢化合物雾气中发生的事。我在黑暗和寒冷中待了足足一小时去鼓捣铂触点，移动它们，甚至还给这辆挡泥板和底部已被锈蚀逐渐毁坏的莫里斯加了油。当我重新回来时，看见安娜正躺在长沙发上读着一本亚当·斯密的传记。

借口这个经济学家 1765 年是在图卢兹开始写作他著名的《国富论》，她把这个自由主义之父当作某种宗教导师，掩蔽在他身后评判一切现代资本主义的过分行为。同样，她赞美这个苏格兰人的乐观立场，对他来说，由于供求关系的天然平衡，市场调节是自动实现的。

"如果你想理解亚当·斯密，"她反复对我说，"你就得接受他的理论，根据它，给予个人利益以特权没有任何坏处，因为或迟或早，它们最终总是要朝普遍利益汇聚。"

依照这个距今两个多世纪的苏格兰古人的既定原理，安娜·维朗德勒，和她的父亲一样，准备努力让自己的口袋鼓起来，并以此——她无论如何是真诚信服的——装满国家的钱箱。

第二天，在社里，没有一个人提到佛朗哥的去逝。唯一例外是路易·拉加什，他一见到我，就高兴地和我谈起了这个话题。

"您见过吧，朋友，这个小个子的西班牙国王在政治打斗中有多么敏捷？贵族政客们是一些难以置信的人，甚至是无法改变的。他们让我想到被突然冷却的历史冻结的细菌，休眠中的螺旋体，一旦环境略有升温，就能重新复活起来。"

"螺旋体是什么？"

"如果我解释说是腕足纲，也似乎无助于让我们走得更远。这么说吧，当我们切断原生动物化石时，它的臂状支柱就是螺旋形的。回到我们的话题，您读过那篇令人难忘的文章吗，里边讲到佛朗哥先生有一种癖好，他把全部指甲屑保存在一个小小的银匣子里。人们熟悉这个古怪暴君的才干，而现在，在他死后的第二天，人们发现这个粗鲁的人还是一个咬指甲爱好者……您笑了，但什么也没说。有时您让我烦恼，尤其是当您显露出这种嘲笑别人跟您叙说的一切的细微神情。这会儿，真是很难说出您在想些什么。无论如何，朋友，我不认为刚才我说的这些会让您不快。就爱独裁者和尊重国王而言，您太年轻而且头发也太长了。"

"您知道吗，在这个报社里，您是唯一不以你来称呼我的人？"

"我一向讨厌职业场合的以你相称，这种黏糊糊的亲近想使同一个团体中的成员以我不明白的什么同事之情，超越起码的尊敬。"

"刚好我想起来了，是您选了那场本该我去采访的比赛吗，在星期天？"

"您去看日程表时会发现，星期日您得留在这里。您将负责汇总并修改有关橄榄球的文字。这使您得以从足球的鸡奸者那儿抽离一下。而且您会暖暖和和地度过那个白天。"

自从我和他的女儿同居，维朗德勒就回避见我。他不再叫我到他的办公室去，说有关艾利亚的笑话，给我讲更衣室里的最新逸闻，问我对拉加什的看法，并且追问我是否全部理解他对我说的话。这两个男人维持着一种奇特的关系，其中混合着迷恋、蔑视、嫉妒和一种雄性的友情。维朗德勒拥有财产，但是面对他这个雇员的渊博学识和丰富词汇，他觉得自己很贫穷。而如果说，那个人可以巧妙地使用语言，相反，他没有一文钱，便只能经常被迫参加那个给人羞辱感的"小钱箱"仪式。骄傲地固守自尊，但是在许多年里他已经对这个仪式没有了感觉。而且，由日常需求和无法节制的赛马爱好推动，他最终和其他人做的一样，伸出手说："谢谢，维朗德勒先生。"

"小钱箱"是一个不起眼的葡萄酒包装匣，一个白色的塞满五百法郎纸币的木盒子，藏在密封于老板秘书办公室墙上的报社保险箱里。

每周在他体面的客厅里，维朗德勒召集《体育画报》的七位部门主管，然后请他的助理马里安娜拿来那个小宝库，根据他们各自的劳绩，他送给他的"七个雇工"，像他叫他们那样，一笔一贯的每周津贴。货币就这样在众目睽睽之下传递。这对每个受赠者都是尴尬的时刻。他们完成了什么值得这种回报？什么是优秀的标准？根据什么他们不是那报酬最低的人？那些参加这弥撒的人已经很久不再问自己这种问题。他们满足于掩盖自己的不舒服，接过钱，而且感谢这个非同寻常、奇特而慷慨的老板，他总是设法在月底让所有的受益者收到差不多同等的奖金。那么，在这种情况下，为什么不统一地正式提高这些主管的工资呢？这种透明当然无疑会简化会计的工作，但是也大大地损伤了管理者的自我，他总是在那儿，永远骄傲地存在着。

当他在办公场所见到我时，维朗德勒以随意的手势跟我打了个招呼。安娜错误地到社里来找过我两三次。这已足够让编辑部所有的人把我看作"那个—跟—老板—的—女儿—上床—的—人"。我明白尽管维朗德勒有粗俗的方面，他还是不忘固守一种符合一般社交礼仪的观念。也许他已认定，他作为好心老板的形象在与一个被判定好色的小伙计的频繁交往中得不到任何好处，而且每个人都推测这个小伙计是靠了魔杖的功力才在编辑部得到一个位置。因此，对走廊流言敏感的维朗德勒，没有任何理由在我的身边招摇。

一次奇特的晚餐将在我们之间重建某种较少别扭的关系。安娜的父母亲在元旦那天邀请我们，主人的脸上还明显留着前一天熬夜的痕迹。他们飘忽的神色，不定的眼神，笼罩着性、酒精或者其他物质的作用，玛尔蒂娜和让·维朗德勒给人还在微微沉醉中的印象，好像人们处在迟迟不去的药物反应中那样。他们只是稍微吃了一点儿半生的鹅肝、一些牡蛎和一块烤箭鱼。晚饭接近结束时，或许由于碘的作用，让·维朗德勒显得热情起来，甚至把手放在我的肩上，以争取我在他激烈批评我前任的过程中作他的同谋：

"告诉我，保罗，安娜常常和您谈论亚当·斯密吗？"

"很少。"

"这是好兆头。当我女儿对谁感到厌烦的时候，她就跟这个家伙不停地说亚当·斯密。我注意到了这点，不是吗，玛尔蒂娜？跟艾利亚最后在一起的那段时间里，简直就是斯密从早到晚。"

"爸爸……"

"怎么，不是真的吗？当你们来这里的时候，我听到的只是这个，亚当·斯密东，亚当·斯密西……另一方面，要知道，能跟格雷古瓦聊的话题是有限的，那个家伙是真正的灾难。"

"爸爸，行了，别说了好不好。"

"你知道当她宣布要和他约会的时候，我跟她妈妈说什么？艾利亚！三次艾利亚！雅克·古德很了解他的家庭，他告诉我，艾利亚比他父亲还要白痴，而他父亲已经有绝妙卡钳的名声。"

"爸爸……"

"不过，还是保罗给这头驴子下了最好的定义。我们第一次见面的时候，我问他觉得艾利亚怎么样。你知道他怎么回答我的吗？您还记得吗，保罗？'一个冬天玩滑雪、夏天玩帆板的家伙。'我的女儿，哪天你得跟我解释解释，在这么一个蠢家伙那儿你都能找到什么。"

"让，你变得粗俗透了。"

这是玛尔蒂娜·维朗德勒充满倦怠的嗓音。一支卷烟夹在她涂了色的指甲尖之间，额发不规则地垂落如雨，黑色连衣裙的吊带陷在圆润的肩上。她难以置信地撩人心乱。或许她是我有机会认识的最性感的女人。满是倦态，皱纹优雅地浮现，稍有一点丰满，玛尔蒂娜·维朗德勒遮蔽了小她二十五岁的女儿的纯洁完美的光彩。这个女人散发着一种与新切割过的草地的气味一样可感知、一样强烈的刺激性欲的力量。在这个变幻无常的元旦夜，我只希望一件事：但愿那父亲带走他的女儿，但愿他们一起离开，留下我一个人和母亲一起。于是我将看着她吸完卷烟。在她的嘴里，我会尝到湿潮的烟草味。然后将没有什么好说的。她会从我身边走开，一直走进浴室，让门大开着。她脱掉短裤，坐在马桶上，稀稀拉拉的水流声。听着这种瀑布的细微声响，我或许会闭上眼睛，带着朝圣般的虔诚，双膝跪地，让手像钩子一样合拢在她腿上。就这样刺穿她，抱着她的腰，一切变得更加流畅。彼此的舌进入一切空洞，舔舐它们。那时再也没有前和后之分，没有正与侧之别。嘴将是满的，肚子也一样，还有手，还有喉咙。在躯体的压力下，皮肤绷紧、拉长、起皱，像是异教的排水管，各种液体沿着内壁流出来。言语也会来助阵，钻入耳朵里，蠕动。她会喃喃地说："我吮吸的是我女儿偏爱的宝贝。"于是空气里会有这种亵渎神灵的辐射，这种满足于不无所得的背叛的感情。在这种肉体的喧响中，将升起生命之海的气味，撞击的浪花润滑了最后的开口。牙齿咬啮皮肤。他完全沉没，挖好了自己的墓坑，而她引导他直到死亡之门。既然已完成这全部的路途，他将在腻滑的深渊中摇摆，而在那儿，其他许多人在他之前已经遇难。

最后，只要擦掉一些记忆的痕迹就足够了。

而且，这一切都将未曾存在。

"您在报社愉快吗？"

显然，玛尔蒂娜·维朗德勒并不在意我的回答和我被《体育画报》卷入的程度。在过度消耗的次日，她只不过是要装作对她女儿的新男朋友感兴趣，而她的胃要努力适应恶心的翻腾。甚至没给我留下回答她的时间，她就转到另一边，朝她的丈夫说：

"你甚至还没有送给孩子们礼物。"

"什么礼物？"

"让，你真让人受不了。那些放在柜橱上的，在门口。"

"这是给他们的？"

没有一点儿新意。一支价钱不菲的钢笔给我，一双极其昂贵的靴子和一张与之相称的支票给安娜。

"祝你们新年快乐。"

玛尔蒂娜·维朗德勒不露感情地拥抱了我们，以三个动作解决了问题。然后，就像香槟酒瓶塞喷射出来一样，在谈话中没有给出一点儿预兆，让·维朗德勒就吉斯卡尔派——这个"德·拉·图尔丰迪家族变质的支脉"——的普遍无能说起了俏皮话。

"永远得提防那些从窗户击毙十字军参加者的家伙……您想过没有，在20世纪，人们由一个法兰西共和国总统管理，而且我强调法兰西共和国这个词，这个人娶了一个叫安娜爱莫尼·索瓦日·德·勃朗特的女人，给他的女儿们起名叫瓦莱里安娜和雅森泰？所以，如果有一天，这个国家投票赞成左翼，不必吃惊。"

没有人觉得自己有权对这种突然的公民愤慨加以评论。让·维朗德勒给自己倒了一杯产于柏美洛的波尔多红酒，闭着眼睛一小口一小口地喝。我们还交换了一些平庸的谈话，然后，很快，所有人都决定去睡觉。母亲和父亲，女儿和我。

我长久地被我所感到的安娜母亲的肉体吸引力所搅扰。每一次在她面前，我都接收到性的电波，它有一种特殊能量与我产生共振。但是，一件大事在1976年夏天突然降临，搅乱了我的强迫症的波频。

当安娜向我宣布她已怀孕时，我有一种被高速行驶的火车贴身擦过的感觉。过了这个震惊的时刻，一种愉快的暖流传遍全身，脖子上的全部肌肉舒缓下来，一种欢喜的、噼啪作响的、冲动急躁的新的朦胧感，交织着不安，让我发现了最初的父爱之情。我那时就像一个啼哭的父亲把母亲揽在怀里，但是他感觉到她很冷、很远，几乎心不在焉。她对他说，这是一个灾难，她不懂为什么会这样。她反复说她没有准备，她不能留下这个孩子。他什么也没有回答，即使他明白这一切意味着什么。他已经背上了运动背包和干净的毛巾。某天夜里，他曾握住玛丽的手。而在白天，他计算止痛剂的数量。不过这次，他知道事情更糟了。因为，成为父亲的人并非埃德加·胡佛。

在一周里，安娜交替处在怀疑和确信之间。每一次她总是有充分理由为这一短暂的紊乱辩解。我能够理解这些。但是，我最不能接受的是，当她考虑我们的未来和事实上这个孩子的未来时，从来没有真正地征求过我的意见。跟我争辩，或是我的观点，对她来说没什么意义，她首先是作为独生女来思考，忧虑着保护她的领地不受一切侵犯。而那胎儿和我，在某种意义上，是不知趣的客人，甚至是讨厌的人。即使这在我们还处于尝试期的共同生活里来得过早，于我而言，在这种情况中，我还是找不到任何值得惊慌和害怕的理由。我爱这个女人，她将有一个我是其父亲的孩子，每个月像样的收入也允许我们抚养他长大。

快到 7 月末的时候，安娜的想法发生了转变，原因不得而知，她决定留下这个孩子，而且立即变得特别专心于生育，极为热烈地谈论家庭的优势和生育的好处。我记得非常清楚，她不去做流产手术的决定是在克里斯蒂安·拉努齐——法国最后一个死刑犯被处决的那天做出的。在 1976 年 7 月 28 日的几天前，吉斯卡尔曾接待了前来请求赦免罪犯的律师们。在听了他们的要求后，他让人把他们送走，没有表示任何意见。而到了执行的那天，总统满意于任时间流去。

他不表示不满。他不拿起电话。于是那脑袋被切掉了。在历史上，这个殚精竭虑要"抬高"德斯坦这一姓氏的假贵族，成了第五共和国最后一个让断头台处决罪犯的总统。在一个 7 月的夜晚，当电视中展现拉努齐之死的场景时，这位被以高票选举为国家首领的人，在我眼里转而成为一个小写的生物，一个令人蔑视的人。从那天起，我一见到他的形象，就会不自觉地想起死刑，就像是难忘记忆的回放。

安娜怀孕两个月后，我们向各自的家庭做了通报。我的父母以他们所能有的全部喜悦接受了这个消息。我父亲感到震惊，以一种新的眼光打量我，既感动又怀疑。昨天我还是一个孤独的、正在房间地毯上玩塑料玩具的孩子，而一下子到了今天，手臂挽着一个女人，我回来时竟有了难以置信的一家之长的头衔。我明白在我刚才激起的狂风作用下，维克多·布利科的脑袋里闪过了许多事情，许多相互矛盾的念头和情感高速旋转。这个旋涡里大概也有樊尚的影子，"日与夜"车行，母亲穿着夏天的连衣裙，我放学回来，电子心脏监测仪的探针，全部已经分辨不清的过去，乱七八糟地混合在一起。暴风过去，他不得不把这一切碎片分类，依重要程度整理安置，以便给将要到来的、将要成为新布利科的、我宣称是其父亲的人腾出地方。是的，那个晚上，我相信维克多·布利科看着我，好像在观察意外的让人最终不知道该怎么想的礼物。

尽管樊尚之死令母亲情感受伤，但她还是被一种旧日幸福感的复制震动了，一种来自远处的情感，或许要上溯到她怀上第一个儿子时体内的震颤。

我们在家的全部时间里，安娜是她唯一的挂牵。显然在母亲眼里，只有安娜带着生活的宝藏和钥匙。她还显得非常温情、充满关切，给我一种暂时从她惯常的环境约束中得到舒缓的印象。总算有一次，没有任何东西要去修改、重写，也没有什么可以惋惜和哭泣。这个将要到来的孩子是第一个全新的现实，使她得以远离她的过去，使她隐约见到未来的希望。

在维朗德勒家，这个宣布引发的气氛不那么祥和。安娜的母亲先是遭受了意外打击，接着就显得很难掩盖自己的敌意。显然，她曾为女儿预想过完全不同的生活，另一种人生的开端，最好的前景，无疑还有一个更为门当户对的婚姻对象。她圈子里的某个人，比如，某个在夏天玩帆板、冬天玩滑雪的不那么灾难的艾利亚。好像存在着两个玛尔蒂娜·维朗德勒。一个给人的印象是充分放任的女人，快乐、性情豁达，让人感觉能够去引诱、去爱，而且毫不隐瞒地去品尝一切人生乐趣。另一个，拘束于合乎礼仪的天主教教理，迷信有产阶级的经济学原则，披挂着所有守旧派心胸狭窄的陈词滥调，刻板、严厉、冷酷无情，嘴里总是有一些伤人的评论和背信弃义的指责。当她顺从后者的要求，人们总是会震惊于一个如此完美的面容、如此迷人的身体能够包藏着这么黑暗的灵魂。在那肉体的丰美与这心灵的冷漠和坚硬中有一种令人震惊的矛盾，一种不容置疑的不相容性。

当玛尔蒂娜·维朗德勒明白我们已决定要留下这个孩子时，她发起了我没有想到后果的第二次进攻：

"那你们打算什么时候结婚？"

在 1976 年，世界还相当陈旧、保守，由教士长袍的道德秘密支配。一个孩子必须有合法结合的父母，一个符合具有威胁力的习俗规范的民事身份登记。

"我们根本没有想结婚。"

我极为自然地这样回答，一点儿也没有挑衅或冒犯的意思。而这几个词足够让安娜的母亲做出激烈的回应：

"如果你们想要留着这个孩子，那是你们的事，但是我会要求你们做得像对负责任的父母。婚礼是必不可少的，而且越早越好。"

玛尔蒂娜·维朗德勒像弹簧似的跳了起来，离开了房间，看都没看她女儿一眼。在一种懒洋洋的团结一致的运动中，她的丈夫追随她，同时向我递了一个浅浅的暗示男性同谋关系的微笑，可能想要说"女人是一大堆荷尔蒙"。

玛尔蒂娜·维朗德勒的粗暴态度和绝不妥协的宣言没有别

的目的，就是要在她女儿和我的婚姻主张之间打进一个楔子。她完全知道，安娜心里容不得一点儿家庭冲突，不管多么微不足道。她就是这样长大的。仅是在她和她父母亲之间的观念差异就能够让她陷入焦虑。她在与外部世界的关系中越是表现出战斗性，就越容易在与父母的小纠纷出现时缴枪投降。

在我们返回自己家的路上，安娜已经开始说："一个婚礼，无论如何，不是世界末日，这没有什么要紧的，而且我们完全可以让父母亲高兴一下。"

"我可一点儿也不想去参与可笑的装模作样来哄你父母亲高兴。"

"我想在这件事中，你是想遵守你神圣不可侵犯的政治原则吧？你想我和你说实话吗？你和她一样刻板，一样没道理。"

"但是，说到底，这太离奇了！在这个故事里我哪儿不讲道理了？我毕竟有权利仅仅是反对婚礼，而不因此被看作一个野蛮人。"

"不管怎么说，你总是反对一切。你透过左倾眼镜来看这个世界和其他人。你有让人无法理解的反应。"

"你指的是什么？"

"没什么。"

"你指控我的反应让人无法理解。我很想知道这指的是什么。"

"比如，佛朗哥死的那个晚上。你朝我走来并向我宣布这个人的死亡，好像你刚刚赢了全国彩票的大奖似的。就是这种事，我叫它让人无法理解的反应。"

玛尔蒂娜·维朗德勒达到了她的目的。她成功地把她的毒液滴入树皮和树干之间、母亲和父亲之间。而且为了她微不足道的婚礼故事，她甚至能够把老首领佛朗哥也从坟墓里拉出来。

随着安娜的肚子越来越大，我的决心越来越消磨殆尽。我执着于我的原则好像一个精疲力竭的登山运动员吃力地抓着绳子。但是不知不觉中我放开了手。我不愿意让安娜不愉快，也不想让她的怀孕复杂化，更不希望给我儿子一个坏爸爸的形象。我所要求的只是一件事：给我一点儿时间，让我体面地投降，让我有尊严地屈从，甚至连这也被拒绝了，必须在仓促和匆忙中操办一切。

"您好像对我要求您赶紧办有些意外，保罗。那么，您没有感觉到这个婚礼的紧迫性吗？您想想我们的难堪，尤其是安娜的，如果她要不得不挺着六个月或七个月的大肚子出席仪式？我觉得这是一个尊重的问题。您有时候有些让人不可理解的反应……"

那一天，代之以默许听任，这名整形外科女医师改变了我的人生壁垒，我真应该把她掀翻在长沙发上，剥掉她的全副披挂，以人们普遍认定的密歇根摩托手的厚颜无耻和没心没肺占有她。遵循重现的大卫·罗沙的指令："要是我老妈漂亮，我就干了她。"我相信这样可能就早已把一切问题都摆平了。

两个星期后，一次家庭晚餐聚齐了我的父母和安娜的父母。我还忘了说清楚，在得胜的惬意中，在我不知道的情况下，玛尔蒂娜·维朗德勒还曾想强迫她女儿，在去市政府之前先接受一个简短的宗教仪式。不过，她遭到了丈夫和安娜坚定而一致的拒绝。那次晚餐，正式而做作，是在维朗德勒家里进行的。餐桌布置的炫耀意味让人想起苏联在五一节的游行，那时其体制认为，必须拿出它的全部铁器和导弹以威慑好奇的人，尤其是让观众震惊。我了解玛尔蒂娜·维朗德勒。我知道她会进行如此无价值的计算。闪光的银器与镀金的盘子彼此辉映，长颈大肚玻璃瓶口闪动着虹光。甚至餐刀架，切成小方块的晶石，也彰显着导演的过分考究。我的父母总是很单纯，根本没注意到这种炫耀。他们的生活已经渐渐远离了社交圈，而且很久以来他们也忘了这种餐桌上小把戏傲慢的法典和规则。

让·维朗德勒在我父亲那儿找到了最好的交谈对象，和他可以谈论汽车。与其他话题相反，机械有使男人们接近的聚集力，让他们很快成为幸运或不幸的伙伴和同谋。时不时地，人们总会遇到行星齿轮和中心轮的问题、接合汽缸盖和汽缸套的问题、球形联轴节和主汽缸的问题。这些小小的不幸事件，在命运总会找他们麻烦的开汽车的人之间，编织起看不见的男性纽带。我父亲陈述他有关西姆卡品牌衰落的个人理论，而维朗德勒被其征服，热切地听着他的每一句话，仿佛面对的是这个牌子的创始人。我母亲就没有这种得到高质量听众的好运。她的工作的严苛和远离社会，使她少有机会显露自己。出于其特殊本性的纯粹礼节性寒暄之后，玛尔蒂娜·维朗德勒开始了长篇大论的辩护词，赞美美容外科的好处，称其为妇女的第二次解放，一个可以使每个人真正得到身体所有权的真正的解放行动。她的推理的荒谬和贫乏已经带有野蛮的消费主义痕迹。我母亲带着朦胧的微笑和我太熟悉的雾一样的眼神听着她。克莱尔·布利科已不在那儿。她早就离开了这张虚荣的饭桌，离开了这些卖弄的废话，这个强制的庆典。在她的椅子上，留着的只是她的影子，一个没有生命的外壳，空洞晦暗如同一座坟墓。我想象在那个时刻，我母亲一定是梦到了另一种生活，她本该和另一个家庭在另一个世界里分享的。玛尔蒂娜·维朗德勒没有停止她对那个话题的关注。她光彩照人的外貌，高贵的装扮，由一些首饰巧妙衬托得值得羡慕的肤色，都促使她成为不可绕过的人，把她设计成这个家庭顾问委员会的女主管。尽管有她的诱惑力，玛尔蒂娜·维朗德勒还是让我觉得越来越粗俗，因为她总是毫不客气地强加于人，炫耀她的富有、她的成功、她的优雅和她的美貌。我母亲在她旁边，穿着无色彩的服装，带着谜一样的谦卑的微笑，让人想到一个好心的女仆。在用甜点的时候，玛尔蒂娜·维朗德勒的一个愚蠢行为让我的眼里涌起了泪水。意外以预想不到的方式发生在一场无关痛痒的交谈的转接处。安娜的母亲讲述了她女儿孤单童年的一些插曲，并提到她本人是多么愿意有第二个孩子。这时，她转身朝向我母亲，手里玩着自己的发卷，说：

"我听说保罗曾有一个哥哥，是吧？"

她送出这个句子，像说其他事一样，很连贯，没思量，没有哪怕一秒钟想到这一话将打开巨大忧伤的闸口，十八年来，它在不稳定的平衡中休眠于我们的心底。

明确以过去时态提出这个问题，在里边就已经有了回答。她到底希望得到什么？在二十年的沉寂和伤害之后，我母亲再次唤醒动情的回忆，叙述樊尚死去时的情景？她希望克莱尔·布利科描绘她儿子是怎么样热情、慷慨、忠实、勇敢、健壮、勤劳、魁梧、动人，还是银色豪华玩具马车和布朗尼闪光照相机的拥有者？一定是这个女造假者被她的缝合工作纠缠到了这个地步，使她无视记忆伤疤的痛苦渗漏。一种令人尴尬的沉默，回应那个发起者的问题。我们又吃了一点儿甜点，小勺与镀金碟子轻轻接触的声音帮助了房屋的女主人，在她的观念里，在难以忍受的气氛中，无论如何，重要的是保证饮食的礼拜仪式的连续性。

回到家里，我让安娜一个人去睡觉，自己面对面地与哥哥的马车和布朗尼闪光照相机待了很长时间。我记得曾通过他的照相机镜头看了街道好久。而且仅仅是把眼睛放在这个曾无数次地贴近他的眼睛的框子中间，就让我心中充满了泪水。在去市政府的时候，我实实在在地觉得是在做错事，我尤其祈祷一个人也不要，尤其是我从前的朋友们，看到我穿着这种咖啡店伙计的可笑的衣服。在这最糟糕的时刻，我也曾设想过，安娜为了给我安排那种在盎格鲁－撒克逊人中间流行的可笑意外惊喜，邀请前 Round up 乐队来晚宴助兴。而且，他们在那儿，在舞台上，全套装备，却不能奏出哪怕一个音符，只是死死地看着我，就像是他们看到一个死者走过。

非常幸运的是，在这个伤心的日子里只有几个我亲近的家人被邀请。况且，他们完全被淹没在大群维朗德勒家的客人中间。他们的社会身份，还有他们展示自己的爱好，促使他们组织了一场匪夷所思的晚宴，其慷慨没有别的目的，就是要向所有人展示邀请国的财富状况。所有的维朗德勒家的熟人、亲戚、朋友，都在那儿。让甚至还召集了，这个词并不太过分，《体育画报》的整个编辑部。我想象，在这些好心的记者看来，现在我是"那个—成功地—让老板的—女儿—怀孕—并和她—结婚的—家伙"。拉加什手里拿着一个杯子，迈着轻轻摇摆的步子走来，给我他的祝愿：

"朋友，您有一个绝对迷人的妻子，我祝福您拥有这星球上一个体面居民可以希望的一切好运。您知道吗，我也曾结过婚，和一个灾难预言家，她每天预告世界的末日和我们的好运。"

"那么最后她说得正确吗？"

"随您怎么说吧。一天上午，吃早点的时候，忍受不了听她这样子消磨未来，我起身离开餐桌，什么也没说，非常镇静，我朝她脸上狠狠地打了一拳。当然我立即道歉了。请您原谅，朋友，跟您在这样的日子谈如此可悲的功绩，不过我相信是这个上好的格朗菲迪士酒让我喝醉了。"

拉加什优雅地转了半圈，在人群中摇摆着离开，重新回到几个已经喜欢上他的独特言语的女子那儿去。在这个气派豪华的场合，拉加什在自己不知道的情况下，刚好扮演了仪式中不合时宜的小仆人的角色。安娜离开她数不清的朋友，过来在我身边坐了一会儿。

"你想什么呢？"

"什么也没想。或者也许是想这一切，这些人，走动的，跳舞的，说话的。"

"你相信我们会幸福吗？"

"我不知道。"

"你有点忧伤。"

"这不是一个很高兴的日子。"

她完全明白我想说的是什么。我知道她为了强加给我的这些假动作、这出我拒绝的喜剧而感到尴尬。她发现我是坐在一个不属于我的世界中间，在过分的礼节的重负下寂寞地弯下腰。我们将会幸福吗？那恐怕得去问拉加什的前妻。

安娜把手放在我的脸上。好像为了感谢我为她接受了这一切，给她证据说明我与她结合是为了爱。她也会做出同样的牺牲吗？这一次，只有她能知道谜底。

这次晚宴折射出的我感到的烦恼从此以后将伴随这个国家。如同埃马努埃尔·勃夫就完全不同的话题写的，显然，一个"时代正在结束，而另一个将要开始，但是远没有前面的那么美好"。长长的无忧无虑、自由、幸运的，与 1968 年 5 月相伴的时期一去不返地结束了。所有人都收回了幻想，振作起精神，熄灭了含大麻的烟蒂，把头发甩到后边，重新投入工作。这个国家，把它的利益委托给一个矫揉造作地迷恋手风琴的精于计算者，给自己买了剪裁可笑的套装和并不好一点的小手提箱。在这个加热定型的手提公文箱里，被认为藏有世纪的力量，事实上，每个人都掩藏着重新变成一个渺小自己的不幸与耻辱，但没有人承认。

雷蒙·巴雷已把"严肃刻苦"的诸多优点加以理论化，并且与工会陷入厮杀，就在这时，我的儿子大概利用了这一混乱，决定提前来到这个世界。

当我们第一次见面时，我发现他相当丑，而且很不友好。眼睛闭着，眼皮肿胀，一张难看的脸，一个像长了须的甜面包似的脑袋，愤怒而充满敌意的拳头死死地攥着。当护士指给我看在摇篮里的他时，她仅仅说"3.45 千克"，好像宣布拳击手在称重时的体重一样。这个数字嵌进了我的脑袋里，以至于到了今天，我儿子来看我时，我见到他有时还会想："哦，3.45 千克来了。"民事登记时我们给他起了樊尚这个名字。说实话，我从未想过给我的儿子起别的名字。安娜也没有。知道了他的诞生和我们对命名的选择，我的母亲泪如雨下，紧紧地拥抱了我，好像我是她唯一的儿子。我父亲重现我小时候熟悉的面容，只是说："樊尚·布利科。真好，这太好了。"在维朗德勒家和在布利科家一样，这个"3.45 千克"起了极大作用，婚礼危机期间累积起的全部紧张，在婴儿出生的时候全都被遗忘。看着这么多成人一块儿地或是分别地对着这个小生物说蠢话，我想到诞生和死亡一样，有一种奇异的力量，能够滋润心灵，抹净负载着过去的石板。

一年半后，当我的女儿玛丽出生时，我得以第二次证实了这种观察的合理性。她的哥哥好像不情愿地来到这个世界，心情忧郁，拳头吓人，玛丽却在第一时间给人如此印象：非常喜欢这个星球微妙地含氧的空气。以她金色的头发、太平洋似的蓝眼睛、向每个人微笑的样子，让人想到在法国南方度假，而且对一切都感到快乐的英国人。我有了一个女儿。我骄傲极了。一个女儿。生活能够给予一个男人的最美好的礼物。

是安娜决定尽快有另一个孩子的。我相信，是为了实现她心中隐秘的誓言：绝不能只有唯一的孩子。也许她和我一样，经受了太多孤独的痛苦，度过了无尽的令人绝望的童年。

在角色颠倒之前，有一阵儿我觉察到，樊尚和玛丽正在教育他们的母亲，让她学会分辨主要和次要，学习重视本质而舍去表象，以小摆设与亚当·斯密对垒。但是，蜜月期很短。与做母亲相关的事情对安娜没有明显的吸引力。她爱她的孩子们，但是，由于外部世界的引诱，着手于事业的欲望每一天都在不断增强。尤其是因为让·维朗德勒急欲完全地投身于《体育画报》，提议让她去管理阿托尔，即那制造游泳池的事业，他自从买杂志并品尝到新闻业的迷人后，就对此不再有兴趣。对安娜来说，这是用其所学、施展才干的机会。

甚至在她接受父亲的提议之前，我已经背熟了她的计划列表：要让一个本已繁荣的企业以每年 10% 的速度增长；要提防那五十几个干部和工人，窥测其不良动向以防患于未然；要更新产品目录，推荐新样式，并推出一系列在美国非常流行的能产生阵性涡流的游泳池。安娜给我的印象是，多年里她已预感到了这一局面。可以说，在她的头脑里，所有的案卷都已准备、协商、预算，而且已分类入册登记。她还从来没有踏进过阿托尔的办公室，但是，她已经以新身份说话，告诉我这个企业的长处和弱点，好像她是它的创始人一样。

安娜忍受着一种在吉斯卡尔巴雷执政时期流传很广的疾病：企业主狂热，典型症状就是一种不可抑制的在自由的大蜂巢里创建附加蜂房的欲望。在宇宙万物中，一个仅属于自己的小小洞穴。这种工作的欲望，这种建造、创立、建构、推进、设想、制造的欲望，普遍地伴随着一种明显的自我浮肿，一种自信心的严重危机。安娜兼有这一切症状，所以看到她渐渐远离我们三个，投身于父辈开创的游泳池事业，一点儿也不令人意外。

这种突然的浸没完全改变了我们的生活方式。在几天里，那个我爱的、与我分享着生活甜蜜的女人变成了一个女管理者，咒骂中小企业过重的负担，咒骂工会的影响、资本家势力的解体，咒骂征收利润税，还抱怨员工的不投入。这种动荡促使我做出了一个很久以来就已经在思考的决定：放弃我愚蠢的工作，以便专心照管我的孩子们。把他们平静地带大，就像旧时的母亲那样。

我觉得我的这个决定安顿了大家。安娜立即觉得减轻了放弃哺育孩子的负罪感。让·维朗德勒也显得松了一口气，不用再看到我在已成了他的新领域的《体育画报》的走廊里晃荡了。既然阿托尔女经理的收入可以让我们衣食无忧，那我就可以没有任何不安地投身于家庭主夫的新职位。

我热爱在玛丽和樊尚身边的那几年，这些在就业社会和成人忧虑之外度过的时光。我们在散步、小睡、品尝中过日子，那时香料蜜糖面包有着纯真与幸运的滋味。因为给他们搽痱子粉、扑爽身粉、抹香脂，我熟悉我孩子们皮肤的每一厘米。我分辨得出他们的气味特征，男孩是动物般的，女孩是植物般的。在浴缸的热水里，我托着他们的脖子，他们就这样安静地浮着，在世界的缝隙里，在黏稠的模糊回忆的液体表面。我喜欢给他们包上干净的散发香味的浴巾，冬天里，让他们穿着温暖的睡衣躺下。玛丽很快就睡着了，小手抓着我的食指。而她的哥哥，靠着我的前臂缩成一团，大大的黑眼睛凝望空中。还没有入睡，他好像已然在做梦了。

我的日子在简单的、最日常的家务事重复操持中过去，但是这并不能阻止我从中找到某种高贵。晚上，当安娜回家时，晚饭已准备好，孩子们已睡了。我的生活就像我们在1960年代看的美国电视连续剧中的模范太太一样，总是无可指责而且投人所好，似乎生来就只是为了让作为支配者、工作者的男性忘记他一天劳动的疲倦。我缺少的只是镶花边的短裙和高跟鞋。至于其他，以我大洋彼岸的姐妹们为榜样，我一边给女企业主端上苏格兰威士忌，一边装作对她在管理方面的抱怨感兴趣。有时候她也会问我这一天过得怎么样，我回答她说"正常"，而且，这个形容词尽管是躲避的和最小的，但看起来也绰绰有余地填充了她本来就极微弱的好奇心。喝干酒，她收拾起一些案卷，而且像所有当好家长的父亲一样，去吻一下孩子们，给他们把被子拉上肩头。在我摆饭桌的时候，她围着电视机溜达，顺便看几条新闻，然后问我晚饭吃什么。当菜谱合适，我会得到饱含食欲的"太棒了"作为奖赏。如果相反，当食材不幸未取得她的欢心，我就得满足于听到一句"不要—太复杂了—今晚—我—不怎么饿"。这就是我的生活，在家的，以这个词全部的意义。尽管我像这样远离社会事务，这可能也显得很矛盾，我还是觉得自己比安娜更真正地居住在这个世界上。虽然她总是好像在集中全副精力工作，但始终未真正离开过她的游泳池那一小块祖母绿色的水域。而从我们大套房（我们已经换了住房）的阳台上，我看到了时间流逝，也看见了世界的运行。我猜到了一位罗马教皇的死，阿莫卡·卡迪兹油轮把它的内脏倾倒在海洋里，自治分子抢劫了富松精品点心店，伊朗爆发了革命，而且这里或那里，人们已经在谈论博卡萨[1]的钻石的耀眼闪光。接

---

[1] 应指让－贝德尔·博卡萨（Jean-Bédel Bokassa，1921—1996），中非共和国军事独裁者，1977年加冕成为中非帝国皇帝前曾专程赴法国定制皇冠、权杖和戒指，动用超一万三千颗钻石。

着，人们处决了梅林[1]，以杀狗也不再使用的方式：几乎是用枪口顶着，数不清的子弹打在尸体上。

所有这些事件，不管它是否意义重大，只要安娜一进家门就立即被降格到次要位置。她忍不住一天天地用那些阿托尔新闻的大标题来折磨我，它们总是围绕着企业委员会的政变企图，走廊里的政变宣言，工会革命，还有全国征收社会保障和家庭救助分摊金联盟一次次的压力。

即使每一天我都更明显意识到，安娜和我渐渐地走到了相反的方向，我还是愉快地过着这种在孩子们和一个不管她怎样我仍然爱的女人身边的日子。我还利用这些日子的闲暇重新开始了童年的爱好：摄影。我一直热爱这种安静、审慎和孤独的活动。在我的青少年时期，我常带着父亲的康泰莱斯照相机外出摄影，尤其喜欢拍摄矿物、植物，和一切不动的东西。使不动的东西固定让我心迷。

我有一本可观的影集，都是水果、蔬菜、树木和一点儿也不贵重的石头。对我来说，这些静物充溢着生命。我只在室外工作，在大自然里，在世界的无秩序与季节的偶然中摄取我的底片。回到家里，我在毗邻浴室的化妆间改造成的小暗房中冲洗胶卷，印出照片。

是我父亲启蒙我从事这项阴影中的工作的，那会儿，在

---

[1] 应指雅克·梅林（Jacques Mesrine，1936—1979），法国当代最臭名昭著的罪犯。

暗房安全灯的微弱光线下，我加工还没有印到相纸上的胶片。我第一次见到父亲在显影液里弄出一个形象，而后在定影液盆里使它固定，我真把这件事看作富于超自然能力的魔术。而且我实实在在地相信，就是这个超自然的技巧，在后来给了我从一无所有弄出影像来的兴趣。以我的能力再现世界的一部分。一些异教的瞬间曝光，一些生命的片段，既凝固不动，又如此地接近我对人性的理解。

我越是回想这一点，它就越显得明确，就是这发生在一个父亲和他的儿子之间的神秘而优美的时刻，让我成了后来的我。

在1979年的年末，每个夜晚，在安娜和孩子们睡觉的时候，我会把自己关在小屋里，隔绝一切，冲印出我和孩子们散步时拍摄的照片。我那时并不知道，我正在以过这种漫无目地的生活来逼迫命运。

我已和大学里以及叹息街套房里的老朋友失去联系。当我想起他们，想起我们在一起的全部经历，想起我们曾有的生活方式，我感到一种难以表达的伴随着隐秘背叛的厌恶情绪。然而，除了一个不怎么光荣的婚姻，我没有什么可内疚的。有小企业维持生活，有家庭作为铺垫，孤立，远离潮流和派别，我无疑不再是革命派活动分子的样本。我不再属于这个兴高采烈的边缘小群体。我从此加入了另外的一类，他们也许没什么重要，也不信仰什么，但是，他们每个早晨起床。

安娜每月在家里组织两到三次晚宴，邀请她童年时代的两位女友和她们的丈夫。洛尔·米罗，臀部极为发达的年轻性感妈妈，和我从事同样的职业。她成功地以一种使人活跃的好性情抚养她的孩子们。她的伴侣弗朗索瓦是空中客车公司的工程师，研究空中客车项目的机翼部分。米歇尔·康皮翁结束住院实习期后，进入一家以新生儿服务和心脏科手术闻名的诊所。他的妻子，布里吉特，在各种各样的体育活动和极为丰富的美容护理中平衡时间，从美甲到鲁尔夫按摩，中间还要美容和做头发。不过，所有这些行业的贡献，对布里吉特·康皮翁的问题没有一丝改变：她没有一点儿优雅，没有任何妩媚，而且从某个角度看，她很像一个衣着难看的小个子男人。康皮翁夫妇有一个孩子，谁也没见过，也很少听人说起，他大部分时间由米歇尔的母亲照看着。

这种晚宴总是以同样的方式开始：女人们到厨房里来找我，以便谈论菜谱、家庭、孩子，男人们在客厅里喝酒和安娜议论工作上的事。我经常问自己，布里吉特和洛尔会怎么看我。对于她们我还是一个完全的男人吗，或是一个混合物，一个变形体，保留着男性的外貌却配备一个绝对女性的"主卡"？如果有人问我这个问题，我可能会回答说，我看见自己如同一名淡水里的游泳者，经常忧愁，有时厌倦，而且随着时间推进，越来越像一个淹死的人。

晚宴中，安娜变了。在她的朋友们中间，她抛弃了职场上的面具、迫不得已的忧虑和有出入的资产负债表，重新变得光彩照人。尽管在这个变化中我没有做什么，我还是非常高兴在几个小时里，又重新见到了那个我花大力气从艾利亚那儿偷来的女孩。

某个这样的晚上，我们还都在餐桌上时，电话铃响了。是母亲。她的声音好像来自另一个星球："你父亲又一次心脏病发作……急救中心拉他到医院去……我不能和你说了……我跟他去……"从这一刻起，这场晚宴的一切细节都刻在了我的记忆里。莫雷·海德的《在我们之间》，作为背景音乐回响。香水和烟草混合的气味。令人安闲的灯光柔和地散布在房间里。所有客人奇怪的面孔转向我，目不转睛地看着我。街上，有一声长长的不耐烦的汽车喇叭声。安娜说："怎么啦？"一个沉重的想法，像篱笆桩一样在我的心里生根，我永远也见不到活着的父亲了。

当我赶到朗格伊医院的急救站时，我母亲已经像一个衰老的女人。她靠着隔离墙站着，胳膊抱在胸前，在看不见的严冬里发抖。看到我，她点了点头，给我一个充满慈爱的暗示，像是说："你不必着急了，没有用了。"

我父亲在玻璃隔离墙的那一边，躺在一张金属床上。他松弛的面容和我熟悉的他夏天午睡时一样，嘴略微张开，脸颊稍有下垂。他正在输液，还有各种各样的电线连着他和一个监控器。安娜试着安慰母亲，值班的心脏科医生读着记录报告，监控器跳动着短促的电声符号，一切看起来都在控制中，然而，不知不觉中，父亲正离开我们。

临近午夜时分，医生来看我们，给我们解释"布洛克先生"所遭受损伤的程度。母亲听着他说，已没有勇气纠正他的姓氏错误。医生对她说："您回家去休息吧，布洛克太太，我明天会见您，而且希望能够给您最好的消息。"她什么都没说就接受了。这个建议对她是恰当的，尤其是她听到这个男人不言明地向她保证了将有明天，而且，维克多·布利科不会就这样孤独地、没有再见到任何人地在深夜离开。带着这样的许诺，她没有反驳地接受了被称为布洛克，现在，明天，如果需要的话，甚至在全部她剩下的日子。

开车送母亲回家时，我已确知我们触到了共同历史的终点，父亲即将死去。让我不安的是，我感到自己是唯一知晓这点的人。

我留下陪着母亲。她喝了一杯茶，和我谈了一会儿安娜和孩子们，然后上楼去卧室，精疲力竭的她睡得很死。在楼下，焦虑不安中，我在客厅里或是花园的小路上走动以努力挨过这几个小时，脑子里充满不连贯的思绪和古怪的记忆：哥哥和我跟父亲在汽车里，祖母在破口大骂"米高亚什——"，西尼卡的狗的照片，外祖父兰德在山顶上，月球边的柯林斯，迪瑟里埃大夫不可捉摸的眼睛，干旱之夜的星空，我正在向家用轿车经销部的玻璃窗投掷铺路石。

在这个长夜里，我也重新见到了父亲盛年的样子，那时他操纵那好像在城市上方照看着"日与夜"的巨大银河客轮。

是他找到了这个难忘的标记。（今天，车行当然已消失，但是人们还是继续根据这个看不见的基点来确定方向，它根深蒂固地留在这个城市几代居民的头脑里。）在办公室的玻璃之后，他穿着斜纹布套装，戴着埃斯佩拉扎毡帽，他让人们想到塔蒂导演的电影中的人物，很有信念，忠实于自己的特性，但是每次有机会摆弄现代世界的操纵杆，他都孩子似的美滋滋的。汽车吱吱嘎嘎地在覆盆子色的地上以气压推动的芭蕾舞步进进出出。父亲整洁成癖，坚持让他的机构更接近一家产院而非清污擦油站。他最大的骄傲是，在"日与夜"人们呼吸到的空气，绝无碳氢化合物的气味污染。他的车间主任们彼此交接指令，每一次滴漏都要立即用抹布擦除和清洗。父亲买了非常多小包装的旧针织品就是专门为了这个用途。我不知道他为什么把P60叫作"彼得罗"，但我记得很清楚，几乎从来不谈论汽车的他，在一个时期，开始解释、坚持和不断重复说，从美学和技术的角度看，西姆卡1100是现代以前的前轴驱动汽车的模本。以一种差不多如圣经的语调、一种牧师的嗓音，他总是以这些话结束布道："您看着吧，它无论如何还会被复制、模仿一百次，但是绝不会被超越。"这些蹩脚的亚历山大诗行，并非出自偶然或一般的即兴之作。这支西姆卡的颂歌，我敢保证，是某一个菲罗多的雨果，某天在哪儿写的。

一个父亲将逝去的前夜必定是奇异、非真实的，充满发热和混乱的症状，繁殖着意想不到的幽灵，还有不连贯的模糊回忆。记忆的火苗在各个方向跳动，却没有光亮，一连几个小时扩展着不能平息的黑暗的控制。这么多的事情混杂在一起，最终结果是你不再知道究竟期待什么，是减轻焦虑的死亡，或是仅仅再有一点点生命，你从来也不会知道。

这一次，是在快凌晨5点的时候。电话里一个声音说了简单的事实。心脏停止了跳动。抢救无效。心脏监控器静止了。不用急。他在那儿。他等着你们。

母亲被惊醒，匆忙穿上衣服，飞快冲下楼梯，摔上车门，仿佛要切断与这个世界的一切联系。她要求我尽可能快些，说也许我们还来得及，流着泪祈祷我不知道而上帝才知道的什么，她打听几小时前还和她在一起的安娜的消息，惦记着孩子们，诅咒电话，第一次以过去时态谈到我父亲，她吃力地从汽车里下来，倚着我穿过长长的走廊，她进入一个光线微弱的房间，走近担架，尽可能地临危不惧，然而在一个看不见的浮桥旁边，她放弃了一切抵抗，握住我父亲的手，慢慢瘫软下去。

我站了一会儿，没有动，仿佛等待什么事情或是什么人。接着，我走上前去，拥抱了父亲。我拥抱时有一定距离，仿佛我和他不太熟悉。他的皮肤那么冷。

离开医院，我直接回了自己家。天才开始蒙蒙亮。安娜还睡得很沉。我坐在厨房里，手里拿着一杯苏打水泪流满面。

父亲没能见到塔尔伯特牌汽车。西姆卡从1979年起不再存在。他在他的品牌消失之后又幸存了一年。

弗朗索瓦·密特朗（Ⅰ）

（1981 年 5 月 21 日—1988 年 5 月 7 日）

我从来没有像在父亲去世后的那几个月里有如此多的东西要向他倾诉。我多么想解释我在他身边的缺席，解释我一时的冷漠，解释我的沉默，解释我对家庭事务和车行的极少重视。我多么想征求他的建议，向他叙述我对安娜、对孩子们的忧虑，听他说他对我的生活的真正想法。

我从没有想过父亲的死会在什么程度上改变我的人生进程，调整我对事情的认识。随着他的离去，我中断了作为儿子的生活，并且真正意识到自己身份的独特性。我不再是无与伦比的樊尚·布利科的弟弟，而同样使人惶恐的是，"赤条条的一个人，无别于任何人，具有任何人的价值，不比任何人高明"[1]。我母亲陷入了某种无法限定的螺旋形焦虑，它们彼此滋生，相互纠缠。比如，担心缺钱维护她过于宽敞和老旧

---

[1] 原文引自萨特，此处采用沈志明翻译的萨特《文字生涯》，见《萨特文集》第一卷，人民文学出版社，2000 年，第 566 页。

的住宅经常成为她的首要忧虑。就是为了缓解这种极度的痛苦，我建议她卖掉托雷莫里诺斯的套房。

这样做，我将实现一件双重的好事：去掉母亲的忧虑，而我自己也摆脱了一份道德上难以承受的财产。

佛朗哥死后不久，伊比利科公司陷入轰然倒闭中，公证人卡罗斯·阿里亚斯·纳瓦罗也被指认舞弊而进了监狱。一种买空卖空的狂热操作控制了这位前部长，他的公司向好几位客户分别出售同一个套房。他们让这种卑鄙无耻的诡计重演了上百次。在去过马德里的破产债权团法定代表办公室后，我得知，我的确是罗望子树社区 1 栋 196 号套房的唯一所有者。剩下要做的，就是把这个住所标价出售并拿到它所值的比索。由于这次微不足道的财产买进，父亲以某种方式帮助了佛朗哥集团，随后无意间变成了在其跌落时引发的整个系统崩溃的小多米诺骨牌中的一块。

1981 年 5 月中旬前后，我接到了托雷莫里诺斯房地产经营部的电话，说有一位马德里的客户要买那个套房。价钱合适，要做的只是到当地的公证处签一份出售合同。着手开始这次旅行前，必须回忆起那个年代的法国那张不怎么动人的面容：一个被古老的保守派恶魔附身的法国。密特朗的当选引发法郎暴跌，交易所股票下跌 20%，而且外流资本不分日夜地逃向一切被国民看作边界的地方。而我，在这期间，内心轻松，脚步轻快，开着车驶向巴塞罗那。我有一辆旧的凯旋 V6，小型英国敞篷车，样子像鱼，脾气反复无常，由于倾斜的前大灯和起皱的散热器护栅，它总是给人心情不佳、很不情愿跑的神色。我已决定就这样开车直达加泰罗尼亚，然后乘飞机到马拉加。

我还记得春天里飞向南方的轻松气氛，记得西班牙的波音客机明亮的机舱，记得那种亲切的感受仿佛在低声说事情正在改变，机运转了。飞行对我总是一种止痛剂和兴奋剂。也许由于氧气稀薄，或者至少是因为在三万六千英尺高度飞行的事实，给我一种令人陶醉的远离烦恼、远离现实忧虑的错觉。

放松地坐在位子上，头靠舷窗，我又想起近来在法国发生的事，想起最终以吉斯卡尔·德斯坦戏剧性退出为结局的滑稽选举，他从扶手椅站起来，离开了现场，让法国人留下，面对茫然若失的恐惧。总是这些同样的时刻，相近的图像，有着同样平庸的目标，它总是使我对选举丧失兴趣。在我的座位上，在地与天的半途中，我想到这个不加掩饰地离开了活生生世界的人，想到人们已用另一个替代了他，而这一个，历来贪婪，他已选择手里拿着赌博的纸牌，以访问死者来开始自己的时代。我不喜欢这些人，更不喜欢他们在公共场合有关微不足道的感情的表演。

从那间套房的阳台上，我几乎能隐约见到摩洛哥的海岸，还有我父亲梦想的尽头。那个晚上，我真希望能成为他的眼睛，给他展示他从未能看到的一切。随着公司倒闭，这座建筑也失去了它的富丽堂皇。开阔的大理石前厅里，守门人和车夫活动的嘈杂结束了。标志世界各大都市时间的铝制钟摆停止了。蜿蜒通往台阶的繁茂的内部花园也不再鲜艳。这从前作为会面与散步的高雅空间，今天实际已经荒芜。空气难以置信地温柔，南来的风带着芳香。第二天的中午时分，我要到康絮埃洛和塔尔格公证事务所赴约。一切看起来都很完美。看着天空，我想起了父亲的一生，接着，不知不觉地听着大海令人平和的声响沉沉入梦。

康絮埃洛很像塔尔格，至少绝不相反。无论如何，这两个人让人想到的是饱食了麦思卡林的墨西哥匪徒，而非安达卢西亚的公证人。他们的事务所也和他们一样：脏，混乱，不像是真的。位于一栋丑陋大楼的三层，彼此连接的两个房间里，塞满了一般在搞法律的人家里极为少见的古怪物品：一个轻便摩托车车架，一台旧厨房用冰箱，一个弃置的电热炉盘垫在一组播放器下边起平衡作用，一辆崭新的赛车，一只塑料垃圾桶里装满橘子，还有排成行的空啤酒罐和空汽水罐。在扭曲变形的架子上，一些案卷像憔悴的破布单。

康絮埃洛用眼角窥伺塔尔格，而后者斜着眼睛看我。除了烧煳了的玉米烘饼味儿，这个房间里还有无处不在的怀疑的气味。空气里闪烁着诈骗的芳香。

"布利科先生，您愿意委屈一下坐一会儿……"

"买主还没有到吗？"

"事实上，先生，买主不会来了。他昨天给我们打电话，他被留在了马德里。"

"您的意思是说你们让我到这里白跑了一趟？"

"绝对不是。我们公司，塔尔格先生，将在这笔交易中作为担保人。他收到了我们客户的委托书。"

"你们有这个文件吗？"

"事实上它是在昨天才起草的，所以只能在四十八小时内送达我们手里。不过，这一点儿也不妨碍您今天就能签订出售契约。"

"那么结算呢？"

"塔尔格先生将会给您出具一张支票。"

"一张事务所的支票？"

"不是，一张个人支票。"

以他不对称的脸，以他被恶狠狠的斜视的笑增色的狗下巴，这位公证人——如果他真的曾经经常坐在法学院的板凳上的话——手中悄悄渗出伪造公文书、滥用社会财产、侵吞公款、骗取遗产、受贿，以及上百种其他法律严惩的瘟疫。这时某个声音对我说，如果我接受这个建议，我将再也见不到无论塔尔格，还是康絮埃洛，也再见不到套房的钥匙、我异乎寻常的业主名分，也许甚至再也见不到我的家庭。我将会像受了魔法一样消失，我的孩子们将成为孤儿，而我的母亲也将会垮掉。

"我很抱歉，但是一切都和预想不同：没有买主出现，没有委托文件，而你们建议以个人银行账户支付我……"

"不错，意外情况迫使我们的客户改变了某些东西，不过，我们建议您的，都是完全合法的。"

"也许吧，不过在这种条件下，我将请你们用现金结算这笔售房款。"

"用现金？但是先生，在事务所里我们没有那么大的一笔款……"

"好吧，从现在到今晚或明天上午，你们可以去筹集。"

"您想过外汇管制吗？不可能从西班牙带出这么多钱而不报关。"

"那是我的事。"

"给我们一点儿时间，先生。"

弗朗西斯克·塔尔格和胡安·康絮埃洛带着阴谋家的神色走出那间屋子。我很快明白，那所谓马德里的客户从未存在，是塔尔格为他自己买回这个套间。为什么这两人要编造这个故事，而本来正常运作并与我说实话会更加简单？

看着两位合伙人朝我走回来，我想走遍全世界也极少有法律界人士能够模仿他们这种螃蟹的步态，它流露着背信弃义，散发着不怀好意的电波。

"那笔钱将在明天上午准备好，先生。"

肩并肩地玩弄阴谋和干坏事的孪生兄弟，他们两人挤出那种永远有情况要让别人原谅的笑容。第二天上午，康絮埃洛巴结地翻着那些正式文件的纸页，让弗朗西斯克和我在那上边签名。为了掩饰不安，康絮埃洛胡乱地谈论天气、橘子的栽培，还有海岸上涌现的众多德国人。我几乎一点儿也没有注意到这些次要问题，直到他向我提到了一个更加个人化的问题：

"您是从大西洋岸边回法国呢，还是走巴塞罗那，先生？"

昨晚，并不真正知道为什么，我对他们撒谎说我是开车来到马拉加的。突然，受到妄想狂的折磨，我确信一旦我告诉他们我通过边境的具体地点，这两个婊子养的就要在海关找我的麻烦。这样他们不仅将因我给他们带来的不快而实施报复，而且还会得到颁发给举报者的奖金。

"我要经过马德里、布尔戈斯和巴斯克地区回去。"

"美丽的地区，先生，美丽的地区。"

当塔尔格打开他的小手提箱，在我面前摆起一座真正的比索的城堡时，我明白自己已被迫陷入糟糕的境地。装在什么地方我才能运走全部这些钱捆？我没有旅行袋，而且也的确来不及去买一个了。飞机在等着我。康絮埃洛和塔尔格看着我离开，就像看着一个掉进陷阱的包裹渐渐远去。

波音客机准时起飞，仅仅差一点我就赶不上了。披挂着钞票，因纸币而臃肿不堪，我整个人埋在了钱里。它们到处都是。裤子口袋里，衬衫口袋里，夹克衫口袋里，雨衣口袋里，衣服衬里中，腰带周围，甚至在袜子里，在踝骨边滑动。在一阵短暂的兴奋中，我很高兴最终让两个小狱卒服从了自己，高兴自己终于活着走出了凶险之境。一眨眼之后，我又开始遭受极端的焦虑折磨，害怕他们支付的是假币，或是担心自己将要陷入汇率的加减乘除诡计。我全身是汗，手潮湿而且发抖，把自己关在盥洗室里，以便重新大致清点一下我那些小块砖似的私藏钱。或更准确地说，是那笔将能够缓解我母亲首要焦虑的钱。

当我来到巴塞罗那飞机场的停车场，坐到了我汽车方向盘后面的时候，我一定像那些眉开眼笑和心满意足的死里逃生者，微笑地面对生活和世界，感谢他们的恩人，而且决心爱这块土地直到地老天荒。我启动汽车，老凯旋车在车马队的混乱中拼命往前冲。还有大约几百公里的路途，我的使命即将圆满完成。在驶向佩尔蒂边检站的路上，我想，在这个资金从各个地方向其他国家逃离的 5 月，我一定是独一无二的、设法让钱进入国境线的法国公民。

喜人的形势转而变得荒诞不经。距离边界还有二十多公里的时候，发动机开始发出奇怪的声音，一种金属回声似的咳嗽，然后是一次干巴巴的咔嗒声，接着便是无边的寂静。一开始凯旋车好像超然于问题之外，接着被现实击中，不可挽回地减速，直到最终停在了紧急停车带上。传动链刚刚断了。在有配件的情况下得修理一天，而且还得祈祷曲轴和气门抵抗住了这场毁灭性的打击。甚至在还没有通过路边的救急电话联络交通修理车之前，我的第一反应是赶紧把丢在车里各处的钱收起来，把它们重新藏进衣服的各个口袋里。正在我要结束这项工作的时候，在后视镜里，我发现一辆西班牙警队的车正准备在我后边停靠。

这个套房的诅咒。西班牙和加泰罗尼亚要让我为家庭与敌人的合作付出沉重的代价。毫无疑问，这两名警察将会觉得很奇怪，听到我每走一步都像旧报纸一样发出咔嚓声。他们最终会搜查我，而我将被关进半岛最糟糕的监狱，与阿里亚斯·纳瓦罗以及其他的前政权的坏蛋们为伴。那两名警察没有表现出一点好奇或怀疑，甚至让我就待在车里，等着修理车到来。他们亮起了警示灯，以提醒其他司机注意，而后在自己的车里悠闲地吸着烟，几分钟时间，那里边就充满了蓝色的浓雾。在这片交界地带，是一名佩皮尼扬的法国汽车修理工负责拖走抛锚的车。这人甚至没有打开引擎盖，就把我的车拖上了他的车。他问我是否愿意上他的驾驶室坐在他旁边。我回答说我还是宁愿待在自己的车里。我们甚至不需要停车就经由预留的公务车通道过了边检站。那位司机把我送到火车站，让我在两天内再与他联系，以便了解我的发动机的情况。

在 22 点前后，我乘上了开往图卢兹的火车。关于那火车车厢我保留着噩梦一样的回忆，塞满了喧闹的士兵，眼睛红而牙齿黄，跋涉在混合着啤酒和尿的气味里，在车厢里大呼小叫地猛冲乱撞。我对自己的任何动作都很警觉，生怕引起这群粗野的乌合之众的注意，我尽力在那儿悄悄地流汗，包裹着外汇的皮袄，披挂着纸币的铠甲。

第二天一大早，我带着我的辛苦所得到了银行，这一次，它们被很好地安放在一个小皮箱里。当我把它打开时，那位经理部的负责人无法控制他上嘴唇一个神经质的动作。我那时远远没有想到，这个不易察觉的抖动，泄露了一名捕食者明白他的猎物已不再能逃脱的一瞬间的内心狂喜。

"真的可以说是非常少见，在这个时候，我们的客户给我们带来外币……"

"我知道。"

"尽管您的行为是……可以说是……爱国的，不过也无益于改变这种外汇流入是违反兑汇管理的行为。您本应该进行银行之间的转账……"

"我知道，但这是不可能的，我没有选择。"

"当然，我们可以把这些比索打入您母亲的账户，但是您必须了解，从技术上，这个操作将会产生费用，而作为其结果，我们当然不能采用实际的兑换比率。"

"这到底是什么意思？"

"就是我刚刚跟您说的：您将在外汇兑换中吃亏。"

"多少？"

"我在下午之前不能回答您，我先要就此征询我们的外汇部门。对于这么一笔款项，我必须得到巴黎的支持。"

13点，这名负责人让我进了他办公室的接待室。如同可笑的移民、滑稽的旅客，我始终带着那只珍贵的小皮箱。

"我没有太好的消息，布利科先生。"

"这意思是？"

"考虑到此刻政治的和经济的情况，您知道，相当不同寻常，上级建议以低于当日市场汇率十个点的比价给您过户这笔钱。"

"十个点，这是什么意思？"

"10%。"

"10%！？"

"就是这样。比今天的外汇牌价低 10%。"

"但这太多了，而且是非法的！"

"我很清楚。不过您要求我们做的也一样。任何一家银行，如果您能够找到那么一个肯接受兑换这笔钱的话，也不会给您更好的提议了。"

"有什么替代办法吗？"

"偷偷地把这笔钱再带回西班牙，把它们存进一家西班牙银行，然后以一项合法的转账把钱转入您母亲的账户。"

"等一等，您有没有想到过这对我来说意味着什么？冒着陷在佩尔蒂边界的危险，作为一个投机犯，企图非法从法国弄出这些两天前我从马拉加非法带回来的西班牙货币……"

"是这个意思。"

"您倒是胆子真大……我将把您的建议转告我母亲，而且明天给您她的答复……我不喜欢您这种乘人之危的做法。"

"我可以接受您的观点。但是，我没办法理解的是，您为何会非法带进法国这么一笔钱，而不是去进行银行转账，那样您本无须破费……"

这原因叫作胡安·康絮埃洛和弗朗西斯克·塔尔格。两个普通的公证人。两个胡子拉碴的搞不正当交易的家伙。但是，这位如此平和仔细的银行家，在他的数字和这间办公室谨慎的高雅中蹚水，实际上，他不是一个比那对难以置信的安达卢西亚骗子更加可怕的作恶者吗？

母亲既不喜欢数字，也不喜欢谈判，非常兴奋地接受了银行的建议，很高兴能够收回这笔误入歧途且长时间流亡在外的钱款的大部分。

两年后，我听说这位曾巧妙地把他的观点强加于我的银行负责人因为好几种不法行为而被免职。不过，我到底也未能知道，他对我母亲的掠夺是否也在他的舞弊行为之列。

1981 年标志着我作为不法商人的失败，也是我进入摄影界的一年。孩子们长大了，现在已经上学。我继续照料他们，同时尝试着在空闲时间工作。安娜父亲的社会关系帮助我获得了一些订货，一系列彩色的抽象派的图片，目的是使商品包装更加悦目。

我在白天拍摄，夜晚来临时，我就消失在自己的弹药车里忙着去冲洗印晒。由于这个新的作息时间表，我实际上再见不到安娜，而且我们不得不找一个人以填补我在孩子们身边留下的空缺。樊尚和玛丽都为再没有一个常陪伴在他们身边的父亲而烦恼。他们已习惯了有一名男性存在的生活，这个总是在场的父亲，他洗被单，熨睡衣，准备下午的点心，还以一个母亲的性情止住流下的泪水。

在这些年来鼓励我过这种保姆的生活之后，安娜希望看到我放弃家仆的任务，而且激励我坚持作为摄影师的事业。

她甚至对我的作品质量有非常鲜明的见解。这一切在技术上是无可指责的，但是奇异地缺少生活，缺少与真实世界的联系。尽管妻子的信念和自负总是激怒我，但是在这个场合，我不能说她完全不对。事实上，要想在我的依尔福或是爱克发胶片盒里找到一点儿人类活动的踪迹是相当困难的。我只拍摄物体，静止的东西、矿物的碎块、植物的叶片。甚至有时候，我满足于纯粹的抽象物，很高兴捕捉光线的一片虹彩或是暗影的深度。通过她的批评，我看清楚了安娜本来期望我的工作具有的方向。或许我将会使她满意，如果我是一个具有颤抖纤毛的时事记者，一个大胆地触摸世界脏腑的无国界见证人，拍摄它的每一次震颤，捕捉其一切移动、改变、感动、行动、跳跃、奔跑、炫耀、装假、摇动、坠落、诞生、啼哭、厌烦和死亡。事实上，安娜·维朗德勒希望看到我进入《巴黎竞赛画报》，而我却有时连自己的家门都难得出去。

看我照片的人可能会认为，我生活在一个我们一般理解的生命已经完全消失的世界里。尽管这些照片更多地是在展现物体而非生命，可对我来说，在它谦卑的淳朴和拒绝显现中，暗含一种和平、温柔甚至是仁慈的形式。我那时还未想到这一点，但是，所有那些被安娜指摘的特质，在不久后成了使我获得成功的基础。

当我回想起这个时期，我意识到安娜和我是维持着一种类似邻居式的关系。我们以一种愚蠢的方式生活，但是相处融洽。她的学徒期结束了，现在以一种竞赛中的女骑士的方式经营她的企业，她的优雅之下藏着泼辣的拳脚。很快，安娜已经统揽企业全局，摸清了员工们真正的特点。她并不关心每个人的精神状态，悄然提高了生产的速度，考察了新的出口市场。刹那间，她已把一个家庭式的温和之地变成了一家疯狂的舞厅，那儿的所有人在炮声中起舞。当然，企业营业额也随之见效：第一年增加6%，第二年9%，第三年20%，而且其速率就此维持不变。她的新水力按摩浴缸以闪光波纹塑料铸模，质地和颜色使人想起娱乐场的赌博筹码。一切都是惊人地蹩脚，安娜的产品像小面包一样售出。你会觉得好像全法国和南欧都全力攒钱，以便能整日享受在安娜可恶的会起泡的万能锅里戏水。我的妻子越来越经常地激烈地发表她有关各种话题的真理，也越来越不能忍受别人对她的产品质量或美学设计表示出一点保留。一个春天的晚上，在她给我看她1983年的新产品目录手册时，我又一次得以证实她容易动气的敏感点：

"这不错吧，嗯？"

"说真的？"

"什么，说真的……"

"你真想我直率地跟你说我对这一切的想法吗？"

"当然。"

"不太糟。至少，依我的品位。这种材质，尤其是这种色彩……"

"色彩怎么样？"

“这有金属光泽的绿，这闪光蓝，这泛红的橙黄，这些发光的颜料，真是非常……特殊……”

“很好！你从什么时候开始对按摩浴缸有见解了？”

“从你问我的时候。”

“你说得对。我不知道为什么要给你看这些东西，你，是个纯艺术家……”

“你别生气……这很可笑。”

“你要我告诉你什么可笑吗？你的态度可笑！你一钱不值的左派想法可笑！你嘲笑我所做的，嘲笑一个女人独自经营一家这样的企业所遇到的困难。竞争、出口、汇率、市场规律，你太不把这些放在眼里了！”

“安娜……”

“你唯一在意的就是不要长大，就是和你的孩子们一起耍孩子气，逃避责任。我呢，每一天，都得为养活六十三个人拼死拼活。对不起，是六十四个，我忘了你……”

“很好。”

“无论如何就是这样！还没说你的左翼联盟同党在一年里让法郎贬值了两次，拼命向公司收税，还新设了财产税！你总该原谅我吧，在这种情况下，我制造这些没品位的浴缸，至少能卖钱，能让我们生活下去。”

“一段时间以来，我的照片也为此贡献了一点，不是吗？”

“你的照片……说到那些照片……你想知道我怎么看你那些凝固的图像吗？”

"不必了，你刚才已说过了。"

永远不要触及与阿托尔或多或少有关联的一切。那些里维耶拉沿海的肾形游泳池，那些双瓣膜净化过滤器，那些水泵阁下，或是可笑的冒气泡的锅，所有这一切都属于神圣领域，绝对碰不得。对这些产品流露一点迟疑，哪怕是审美方面的，也等于是攻击安娜个人，等于怀疑她的人生、她的工作、她的才干、她的亚当·斯密，甚至还有我们易瓦解的、已和我们的性欲一样衰退的夫妻关系。

安娜在她的阿托尔浅滩释放自己的力比多，而我的则放进了洛尔·米罗温热的屁股里。

学校出游，生日聚会，星期三下午休假，几场电影，学校假期，所有这些共同分享的活动使我们完全合乎逻辑地彼此靠近。洛尔在那个时期也和我一样孤独，因为她的丈夫弗朗索瓦和航空工程保持着同安娜和她的按摩浴缸一样的排外关系。他活着只为了他的机翼，而且和这家公司所有的领工薪者一样，他也有一种强迫症：要在某一天从波音公司抢走天空的领导权，图卢兹超越西雅图。这种疯狂爱国的自然结果就是把全部的自由时间都用在描绘机翼的曲线上，而不是爱抚妻子。在我们每周一次的晚餐聚会中，他热衷于向我们展示，空中客车公司这个欧洲财团的灵魂和心脏，就在图卢兹而不是别的地方："就是在这里发明、设计、组装全部的飞机。它们是从这里起飞，从协和到300。所有其他参与该项目的国家只不过是分包商。如果你想要了解空中客车公司的真正能力，就永远不要忘了这点。"如果弗朗索瓦·米罗，我不知道他是哪个侧翼还是前翼的设计总工，此刻把他盯着天空的目光收回谦卑地溜到桌子底下，就会看到他孩子的母亲正用指尖轻触并抚摸我的生殖器。一周里的某些天，在我们的孩子上学的时候，洛尔已习惯了来暗房找我。她进来，把我们关在这个用于庇护的囚室里，我们为航空工程和按摩浴缸的健康做爱，我们用尽全力彼此占有，在这封闭空间的热流里窒息，我们缠绕而受拘束的身体散发隐秘的气味，其中混杂着硫代硫酸盐的刺激性。在暗暗的钠光灯下，叠瓦片似的，拼命使劲儿，我们像章鱼和枪乌贼互相吞食。

我自童年起就不再穿内裤。这些麻的棉的多余物总是让我不舒服，接触它们于我而言是非常不愉快的。我无法忘记当洛尔发现了这一不足为奇的特殊性时，她感受到的色情震动。对她来说，这象征着一种性的无拘无束。"你知道的，弗朗索瓦假正经得像个修道士。如果可以的话，三角裤，他恨不得穿上三条。"没有内裤的生活对她是放荡的极点，是好色、淫荡和放浪的始与终。我是她遇到的第一个这种男人，而这一点实实在在地令她血流加速。

兴奋过了某一程度，洛尔就变得滔滔不绝，说的内容也完全超出了任何审查。也许可以说，在欲望的挤压下，她身上打开了一个阀门，让禁闭太久的性欲蒸气涌了出来。她说的一些东西使我产生快乐的战栗，而某些描述又实在让我起鸡皮疙瘩。她的臀部，像我已说过的，是由一个或许和她丈夫一样对完美和细节着迷的大师设计的。什么都没有，没有一颗痣，没有一点儿细小的皱纹破坏这地球外球体的完美。洛尔只需把手肘支在照片放大器的边缘，撩起短裙就足够了，接着的一切全都极尽自然。

不管她还是我都没有耶稣信徒在交合后忏悔的倾向。我们没有悔恨，没有内疚，没有任何犯罪感。只有极为有效的快乐，而且绝无对双方配偶的暗示。在暗室之外，我们需要我们各自的生活，清楚它该如何进行。而在这里，在这间暗房里，这片精液和享乐的封地，在定影液和静物中间，我们无拘无束地追求享乐，让自己以一名孤独的旅行者的态度疯狂地与陌生人发生关系。

我经常被那些有教养的、理性又聪明的人脱离性生活的决心所震惊。他们数十年如一日地忠于和他们一样聪明、有才华、深情的伴侣，可彼此的社会时钟与荷尔蒙时钟却完全不同步。尽管如此不同频，这些同床异梦的伴侣仍然苦苦挣扎，陷入绝望，否认显而易见的事实。当弗朗索瓦·米罗把他的精力用在出售给爱尔兰国家航空公司的航空器上时，洛尔梦想着口交。但是，他们继续生活在那片寂静的无人无性之地，在那儿他们养育子女、一起看电视、度假，还分期付款购买汽车。

与洛尔做爱是一项使人恢复活力的活动，和尽情奔跑穿越田野一样。我那时还不知道，这令人愉快的乱跑正把我慢慢引向命运的柔软禁地。又一次，这善意的机遇打着让·维朗德勒的印记。

把他的公司让给安娜后，我的岳父坚定地安身于指挥《体育画报》，并立即发起对这个人们说它自从创办就凝结不动的杂志的激烈改革。这种震荡深深震惊了整个编辑部，他们不理解一个游泳池制造商，一直谨慎的老板，突然试图改变一份遗产和一个体制。没有正式地为这场混乱给出理由，只显露出一种激进的在方向上不够确定的现代化的隐约意愿。事实实际更加简单：维朗德勒厌倦了。从前让他快活的体育界的花边新闻，现在已不足以填充他整个下午的空闲。现在他想要做的，他必须做的，是干些事情，是行动。

他的进攻首先从杂志黄色的、只要过一个周末就会发白的纸张开始。而后，他改换了所用的字体，改变了排版和全部样式。每次行动，他都给我打电话，叫我到他的办公室里去。他把几种方案摆在桌子上，让我从中选择一个：

"说说您的看法，保罗。"

"您为什么要问我？您知道我根本不懂新闻业。"

"也许吧，不过您有眼光，所有的摄影师都有眼光，而且您比别的人更强。"

一段时间以来，在让·维朗德勒的头脑里，我真的成了"一个有眼光的人"，一位能够辨别良莠的视觉导师。那些激怒其女儿的照片却完全征服了这位父亲，他对两棵大树或是三颗湿润的石头的照片大加赞赏。

"这周末我们要更换字体。您更偏向哪一种？加拉蒙体，泰晤士体，还是波多尼体？"

"或许是泰晤士。"

"我早已料定。我知道您会选择泰晤士的。"

他立即拿起电话话筒，打电话给印刷部经理，向他宣布从此之后报纸全用泰晤士字体。

"总之，安娜过得怎么样？"

"还好。"

"她没有常常用有关雇主税或者出口补贴申请书的抱怨烦您吗？要知道她干得不错。她真的让营业额提高了不少。您呢？"

"什么，我？"

"您过得好吗？我发现您脸上有点什么，疲倦的神色。您知道的，像所有的不声不响地做自己事情的家伙一样。哈哈！"

"还好。"

"说正经的，保罗，我也许会有一点东西给您。一项大规模的有趣的工作。"

"在这儿，在报社？"

"不，在巴黎。一个编辑朋友计划出版一本有关树的漂亮图书，我相信会是不同寻常的策划，一页一个树种，装帧高档，一整本，您明白我的意思吗？我跟他说到了您的作品，而且这事好像真的很有意思。您给他打电话他会很高兴的。"

"您真是太好了。如果我能因我的照片走出去，这真多亏了您。"

"安娜觉得您的作品怎么样？"

"您知道的……"

"我发现她越来越像她母亲……"

我总是有眼光，也有耳力。这一评价，我可以肯定，绝对不是赞美。已经有好几次，我注意到了让·维朗德勒有关他妻子的某些看法的尖刻。它们似乎出自一个失望的、被抛弃的男人，透露出一种说不清的怨恨或是弥漫的失意。而玛尔蒂娜·维朗德勒总还是那样富于诱惑力。时间、年龄没有从她那里带走什么，她的躯体和皮肤还是不断地吸引男人的目光。我自己有时候也忍受着对岳母的欲望的突然发作，色鬼女婿鬼鬼祟祟的幻觉在我暗房的昏暗不明中折磨着我。

"今晚和安娜一起来吃饭吧，这会让我很高兴。"

我确信，玛尔蒂娜·维朗德勒有一个情人，某个住院实习医生或一个年轻的造型师，她时不时地和他一起使自己度过危机。我还很不幸地在她诊所的办公室撞到过一次，虽然不能完全肯定，但那的确不是工作该有的气氛。一种湿润的空气，过于玫瑰色的面颊，一种触摸带来的尴尬，一种被打断了的亲密，一切都使人相信那里刚刚发生过或是将要发生什么。玛尔蒂娜·维朗德勒越是快速把局面控制在手里，她的伙伴就越是有一种孩子似的慌乱，从我们中间像是一条鳟鱼一样溜了过去。但是在他跨过门槛之前，我还是有余暇注意到他某个部位的紧绷。此时，我岳母死死地盯着我，在她绝美的眼睛里，我发现一种敌意和记恨。这种致人受伤的微妙神情，毫无疑问她的丈夫早在我之前就见过了。也许，甚至是每天晚上他都不得不忍受它们？

这个女人有一种权势和非同寻常的生命活力，一种狂怒的个人主义，一种不可抑制的强加于人的欲望，使她能够以融合了漠然和无动于衷的冷静应对任何难搞的局面。一天晚上我们在她家吃饭，她回来得迟了，接连发出愤怒的连珠炮：

"真是很抱歉，但我的诊所出了点事。一个女病人没了。"

"没了是什么意思？"

"让，你是故意的吗，还是怎么了？没了，总之！没了，没了！"

"你是想说她死了？"

"对了！她死了！"

"发生了什么事？"

"这个蠢货是来让我们给她做乳房复位的。我给她手术，一切正常，直到她出现了心脏纤维性颤动。麻醉师吓坏了，叫了心内科医生，等到那人上来，她已经出现心脏停搏。怎么也没能把她救活，没办法。"

"然后怎么样了？"

"然后我接待了家属，向他们通报这些。其他人都溜走了，很自然。她的丈夫不明白到底发生了什么，当然，他向我提出许多疑问。我把他拉到一边，四目相对，我对他说：如果有一个患心脏病的太太，先生，得尽力劝住她不要重造乳房！这一点就够了。"

"那这人说什么？"

"你想让他说什么？他哭了起来。无论如何我希望这事最后别闹到法院去。因为那样的话，我跟你说，保险公司会趁机大大提高我们的保费。"

我心里说，有一天会有人杀死这个女人。但是最让我痛苦的却是让·维朗德勒的那句话，它不断在我的头脑里回旋："我发现她越来越像她母亲。"

安娜自然也像她身处的这个时代：蛮横无理，贪婪，渴望拥有，获得，渴望炫耀，尤其期待揭示历史已经完全终结。早在福山[1]之前，我妻子就已发展了这个理论，她把世界简化为一种仅为货币流通和赚取利润服务的工具。在 1980 年代，只有死人才没有野心。金钱有一种厕用除臭剂的刺鼻且有害的气味。所有无法忍受这种气味的人被要求不要去干扰能忍受的人。被商业社会的温软现实迅速地征服，热切的补助领取者、迫切想与他们的老师平等的学生、那些社会党人和他们的朋友们，开始进入工业领域的褶皱，渗透进银行界的内衬，溜进权力部门的毛皮。连我妻子最终也开始说这些人的好话，这无疑是种征兆。他们不是要选择法比尤斯作为总理，而且成功地从政府中排除了共产党员吗？"法国渐渐重新有点

---

[1] Francis Fukuyama（1952—   ），日裔美国作家、政治经济学者。1992 年出版《历史的终结及最后之人》一书，提出西方国家自由民主制的到来可能是人类社会演化的终点，是人类政府的最终形式。

人样了。"我岳母傲慢地说。这就是我的国家和我与之分享生活的家庭。

母亲慢慢成了一位老妇人。她还在继续修改、纠正各种各样的作者由于无知或粗心对语言的滥用。总是有一颗向左之心的她不理解我对社会党人的保留态度。在我还不知道的情况下，她已培养起了对弗朗索瓦·密特朗的极大热情，一种将变得具有毁灭性的热情。

他叫路易·斯皮里顿，和现代奥林匹克运动会的第一位马拉松冠军一样，领导着巴黎一家重要出版社的"艺术类"图书部。看着他在狭窄的走廊里穿行，简直可以说他是在气垫船上。他同作者们打招呼，也像同印制者、书商或是发行员打招呼一样有一种特别的泰然和温和。人们只可能与斯皮里顿保持一种很有教养的关系。他属于这样一种人，为消弭性格的不平等、缩小品行差距和消灭各种冲突而生。他和我岳父的友情很真实，我在他的办公室里受到热情接待。只有一件事让我惊讶：斯皮里顿一直在打听关于我岳母的种种。

"她还是那么迷人吗？一个美貌惊人的女人，不是吗？您想想，我在她刚结束医科学习的年代就认识她了。我们那时很年轻。"

在每一个句子结尾，斯皮里顿都会停顿一下，那静止可以有许多种解释。但是他飘移的目光、浅淡的微笑、用词的极度腼腆都让我想到，他曾有一天，与我岳母分享过个人隐秘。以一个奇怪的动作，好像人们赶走夏天的苍蝇那样，斯皮里顿从过去跳出来，跟我谈起他目前的挂念：他有关植物的著作。

"我有两本书在计划中：第一本，可以名为《法国树种》，将是关于我们国家的主要树种的豪华版清点。第二本，《世界树种》，还是依照同样的原则，但这回范围是整个地球。这些著作的全部魅力，当然，在于它的加工处理，在于出色的图片。我希望每一棵树都能被以同样的精心对待，像从前的演员在雅顾摄影工作室[1]里那样被表现，您明白我想说的了吗？那种光线，选取拍摄角度和视野的重要性。我看过您的作品，您就是我正想寻找的人。大多数摄影师能在千分之一秒中拍摄活动的图像，但很少有人有兴趣或是有能力拍出静物的美。"

"树种由谁来选择？"

"您。这是一项很艰巨的搜寻工作。需要探测，旅行，而且您还必须得和季节周旋，与常绿树与落叶树的丰富变化周旋。当您选好一种树后，好几天里，您不得不寻觅那个最与众不同的样本，那一个，直到它最终突然出现在您面前，成为一种明确的事实。每一次，您必须找到那棵树，只有它能代表并超越整片森林。而且，当您终于接触到这颗稀有珍珠时，环境又必须足够开阔，以便我们的奇观得到衬托。这

---

[1] 1934年在巴黎创立的摄影工作室，因为无数国际名流拍摄肖像照而出名。

是一项耗费时间的工作，需要耐心和苛求。您对此有何想法呢？"

没有什么能比这更诱惑我了。这个主意与我的雄心一拍即合，在我看来简直完全不像是真的。拿着报酬就为了观看这个世界并欣赏它。不和任何人说话。生活在树林深处。了解树木和土地。忘记时间的钟摆，只追随它的足迹徘徊。而且总是让每一个画面充满所有这些细微的东西，它们是看不见的，但又是实实在在地在那儿并超越围绕在我们身边的美。他还在跟我说话，而我已经到了一棵我熟悉的雪松底下，在选择背景，考虑光线。

"……对这两本书，编辑立场必须是清晰且不变的：一树一页，全景，自然环境。不要特技，不要闪光灯。要好好理解我说的，布利科先生，这计划不只是一个商业企图。我希望，打开这本书或是这两本书，每个人都会被一种说不清的感情捉住，一种可以追溯到很远很远的东西，而且它会激活这种我们今天已经遗忘了的、把我们和植物世界结合起来的联系。您明白我和您说的吗？"

生活给了我一份极好的礼物：一年的报酬只是为了让我安静地生活在树木中间。不知不觉间，我达成了我的目标：工作但不受作息时间表的拘束，无须接受指令，也更不用发出指令。一回到家，我便急切地投入工作，决定购买一部 6×6 画幅的哈苏照相机，它将进一步提升并丰富我父亲给我留下的性能非常好的摄影装备库：一部禄莱福莱双反相机，两部配有 20、35、50、105 毫米镜头的尼康 F 型照相机，还有一台徕卡放大机。

安娜显得非常热情，尽管她向我坦言，不明白是什么让一个编辑合情合理地投入这样的，在她看来甚至还未等第一张底片冲洗出来就注定要遭遇商业失败的冒险。

"我真为你高兴。不过，这件事遭遇失败也不意外。一个如此不严谨的方案，照你跟我说的，完全依赖一种模糊的感情和直觉，这在银行家手里经不住两秒钟推敲。你在现实世界中将拿不到一分钱。"

安娜叫作现实世界的，也就是商业社会，一个由深思熟虑、负责任的人们掌管的自负而成熟的世界，以小勺招募，用大桶解雇，狡猾地把工作变成和钻一样稀有的东西，让一代代人练习侮辱性的、卑躬屈膝的体操。

我在绿色和平组织事件[1]爆发的前几天开始工作。在树和树之间疾走，也通过车载收音机追踪共和国委派的几名潜水员的凶残水下探险，他们受命在地球另一端执行任务，只为满足某些狂热的社会党人的自负。

幸运的是，还有我的树存在。可以说它们一直在等待着我。它们中的一些好像自愿地与其他树保持一定的距离，以便我找到一个好的视角，把它们单独锁入取景框。自然中也

---

[1]　指 1985 年绿色和平组织的彩虹勇士号三桅帆船在前往南太平洋抗议法国在该区域进行核试验时，遭遇法国特工袭击而沉没。一名随船摄影师殉职。

不乏哗众取宠和装模作样的标本。只要在树林边或是谷地中心散几次步就可以确定它们的所在。那么接着就是傍晚时返回，当光线西斜并镀上一层金色时，或者相反，在大清早，当自然好像还在将明与未明中徘徊的时候，拍下它们。一种接一种，一周接一周，我渐渐装满了一本植物图集。我开车跑遍这个国家，为了寻找垂柳、雪松、悬铃木、榆树、木兰、橡树、栗树、榛子树、山毛榉、桑树、紫杉、五针松、冷杉、杨树、棕榈、梨树、椴树、橄榄树、桃树、樱桃树、金合欢。

正如斯皮里顿曾以一种颇有预感的语气和我说的那样，这些树中总有一棵，仅仅一棵，体现出它的种类的全部尊严与特性，"像一个明确的事实一样出现，而且使整片森林黯然失色"。我只要安置好三脚架，把哈苏照相机对准它，等着最佳时刻到来就行了。对我来说，事情经常就是这样进行的。接近正午时分确定要拍的树，我就在它旁边扎营直到傍晚柔和的光线来临，某种程度上，我与树已相互了解。无疑它羡慕我可移动，而我则钦佩那使它几个世纪扎根于此的耐力和恒心。那些最坚忍的树——橄榄树、冷杉、山毛榉、栗树和紫杉——已轻松地活过了数千年。在滨海阿尔卑斯省的罗克布吕讷-卡普马丹和离图卢兹不远的上加龙省，都有两千岁的老橄榄树。一千六百年的紫杉永远生长在科雷兹和卡尔瓦多斯省。一千五百年的栗树在菲尼斯泰尔省。而在瓦尔，上千年的西班牙栓皮栎数不胜数。

在这长久的等待中，我常对自己说，这些树在某处一定有一种记忆，当然和我们的不同，但是也能以它们的意志记录历史，记录远处城市里嘈杂的波频。我一点儿都不怀疑，它们也拥有与我们自吹的同样微妙的智力。像我们一样，它们也有在一无所有的基础上建造自己命运的使命，因机运和某种必然性，一颗被风或者鸟带来的种子，接着，是让自己接受土壤的盐分和雨水。

如同不停忙乱的蚂蚁，我们为寻觅一个位置而在这个世界上东奔西跑。那些树必定不能理解我们这种生物。好斗而平均寿命有限的小型哺乳动物，我们不停地作战，然后别无选择地倒在它们脚下，却从来不能在任何地方扎根。我们似乎也从来不会从自己的错误中汲取任何持久的教益。即便我们能够发明许多碳酸饮料和无线电话。

在大树下的沉思对我没有任何的好处。随着执着的频繁造访，我差不多说起了它们的语言，我想从此以后，我在拍摄人类时将会遇到极大的困难。当风在林中吹起，仿佛是突然间，一种秋分时节的潮汐在林间拍打，大海的鼾声就在近旁。我能够好几个小时地留在这个合唱团旁边，以倾听幽灵的依稀声响。

哈苏照相机拍出奢华的图像，具有一种格外的冲击力。6×6画幅的确是具有王者气派的规格，而这个瑞典品牌也真是值得被美国航空航天局选中，为他们第一次登陆月球的宇航员拍摄照片。数以百计的照片堆在盒子里，我训练有素的眼睛可以毫不困难地推测出每一棵树的个性。有的以轻率的态度对待一切，准备为吹来的第一阵风起舞；有的庄严朴素，习惯于贫瘠的土地，也不引人注意；有的坚忍不拔，是真正坚固的植物城堡，楔入土地直至光荣死去；有的繁茂，是肥沃土地的孩子，青翠浓郁，炫耀着华美的皮毛；有的爱做梦，身躯消瘦，不在意这个世界，脑袋总是朝着天空；有的爱焦虑，总受苦，愁肠百结，缠绕着它们数百年的怀疑；有的具有贵族气派，笔直如同字母 I，略有一点轻蔑，还带着微妙的傲慢；有的慷慨，不假思索地送出它们的枝叶和荫凉；有的辛苦劳动，排成行，忙碌着，毫不松懈地清扫地面。我可以数小时地在暗房里度过，沉迷于这种种族主义游戏，给这些植物指派千百种性格。但是，在我拍摄的全部照片中，有两张始终无法明确其特性，两个夺人心魄的形象，毫无例外地搅扰一切看到它的人。我永远也不能说出为什么，但是，只要你刚把这照片拿在手上，你就会感觉它们显然是有生命的，是这些树在看着你，而不是反过来。

第一张是在黑山南部拍摄的，在马扎梅和卡尔卡松之间。那是一个冬天的傍晚。薄雾飘浮在盖着一层清雪的地面上。但是，离地面一公尺的地方，空气是清澈透明的，有一种难以置信的明亮。在山顶上，远离森林，俯看那天隐藏在白雪下的平原，这棵南洋杉，原产智利的球果植物，类似一种有鳞片的冷杉，枝干像巨大的枝形吊灯一样向上延伸。简直可以说是在雾中飘动的一只绿色的古诺曼人的龙头船，是在世界前哨瞭望的水手。它同时象征着孤独与流放。我们面对面地待了一阵儿。在整个过程中，我隐约地感觉到，我的出现打扰了它，我是一名僭越者。它透过镜头死死地盯着我，不加保留地让我知道了它的感情。照片已忠实地将这种不舒服记录了下来。不管是谁观察这形象，都能够清楚地读出这棵南洋杉的想法："你不该出现在这儿。"

第二张非常不同。我是在一个恶劣的暴雨天，在朗德森林的一块林间空地上拍摄到它的。一阵阵狂风以超过一百公里的时速从海上吹来。因为天气，我没有拍照片的打算，只是想为第二天的拍摄确定一下目标。就在这时，我发现了它。一棵巨大的松树独立于宽阔的走廊地带，狂风以雪崩似的威力席卷着它。这是一个比所有它的同类都高出好几头的巨人。在暴风中，它向四面八方挣扎，好像在努力逃避无形的火焰。可以听到咔嚓的声音和如同风中振荡的弓箭似的呼啸。站在森林的前哨，它给人在进行一场与暴风雨的孤独战斗的印象，试图独自消损敌手的锐气，削弱它，以保护树林不受损害。意识到自己再也不可能遇到同样的情景，拍到这样殊死搏斗的画面，我准备好器材，拍下了这张照片。这画面里的确有一种令人晕眩的东西存在，也令人惊愕。从根到梢，那棵树在挣扎，拼命支撑，以腹部抓紧地面。在它的忍受中体现了人们可能想象到的对活下去的狂热的执着意念，这种意念往往是抽象的。第二天，我回到那片林地去拍摄其他的照片。那棵巨大的松树倒在地上，连根拔起，被打败了。

拍摄《法国树种》开始于1985年夏天，是优柔寡断的社会党人洛朗·法比尤斯执政的时期，最终在雅克·希拉克被任命为总理后的两个月完成。由于左右共治，这个国家和它懦弱的迪亚法留斯[1]的巨大舰队已经产生了一种新的固执念头，使他们将小块的湿疹抓出血来。在这转型的华尔兹中，过去的保守派又重新回到一度被改革派借走的权力通道。至于共和国总统，无动于衷的莫尔旺法老，正在卢浮宫监督他高雅的金字塔的建造。

可以说，《法国树种》的成功驳斥了一切拐弯抹角的曲言法。这本书上了当年的畅销榜，在书店和媒体上受到追捧。电视、电台、报纸，所有的人都众口一词地赞美这部作品。每一个媒体都依据自己的口味和读者群，从中发现了使他们热血沸腾的东西。最大众化的，强调"照片的美丽与庄重"；最偏好政治的，注意到"敏锐的道德感和一种真正的生态事业的抱负"；而流行艺术周刊则认为它有"一种发展到极致的构思令人着迷的简朴，没有向戏剧性画面或唯美技巧让步"。自从它问世，路易·斯皮里顿就高兴得如在云中。他陪我出席每一次广播和电视节目采访。每当人们问我从哪儿得来这样一个朴素而美好的想法时，我总是不忘指出我只是这个方案的具体执行者，而它的全部功绩属于我的编辑。每一次得到这样的敬意，它们是如此之多，被快乐的云雾和令人羡慕的骄傲托起，斯皮里顿会给人留下一种在他的座位上飘起来足

---

[1] 借用莫里哀戏剧《无病呻吟》中的人物。

有一米高的印象。

在这轮营销的巡回演说还远未结束时，斯皮里顿已向有意倾听的人透露，不久将会出版《世界树种》。他在记者和新闻界的脑袋里播下对一部世界规模的、展现可能包含意想不到的树种的豪华续集的记忆。我将是其理所当然的作者，而且我们将会看到想看到的！销售的海啸使我一下子成了富有的人。一个异乎寻常地走运的家伙。

如果说新闻界从此把我看作"杜瓦诺[1]或植物领域的维吉[2]"，那么在家里，我的地位也同样发生了改变。成功好像让我变得更加性感，而安娜也以一种新的眼光来发现我。在我做家务的那段时间，她时不时地以一种对寻求赏钱的家仆的仓促和冷漠吻我。现在，我的书销量超过了三十万册，她以对待一个有望获得大宗遗产的强势日本买家的态度对待我。如果我愿意那么做的话，依照我现在的状况，我能立即给她一个购买上百个她那可怕的水力按摩浴缸的订单。我确信仅仅是这种推测使她兴奋。在她眼里，我是另一个人了，一个人们能够在电视上见到的时髦家伙，而他，总有一天，当然，最终会买一个按摩浴缸。

对孩子们来说，他们总是显得很吃惊，看到我在电视节目里说话，而同时，在离沙发两步远的地方，我正在更换吸

---

[1] Robert Doisneau（1912—1994），法国摄影大师。

[2] Weegee（1899—1968），美国著名摄影记者，尤以罪案摄影作品著称。

尘器松动的把手。他们可以接受这种时空的扭曲发生在陌生人身上，但无法理解这虚幻的分身术与他们无处不在又哪都找不到的父亲。有关我与玛丽、樊尚的关系已经破裂。他们已经完全忘记了在他们最小的几年里我们共享的日子，而只是记住了最近几个月里我无可争辩的缺席。他们没有对我表现任何敌意，但是很冷淡。他们让我因放弃职责付出了沉重的代价。他们的母亲雇的保姆珍妮，已经把家务重新接了过去。

　　受到我在媒体上的短暂曝光影响最大的毫无疑问是玛尔蒂娜·维朗德勒。仅仅是几次节目，就足以让她傲慢的眼睛立即把我看得像是准备征服世界的麦哲伦一样。每次家庭聚餐，她会一字不漏地听我说话，提取我的言词如同珍贵的样本。她有点惊魂未定。对她来说，上电视露脸就是现代的加冕礼。凡得到这一殊荣者都值得被给予黄金、乳香，还有没药，为什么不呢？这是很奇特的，看到这个从前不可接近、轻蔑且残酷的女人，在女婿面前瘫软，而他近期的唯一功绩就是拍了一些静止不动的大树。在我投入这项工作之初，没有被认可，也没有什么反响，我几乎是勉强有资格坐在这张饭桌上，谦卑地低下眼睛梦想着女主人的臀部。而一下子到了今天，这位总是让我惊惶不宁的女主人，却仅是因为我跨进她的门槛就兴奋得坐立不安。

　　这事的结果是终于切断了我的那些犯乱伦罪的幻觉，而且让我觉得玛尔蒂娜·维朗德勒的妩媚和大卫·罗沙出色的烤肉一样缺少诱惑力。因此我也无法知道，在其他必要条件和我的新桂冠的光环加持下，她是否会同意我的手指溜进她淡紫色的开司米毛衫，狠狠地揉捏她惹人的胸脯。

家里只有两个人毫不在乎这种广告的喧嚣，一个是让·维朗德勒，对他而言我还是一个"有眼力的人"；还有一个是我母亲，她直到死，都把我看作"樊尚的弟弟"。每次我拿上他的老牌布朗尼柯达照相机，不管是不是百万富翁，我都仍是那个小弟。

在我动身去完成第二本著作之前，安娜一定要买一栋房子，借口是孩子们现在必须充分享有花园。事实上，我感觉她是急于炫耀我们的成功，急于建造一个可以与她母亲家的公爵府匹敌的小封地。我总是低估安娜和她母亲对垒的那种相当低级的竞争。这种对抗经常以未曾预料和无法理解的形式表现出来。这个拥有一栋住宅的迫切需要泄露了她要让她母亲折服的愿望，而且要向她最终表明自己已把一切权力掌握在手中。也许它包括游泳池、水力按摩浴缸、孩子们、新房子，甚至也包括那个所有人都在谈论的上过电视的家伙。当我回想起这个时期，我见到一个迷失方向的男人的形象，脚步踉跄于懒散的生活，吸吮着一个流出没有滋味的好运的淡而无味的乳房。我实在不喜欢那些包围着我的人，但也不是那么憎恨他们以使我有足够的勇气离开。我为了赚钱而工作，而我已不再需要他们。我开着1969年的老款大众敞篷车出门，为了给自己提供惧怕抛锚的消遣和奢侈。我继续时不时地与洛尔·米罗发生关系，而且一个月和她的丈夫弗朗索瓦吃两次饭。他总是谈论他的飞机，安娜则谈论她的按摩浴缸，在几道菜之间，洛尔继续悄悄地抚弄我。米歇尔·康皮翁的外科医生的故事若是不淫荡，就引不起任何人的兴趣。至于他的太太布里吉特，她继续频繁造访各种与美有关的宗教领袖，而她的相貌和体重的不讨人喜欢未得到一点儿改善。

新房子是图卢兹的一座古老宅邸，大概有两百年了。它用红砖和加龙河鹅卵石建造的外墙，它严谨的层瓦叠起的檐壁，它的台阶和石头窗台，让这栋建筑引人想起一只正晒着太阳睡觉的肥猫。表墙的颜色美化了白天的光线，使它染上金色，永久地赋予阳台一种黄昏的色彩。这看起来美妙极了。只有彻底的疯子才会买一件同样的东西，而且还希望在里边安居，也就是说在里边感觉自在，感觉充满活力，在那里抚养孩子，在那里做爱，还要接受在那里生病、衰老，而且当然，有一天，在那里死去。要想用保证生活安泰的笑声和喧闹声填满所有这些房间，十几个发育健康的人是必需的，而为了要压倒这个宅子曾见过的其他什么，至少得再多一点。而我们家只有四个迷失方向的倒霉遇险者，漂游在没有尽头的走廊里。居住在一个过于宽敞、大到失真地步的房子里，很快就会产生一种慢性的焦虑。那闲置的空间变成了充满敌意的地带，充溢着严厉的谴责。刚开始，我回到自己的家，就感觉是被饕餮吞进了肚子，它在傍晚和整个夜里慢慢地消化我，而后在早晨来临时把我驱逐出去。我不得不花很长很长时间，摆脱这种家是一个巨大的肚子而我在里边忍受着排泄过程的平庸循环的想法。

当我把自己的问题吐露给安娜时，她回答说：

"这个，老兄，这可不是房子的问题而是精神分析的事。"

"不是，我是认真的，这个房子真的让我很苦恼，我在里边非常难受。"

"你会习惯的，看着吧。这是你那不对头的左派意识让你烦恼。"

"你说的是什么啊……"

"是事实。无意识中你不能接受这些你得到的东西。既不能接受你的书带来的这些钱，也不能接受这个可爱的房子。在你的逻辑中，你必须拒绝这些，因为它们让你成了一个小资产阶级，一个和其他人一样的人，让你参加了这个你一直拒绝的体制的运转。"

"你真是随便乱说。"

"绝对不是。好运抓住了你，而就是这让你惊慌。"

安娜有一套有关幸运的观念，其关键归结于两个要素的组合：一个有七位数字的银行账户和一栋非常大的房子。不顾我的缄默不快，她买下了这栋建筑物，不是为了居住，而是为了展览；为了不管路过的是谁，面对这门面必定立即会想象它意味着多少财富。她很不在乎在它的内部，四个不幸的居民，一到黑夜降临，就像是地狱里受苦的幽灵在飘荡。

我时不时地去母亲家吃午饭，她自弗朗索瓦·密特朗当选后，就只依据社会党人的标准来进行评判。她对总统的无条件仰慕强烈到足以抹去他的朋友们的背弃和无能。她忍受左右共治如同耶稣被缓慢钉上十字架，而且把希拉克比作一双步伐极小的鞋子，限制了伟大的远足者征服的脚步。整个住宅没有受到我父亲消逝的太多影响。即使已经重新回到更加荒芜的状态，花园还总是保留着它无法描述的魅力。重新置身于这个令人舒适的熟悉院墙之间，我觉得得到了安宁，感到放心。在这儿我感觉是在自己家里。有时我也和母亲谈起我在安娜的房子里忍受的不适，谈起那种蜷缩在一艘油船的巨大的格子里过隐秘的过客生活的感觉。她带着一种礼貌的耐心听着我，然后，头动了一下给这个谈话做了总结："你是被惯坏了。"

我从来不知道母亲对安娜的真实看法，她是否对她有一种真正的友爱，是否能够公正评价她不可否认的工作能力，或是相反，因她的利欲而蔑视她。当她们在一起时，安娜和母亲变得不可理解。她们维持着一种令人吃惊的中立关系，在她们的闲谈中显示了一个对另一个的一种可以彼此融合的感情。母亲从来没有向我提出这个问题，没有想要知道我在安娜身边是否幸福。不用说，我的访问频次和我对回到那艘油船去的回避，已为她就这一尴尬话题提供了很好的解答。

从母亲家回去，当我取道穿越园子的长长小径进入房间时，在昏暗中，我好像是一只凭直觉朝着光亮移动的黄萤。像所有昆虫所做的那样，我在进去前略停一下，以便看一看什么在里边等着我。

我是被惯坏了吗，像母亲宣布的那样？可能是。但我也有足够的理由去怀疑生活的演变，怀疑我已表现出的真主主宰它的能力。我，一直以为自己能够抵抗一种有时充满强烈诱惑、有时又巧妙独裁的体制的诱骗和压力，我现在认识到，和其他人一样，我已经被这个社会肌体的动能卷走。日积月累，在不知不觉中，我已跨越了一个小资产阶级的生活的全部阶梯。为了文凭而学习，在消遣的时刻极推崇自由主义，在震荡的时代放纵，然后很快被一段好婚姻所拘囿，被两个结实的孩子加压，而最终，引人注目地致富。说到底，我原来是一个好学生。不愿意教训我，或是惩罚我，这个制度和安娜的房子一样，早已选择将我消化。

我觉得是在这个时代，在艾滋病的阴影下，纯粹的持久的爱情重新成了时髦的话题。依照进化逻辑和环境法则，我似乎因此注定要再一次表达这种感情。但是，我不会再有任何幻想。我坚持爱着一种类似信仰的、有着人的面容的宗教形式，取代信仰上帝，我们信仰另一个人，不过这另一个，确切地，其存在也不比上帝更真实。这另一个只不过是每个人的自我迷惑人的折射，一面旨在减轻深不见底的孤独的镜子。我们都有这个弱点，相信每个爱情故事是唯一的、非同寻常的。没有什么比这更虚假。我们全部的心灵冲动都是类似的、可再生的、可预测的。度过了最初的激情，接下来是漫长的惯性的日子，在无尽头的厌倦的通道上延展。这一切牢牢扎根在我们空洞的心灵里。它们发生的频次和强度单单取决于我们的荷尔蒙多少、我们的分子的脾性和神经接合的速度。我必须说，我们的教育——我们的训练，负责剩余部分，也就是让我们相信，一个模糊不清的头脑、一个怦怦乱跳的心室和一个硬邦邦的赘物，就是不知什么圣恩还是超自然力偶然给予我们这凡俗之物的幸福的标志。爱情是我们要学会去培养的矫揉造作的感情之一，也是帮助我们在等待死亡中忍耐生活的麻醉性消遣之一。

我从来不和安娜谈论这类事情，也不和她的朋友们谈。任何人都不能分享或是接受同样的狭隘观点。唯一我感觉有足够的信任可以与之触及这一话题的人是玛丽。我们有几次提到了这种美化、有时甚至是伪装我们的爱情故事的倾向。就好像它们必须绝对地符合一个模式、一个解读的框架。我越是想到这一点，就越是觉得玛丽或许是我曾经熟悉的唯一这样的女人，她毫不犹豫地直面真实的人生，并以她实在的面目对待它。我记得有时候，当我们在一起过夜时，在黑暗中，我察觉到她瞳仁里的闪光。而当我问她是否有什么不好时，她只是简单地回答说："我想事儿呢。"也正是用这同一双眼睛，大大地睁着，她打量爱情。

现在，我几乎没有心思用在感情方面，完全忙于准备将要开始的长期的环球旅行，它将让我从一个大陆到另一个大陆，以寻找我的植物模特。在我第一次动身前的几周里，斯皮里顿坐不住了。他差不多每天都要给我打电话，每一次都重复说这本书的前景多么让他兴奋，每一次还要加上，他确信这本书将会在世界范围发行。我们必须制定一张连贯的旅行路线表，以避免无益的和耗资巨大的洲际往返。

我出发的那一天，孩子们去上学前甚至没有跟我说再见，也没有与我吻别，安娜只是跟我简单地招了一下手，就好像我在一小时内就会回来。尽管我有那种关于感情冷漠机制的理论，这样的行为还是让我感到寒心。

我就这样开始了人生最神秘也最奇特的阶段。直到今天，我还是很难谈论它，很难描述这种几乎不间断的眼花缭乱的进程，从一个落脚点到另一个，从一种树到另一种树，它改变了我的观点和我对这个世界的认识。几乎没有行囊的旅行者，抛弃了思想的流浪者，摆脱了全部责任，没有任何牵挂，像是轻歌剧里的植物学家，精神放松、轻盈，我精心地审视植物界无边无际的美。

我经历过极端的酷热，顶着强风奔走，穿行于猛烈的暴风雨，在激流似的雨中前进，只是为了见到一棵树，独一无二的一棵，并给它拍下照片。我记得道格拉斯的松树，记得在北加利福尼亚和英属哥伦比亚的微风中摇摆的百米高的常绿巨杉，在亚利桑那的沙漠里矗立的巨人似的仙人掌王，还有巴哈马群岛懒散的可可树、澳门闪闪发光的棕榈树、肯尼亚大理石般的猴面包树，记得魁北克槭树和马来西亚三叶树丰茂的汁液，记得掌状叶有七个圆形裂片的槭树、奇形怪状的日本落叶松、日本雪松，三种都生长在日本，记得哥伦比亚高贵的咖啡树、南非坚不可摧的山榄，记得泰国珍贵的在市场上以金价出售的亚麻叶瑞香、台湾火红的台湾扁柏、墨西哥奥克撒卡严峻的宽叶森林、西西里三千岁的神仙栗树，记得罗宾汉曾出没其间的森林中的众多栎树、澳大利亚塔斯马尼亚岛上高大的桉树，还有加尔各答令人难以置信的无花果树，树干有众多分枝，三百五十根粗的，三千根细的，而它的周长超过了四百米。我完全被一种快乐的烦恼征服。枝干连接枝干，树种接着树种，总是有而且还继续有，一个比一个壮观、高贵。我将永远走不到尽头。我所进行的全部拍摄同时也是一次放大摄影，在其间我拍摄树皮最微小的细节。时间不再有什么意义。我的路线图和我预计的日程安排一样失效了。我对自己继续的这种追寻，或者是对穷尽、完美和纯粹所进行的荒诞与狂乱的寻求没有了一点主意。总是一个人，我走着。几个小时，又几个小时。直到我见到了想要见到的。直到那时候，我才明白就是为了它，我走了这么远的路。然后，找好一个拍摄角度，等着合适的光线就行了。已经习惯了接受坏天气，习惯了融入环境，对在风雨中工作我不再有任何的顾虑。在某些赤道地区的深处，我曾经遭遇但丁笔下的暴风雨，成百上千的炸雷轰鸣，震荡着地表，让人想到创世的最初瞬间。所有的这些画面、所有的这些情感在我身上积聚。在这种孤独的行走中，我也经常想起父亲的花园，想起哥哥的柯达布朗尼照相机，孩子们的气息，安娜可恶的按摩浴缸，我们大得过分的房子，想起母亲寂静的工作。我也重新见到了外祖父站在山口的顶峰，惊愕于他的大山之美。我利用等待和休息的时间仔细研究我已拍摄的标本的叶子。我观察它们的叶片、叶脉、叶柄，而且根据它们的形状给它们分类，掌状全裂的、指状的、三角全裂的、带叶鞘的、盾形的、掌状浅裂或是掌状半裂的。不知不觉中，我一天比一天更深地沉入一个越来越轻盈、越来越非真实的世界里。而这个从此之后已没有了方向且将持续一生的旅行，在科伦坡附近突然停止了。一个傍晚，我的身体和精神联手把我放倒在地，那时我刚刚拍摄了斯里兰卡山中的茶树回来。

我住在海边的一个小旅馆里，一座木头房子。夜来得比较早，我经常会在屋外吃晚饭，在阳台上，借着一盏油灯的微光。这天晚上，一切从发抖开始，接着是发烧、恶心、肠绞痛，我跑了十七次厕所。我觉得排泄了好几升的水，把什么都吐出来了。激烈的交战在我的内脏进行。我的皮肤烫人，身体由于高热而发抖。为了牙齿不咯咯作响，我把被子的一角塞在嘴里。而很快我又得起来。于是地狱又一次重新再来。我不停地想起某一天曾读到的有关斯里兰卡的这个句子："如果有一天你来到锡兰，应该是为了正当的理由旅行，否则，不管你多么强壮，你将会死在那里。"我是在进行有正当理由的旅行吗？

白天，热度和消化道症状魔法般消失，但是体力衰竭把我死死地钉在床上。一到黑夜降临，高热又像不可逃避的潮汐席卷而来，一切又重新开始。

在这种夜晚的瘟疫中，我已分不清我是在经受噩梦还是白日梦似的妄想的折磨。一会儿我看见所有我拍摄的树站在我的床头，用它们的落叶覆盖了我，一会儿是樊尚悄悄地进了房间，拿着他的照相机坚持要拍在被汗水湿透的被单下的我。我徒然地恳求，祈求他把我从这儿带走，而他只是不紧不慢地继续他的工作。

一周后，我已没有一丝力气。旅馆老板给我送来米饭、蔬菜和一点儿鱼，我几乎根本没动。我也迷迷糊糊地记着一个当地的医生来过，给我开了一种用草和植物煎出的药剂。我整个白天睡觉，一到黄昏，就再次开始那种数千个魔鬼的舞蹈。每一夜，我蹲在英格兰女王的古老画像前呕吐，那肖像大概可以上溯到锡兰或英国属地的时代。我甚至没有想过让人把我送到医院去，而那老板也没有想到。他已习惯了看见西方的旅客像这样蜷缩在被单里弄脏他的被子。他只是任由时间起作用，他相信时间。我知道在这里，当最终用光了力气，最穷的人躺在地上，就在街上死去。到了早晨，专门以此为业的人收集尸体，将之堆在一辆破车上。但是樊尚将会怎样处理所有这些照片呢？

夜里，每当情况开始变糟，就在不知所措之前，我把摄影背包的帆布带缠绕在手腕上，把照相机和胶片抱在胸前。我从来也没有弄明白自己是希望以此保护它们免受某种危险，还是相反，仅以这个动作来寻求某种安慰。有时猛烈的鼻出血突然发生，而且我的牙龈也开始出血。一种无名的焦虑使我的胸膛透不过气来，我觉着一阵严寒正在慢慢流遍我的全身。

在病程中，我经常不知所措，我退缩过，但从未祈祷过，甚至在我最深的恐惧和痛苦中，甚至当我看到力量从身体里溜走时。邻近的一个庙宇燃香的气味传来，直到我的床头，这种混合了祈求的难闻的气味，也增加了我的恶心。

我始终是无神论者，而宗教，不管是哪一种，对我都是无可商量的概念。随处都能见到信仰的蛀虫咬啮人类，让他们发疯，凌辱他们，贬低他们，把他们带回到动物园里的动物状态。上帝的观念是人类所发明的最坏的东西。我认为它无益、不合时宜、徒劳，而且配不上一个直觉和进化已使其站立而只不过面对空虚的恐惧、对跪下去的诱惑抵抗不了多久的物种。去发明一个主人，一个训练者，一个宗教导师，一个记账的。为了向他托付自己一辈子的利益和死亡，自己的灵魂和来世。在发烧最严重的时候，被烧香的气味刺激，那时甚至我的意识已衰弱，但从来没有哀求过任何人。我只是紧紧地抓住包围着我的现实，从我的相机、我的照片，尤其是我的树的陪伴中得到安慰。

一天早晨，在经历了又一次夜间的排泄后，我反而觉得有足够的力气与这不休止的昼夜轮回决裂，我穿上衣服，叫人用出租车把我送到机场。

旅程显得没有尽头，好像是我们要穿越整个世界的郊区。

一周来没有离开过我的晕眩给予这濒海的旅程一种海上的和风暴中的步态。那汽车——我相信是一辆老款的希尔曼——的地板已因为锈蚀而露底，我能够看见路面从我脚下划过。又一次，我把我最宝贵的财产，这背包，尤其是我的树紧紧抱住，害怕它从这个大张的开口滑下去而就此消失。半途中，天下雨了，雨水从各个缝隙进到车里。司机继续行驶而没有采取一点儿措施，也没有设法躲避那些鸡窝，或是正在穿越马路的动物，只是拉长声地按着喇叭。最终碾死了一条狗，几乎感觉不到撞击，但是一瞬间我看见就在我的脚下，那狗的腮帮子挂在老希尔曼车的纵梁上。我到底是还在那旅馆里，滚在我玷污了的被单和噩梦的模糊状态中，还是我们静静地在阵雨中、在一条死狗的陪伴下驶向科伦坡国际机场？

空姐刚把我的包塞进行李箱，并帮我安顿在座位上，我的身体就感觉到：三周来驻扎在我肚子里的所有魔鬼放弃了陪伴我旅行的事业。我真真切切地感到它们撤退了，离开了我的躯体。这就好像人们从我身上卸去了一个看不见的重负。随着波音747的高度上升，我获得了一种使人安心的平和。我闭上眼睛，没有恐惧地进入了我明白从此以后开始的恢复体力的夜晚。

安娜到布拉涅克机场来接我。看到我，她稍微往后退了一下。

"你怎么啦？"

“我生了病。”

“哪种病？”

“我不知道，拉肚子，发烧，头晕。”

“你接触过什么人吗？”

“我想是吧，我不知道。”

“你又黄又瘦得叫人害怕。你接受过治疗吗？”

“没有。”

“你不能就这个样子回家。”

“怎么？”

“想想你万一有什么严重的或传染的病。你从哪儿来？”

“斯里兰卡。”

“而且还是那个地方。不行，我跟你保证，我得把你带到诊所去，让医生给你检查一下。你必须想想孩子们。看你，你几乎都走不动。把包给我。”

“不，我拿着。”

我在一个专门治疗热带病和传染病的机构里住了四天。在一生中，我不记得曾有过与这次短暂的住院时同样深沉和安宁的睡眠。输液，补水，还有我不明白的什么鸡尾酒疗法，出院时我的身体和精神都雨过天晴，得到了很好的休息。

第一次，我以快乐的心情回到自己家那座房子。在经历了刚刚遭遇的一切后，它已经很难再让我相信它能够随心所欲地消化我。它不再让我害怕。尽管它的空间很大，但我非常清楚，在我住的斯里兰卡旅馆的房间里，它肯定挺不过两天。

我有六个月时间不在家，运气让我恰好在我儿子樊尚十一岁生日的前几天回来了，而他这个 1987 年的生日与华尔街股市暴跌碰到了一块。各种证券在美国海外贸易的巨大赤字宣布之后，跌去 30% 的价值。由于我不清楚的原因，安娜以一种戏剧性的紧张追随这些事件。后来我知道她拥有的一种有价证券，直接受到这场危机的严重影响。我对这种股市的大振荡无动于衷，但感到了一种性质更加隐秘的震动的影响：樊尚几乎已经是个青年了，而除了他的最初几年，我真的几乎没有亲眼看着自己的儿子长大。地球上全部的悔恨于此也无法有任何改变。

樊尚还保留着童年温柔的面部轮廓，但是却已经有了他母亲特有的信念和决断。或许在他的朋友中会有那么一个大卫·罗沙，一个足够活泼机灵的毛头小子教给他，远比我所能够知道的更多的，总之是相当粗鲁的男性的奥秘。

从我回来以后，我注意到女儿玛丽显得相当冷淡。她很少和我说话。而当我读书时，她有时会来和我待在一起，坐在旁边的扶手椅上，凝视着我却什么也不说。这种坚定的、探索的目光——我猜到其中有一种无言的谴责，让我非常不自在，以至于有时我不得不离开这个房间。

在暗房里，我开始冲洗胶卷，用最初的底片印出一些黑白照片。它们的精确度如此之高，树干的纹理似乎就像现实中的。在我的树身边度过白天，我从来不说话，也见不到任何人。我觉得有一层玻璃永久地隔开了我和我的亲人。当我想要与安娜取得一种彼此信任的关系，把我的一些照片给她看时，她漫不经心地浏览一遍，对我说："你真走运，能够如此轻松地维持你的生活。"在她的嗓音中有一种苦涩，言下之意是，对于她，成功必须来自永恒的挣扎，为了幸免于难，每一刻都要拼搏。她让我隐约看到，市场的丛林是远不同于非洲追猎般的植物摄影的另一种灾难。那些捕食者窥伺着她的任何一点细微疏忽，以便扑向她，攫取她的产品。我带着亲切的微笑点头表示赞同，心想，在生产颜色难看的按摩浴缸这件事上竞争会有多激烈呢？

"我累了，你知道的。厌倦了这一切。"

这是我们共同生活十年来，我第一次听到安娜吐露这样的事实。在"这一切"中，包括她为之付出时间、大部分青春和精力的家族企业，她已使之现代化，现在用它养活着上百名员工，而它唯一的也是令人失望的使命就是出售能够汩汩流水的容器给那些已有自来水的人。

"一切都很糟。我将不得不裁人了。"

疲惫和投降的阴影模糊了安娜的目光。她的声音，此前一直是充满权威的，这一次显得飘忽，找寻着合适的语调。

"这真的是危机。而且我们是最先被波及的。"

"怎么回事？"

"股市崩溃了，一大批人损失惨重。而这些人正是我们的潜在顾客，是他们维持奢侈品和消遣工业的运转。我们就是在这两类产业的中间。结果就是：自从暴跌以来，订单已锐减 65%。"

"你要辞退多少人呢？"

"三分之一的雇员，只是开始。涉及各个部门。"

"如果对你有帮助的话，从我的版税里拿你需要的钱吧。"

"谢谢你，可是这没有用。或许可以推迟限期，但问题在两三个月内还是会重新出现。这不是跨过一个险沟的问题。这个危机才在高峰，我们不得不在相当长的时间里忍受它。"

"你和父亲说过所有这些了吗？他也许能够帮助你。"

"我父亲，帮助我？自从他离开阿托尔，信不信吧，他就再也没来过。他把时间用在以他的报纸污染世界和跟踪侦察我母亲上。"

"侦察你母亲？"

"他确信她有个男朋友，确信她与某个人有关系。他变得叫人受不了。"

"在辞退员工之前，你还是应该和他讨论一下。或许他会有解决办法。"

"不幸的是，没有任何解决办法，你明白吗？这不是竞争、现代化或是生产能力的问题。是不再有订单，没有了买主，这就是全部。在这种危机时期，人们惦记的只会是按摩浴缸以外的东西。我对一个人打拼感到厌倦了。除了股东的担心，现在我还不得不安抚工会的担心，我接待所有这些人，只是为了对他们说我再不能付钱给他们了。这还是我这辈子第一次做这种事。"

安娜蜷缩在长沙发里，脸颊枕在我的腿上。她闭上了眼睛，好像一个睡着了的小女孩。几乎听不到她的呼吸。我想着这场混乱和这块土地上亚当·斯密的彻底失败，想着那经济学的荒谬与不合逻辑。在我轻轻抚摸安娜的头发时，看见一滴泪水流在她的脸上，慢慢滑向她嘴边的皱纹。

这些现代化的痛苦总是在我暗房的门边止步。在那儿，我以古代的方式工作，用我永恒的材料，显影液、定影液、相纸，而尤其是耐心、专心、细心，还有洁净和充满整个房间的安静。斯皮里顿不断催促我尽快给他寄去我的照片。那些发行商、书店老板们在等着书的问世。所有人看起来都在《世界树种》上下了大赌注。尽管如此，我不紧不慢，以一种极度的小心处理每一张底片。我选定了反差很大的色调，借助一台埃克斯普特自动积分仪不停进行光线测定，并且用手作为移动遮盖板，以便使一片美丽的云天或是那些树干光线不足的部分曝光更长一点。

当我以动物标本剥制师的缓慢动作在黑夜里一个一个地提取我的树时，我接待过洛尔·米罗的两次来访。第一次是在我回来后十来天的时候。当她发现我的消瘦、我变形的面容、我的黑眼圈和一般来说显示着肝病的糟糕气色后，稍做停留就回去了。我还记得那时各种各样的欲望从她的眼里消失，让位于一般在病人床前表现的怜悯。我们的第二次会面是在两到三周之后。我已经完全恢复了体力，而且脸也重新有了人形。洛尔悄悄溜进暗房，好像背后有一群间谍跟踪似的。在钠光灯下，她的皮肤显得非常黝黑。我很难分辨出她衬衫的准确颜色，相反，我认出了她轻柔的我曾几次掀起的短裙。洛尔显得坐立不安。她两条腿来回交叠，看几张照片，轻轻地咳嗽一下，往后撩撩头发，交叉起胳膊，又把它们放下来，再一次清清嗓子，看着我洗出一张照片，接着又走到另一个角落，翻弄我不知道的镊子或是其他器械。

"你能听我说话吗？"

"我除了听什么也没干呀。"

"别闹。我想要一次认真的谈话。我遇到一个非常严重的问题。"

"你说吧。"

"我遇到了一个人。有一年多了。这大概是从你走前六个月或是八个月开始的。他差不多比我年纪稍大一点，他棒极了。你很吃惊？"

"绝对没有。我只是试图弄明白问题在哪儿。"

"问题就是，我们相爱，而他已结了婚，我却怀孕了。"

"他的？"

"是。"

"你确定？"

"确定。弗朗索瓦那个时候正在德国。不管怎么说，和他一起，总共那三个月。我可以向你保证，对谁是父亲我没有一点儿怀疑。"

"那你怎么办呢？"

"问题就在这里，我一点也不知道。我倒是想出走和西蒙同居，把孩子留着，但这是不可能的，这会引出更多的、多很多的麻烦。西蒙，我朋友，是……怎么说呢……是犹太教教士。"

我爆发出一阵彻头彻尾的异教徒的大笑，既无法抑制，又对洛尔的处境缺乏尊敬。

"我知道你的反应就会是这个样子。你就是我说这件事的最后一个人了。"

"请原谅，这实在太令人意外了，你和一个犹太教教士，还有这整个故事……"

"我完完全全不知道该怎么办了，保罗。好几个晚上我差那么一点就要全跟弗朗索瓦说了，就为了让他回到地面上来，为了让他忘掉两分钟他那该死的倒霉飞机！"

"是什么阻止你去和你朋友生活在一起呢？"

"西蒙？你疯了。首先我不是犹太人。再者你想想，他，他们社群的道德担保人，一个每天祝福婚礼的人，抛下妻子孩子去和一个他使之怀孕的异教徒同居？跟我发誓，你不会向任何人说这件事。"

"当然。那弗朗索瓦呢？"

"他生活在另一个星球上。如果今晚我对他说我怀孕了，他就会像个白痴似的笑笑，对我说这太好了，然后立即重新回到电脑前干活。我真是瞧不起弗朗索瓦。"

"那你的教士朋友呢？"

"他？我告诉他我想要留着这个孩子时，他气疯了。他就怕这件事传出去。"

"如果我理解得不错的话，比起情人，他更像是教士。"

"这对我也是一样。我不能舍弃他，你明白吗？他让我疯狂，我从来没有经历过这个。"

"经历过什么？"

"我不想给你描述。"

然后，洛尔跟我吐露了一个男人终其一生极少有机会听到的秘密。

"你看，保罗，我相信有两个男人在我的生活中留下了痕迹。你，因为在某个方面你是最可爱的，还有西蒙，因为他是唯一让我享受到快乐的。"

我刚刚过了三十八岁，生活在树木中间。我的孩子们不信任我。我的岳母有一个情人。我的母亲投票给一个社会叛徒。我的妻子在准备"社会规划"。而洛尔在一个放荡而谨慎的犹太教教士的怀里发现了性高潮。

她所陷入的那种局面的可笑程度让我无法真诚地考虑她的感情问题，不过我很感谢她在这个房间和在几年里为了假装入迷的享乐所做出的全部努力。

弗朗索瓦·米罗真的是一个绝妙的白痴？

他因此活该养育一个犹太教教士的孩子？

是什么样的奇迹能使这蠢货令飞机不从天上掉下来？

在我这有钠光灯光环的隐居处，我向自己提出所有这些问题，还有许多其他的问题。在这期间，弗朗索瓦·密特朗赢得了谋求第二任期的战役。在他的第一个 7 年里，他在公众场合讲话 1 700 次。此外，他的办公室刚刚披露，他曾到外国出访 154 次。他的政治巡航可以做如下分解：到 55 个国家的 60 次正式访问，70 次当日往返的旅行；18 次欧洲议会和 6 次欧洲峰会。

读着这些，我想，如果人们依据他在国际间的长途旅行来评价一个共和国总统候选人的活动与严肃态度的话，那么我穿越地球的旅行路线图的出版，将会让我成为一名相当值得称道的王位觊觎者。

弗朗索瓦・密特朗（Ⅱ）

（1988 年 5 月 8 日—1995 年 5 月 17 日）

　　《世界树种》的成功大大超出了路易·斯皮里顿最乐观的期望。刚到 12 月中旬，书店和大商场的库存就已然告罄。不仅在年末的节日假期里热销，这本书到了下一年初夏依然留在排行榜的前列。这一现象是如此引人注目，好几家周刊都动员了社会学家和行为分析学家来解读消费者对这么一本异域树木的简单图录的狂热。而根据这些专家的分析，这种激动来自整个社会日益深入人心的、深刻的全球生态意识。

　　要是在过去，我或许会对这种人文科学的癖好发火，它们总是过滤毫无价值的日常泡沫以从中提取可怜的油脂。不过很久以来，社会学家在我身上已让位于"树身之人"——像《解放报》书评栏目的记者给我命名的那样。

　　必须承认那本书的排版非常出色。斯皮里顿还以附录形式展示了书中出现的所有树的表皮放大图。这些图像——四张一页——类似日本书法家过分仔细的作品，或者是一种未经正规训练的抽象派绘画。

斯皮里顿没完没了地与外国的书商和编辑部达成协议。那本书充斥了整个世界，悉尼、孟买、蒙特利尔、利马、莫斯科。在他的小小办公桌后，如同一位亲切的指挥，斯皮里顿以大师的手法指挥着负责演绎这支商业交响曲的音乐家们。总谱是如此令他满意，所以当我对他宣布我将不参加这本书的营销活动时，他没有一丝的责怪。已经被订单压垮，他以一种会意的微笑和一个简单的耸肩回答我，其含义也许可以大致理解为："不要紧，我相信已没那个必要了。"

在春天到来的时候，尽管我的编辑已向他们转达了原则上的拒绝，可我孩子们所在的学校还是前来询问，我是否可以破例接受在方便的时间到学校做一次讲座。在征求了樊尚和玛丽的意见后——他们热烈地支持这个计划——我答应了。时间约定在1988年5月9日下午。

54.01%，这就是前一天晚上，密特朗借以在第二轮总统选举中战胜希拉克的最后得分。我陪伴母亲关注着这个大选之夜。她以一种青春的热情欢迎这一结果。我至今还记得她攥着小小的拳头，兴奋地砸在椅子扶手上。弗朗索瓦当选了。从此以后她就叫他弗朗索瓦。

她不明白我对这个体貌、生活，甚至是方案都十分左翼的男人的怀疑。在我身边，她觉得自己长出了一个传教士的灵魂，实施各种各样的游说。除了密特朗的政治感染力，我母亲还出于职业，赞美他使用语言的方式。"他总是用贴切的词语、准确的结构来表达自己的感情。他对动词变位的运用十分出色，尊重时态的协调搭配。他事实上是唯一的正确地说法语的人，与那个勒朋刚好形成鲜明对比，那人醉心于一种大杂烩，在那里让一些未完成过去时混杂在虚拟语态和蹩脚的拉丁文之间，还夹杂着一些浮夸的词语，诸如'出尔反尔'或是'雇佣'，简直比这个可怜鬼还要让人惊愕。"

在选举后的次日，在指定的时间，我带着与伴随我整个学生时代一样的忐忑不安到了那所学校，害怕能力不足，害怕被品头论足、被比较、被评判。负责人接待了我，仿佛我是一位贵宾，是个什么部或什么科学院的杰出成员似的。他坚持要向大部分学校教师介绍我，然后引导我到了讲坛，一间规模不小的会议室，里面已坐满好几百人。孩子们在前边，家长聚集在后边。

校长将我描绘为让·鲁什[1] 和保罗－埃米尔·维克多[2] 的结合，一位"令人尊敬的追寻不变植物世界的永恒痕迹的探险家"。

在他说所有这些和我关系相当远的东西时，我试着在人群中找寻我的孩子们的面容。尽管一段时间以来，我们的关系受到相当的困扰，但我知道在这个时刻，他们的心一定会比他们的同学跳得更厉害一些。

我一眼就找到了他们。他们不是单独在那里，安娜和我

---

[1]　Jean Rouch（1917—2004），法国人类学家、电影制作人。

[2]　Paul-Emile Victor（1907—1995），法国著名探险家。

岳母围着他们，就像是在照全家福似的。见到这两个女人，我感到不安，甚至都有心想离开讲台。这或许是可笑的，但是她们在这个会议厅里的意外出现，在我眼里突然就像是一个敌意的标记、一种挑战的符号。我觉得她们到这里来是为了给我提出反驳意见、当众侮辱我，以她们无情的目光让我痛苦。这种妄想只是在校长让我开始演讲时才消减下去，于是，我开始以一种干涩的声音努力投入有关我跨越几个大陆的植物追猎活动的芜杂叙述。我谈到了松树树皮褶皱间亚洲风声的音乐，美洲雨滴落在美国木豆树叶子上的噼噼啪啪，印度土地散发的各种各样的气味，最终总是导向在某处没有目的的漫步，与之相反，也谈到了那种没有任何收获的内心漂泊。我谈到了这个有着娇贵之美的星球，树既是它奇特的心脏，也是它坚硬如钢的肺。我谈了那些忙碌的生命在工作中永恒的悄悄细语、为等待好光线而度过的下午，谈了这次长途旅行中的神秘力量，它最终控制了你的路线，指挥着你的脚步。我谈了偶然，机遇，与你擦身而过的不幸，让你遭受挫折的命运，也说到了那次航行的幸福和被碾死的狗。我谈了所有这些细碎的无关紧要的、支离破碎或普普通通的事情。最后，我谈了樊尚的布朗尼闪光照相机、徕卡放大器和我父亲神奇的水池，谈了图像从无到有的魔幻一刻。当然，关于洛尔·米罗光辉灿烂的臀部，我什么也没有说。

最后，当我再也说不出一个词的时候，孩子们和家长们站起来为我热烈鼓掌，好像我刚刚赢得大选。察觉到在这房间里，我的家人正向我挥手致意，我有一种站在月台上要动身去旅行的奇怪感觉。

和孩子们一起离开学校时，我问自己是否在这群教养很好的青春期少年中，会隐藏有一个大卫·罗沙，回到自己的家里，他直接奔向冰箱为了给家里的烤肉献上殷勤的致意。

在家里，玛丽和樊尚以一种不寻常的热情迎接我，向我热切地宣布他们的伙伴觉得我"非常讨人喜欢"，这使我好像被摆到了价值非常高的层次，可以说，是在与冲撞乐队和警察乐队同样的等级上了。安娜和孩子们一起回来了，没有再去阿托尔。当我问她出现在学校的原因时，她深深吸了一口气，很像是一声叹息。

"今天上午我发了三十封辞退信，所以说实话，我没有勇气待在办公室了。我给妈妈打电话，刚好她闲着，我们就决定来了。你讲得挺不错的。"

"辞退三十个？"

"准确地说是三十六个。"

"老天，但是你为什么一点儿没对我说？我根本没有用钱的地方，我拿着这么多钱没有用。再说那书还一直在卖呢。"

"你真好，不过我们已经说过这事儿了。有危机在，如果我想维持这个企业，就不得不考虑减少工资支出总额。"

"你预先通知这些被你赶出门外的人了吗？

"当然。我单独接待了他们每一个人。"

"那他们怎么看这事？"

"保罗，求求你了。"

安娜的眼睛蒙上了泪水。被她刚刚告诉我的消息惊呆，我面对着她站着没动，同时问自己，我妻子是在哀伤她的厄运，还是真切地体验到对那三十六个她弃之于路边的劳动者的同情。如果考虑到她的企业哲学和作为老板的道德原则，我想应该是第一种情况。

"我猜妈妈将离开爸爸了。她对我说她受不了了……"安娜一边悄声说，一边努力抑制着哭声，"我没敢问她是不是有了什么人……为什么这些事情都要一块发生呢？"

第二天，我去了《体育画报》。在办公室里，让·维朗德勒面朝玻璃窗洞，手背在后面，注视着生活在下边、在街上走过的人。可以感觉到他对报社失望了。当他为了来此安营扎寨而离开游泳池时，他希望每天都能过一种体验着轻微战栗的日子，像他在一周里来编辑部一两次给文件签字或出席会议时经历的那样。那时报社对他来说是一个让人兴奋的地方，一个永远沸腾的蜂房。可是从那以后，他发现一家体育周刊的日常生活是多么令人讨厌。这个编辑部只有在周末才真正活跃起来。然而，维朗德勒在心理上被工业节奏塑型，很难让自己适应新闻业的特殊周期，他从来不在星期六和星期日到办公室来，甚至在春季的周末也是一样，这期间大多数比赛集中进入决赛阶段，而它们的结局总是充满戏剧性。

"保罗，还好吗？"

"我来见您是为了安娜的事。她跟您说过她的困难吗？"

"您是想说阿托尔的裁员？我当然听说了。"

"我想是否您能想办法处理这件事，以您的经验，看看是否有其他的解决办法？"

"实话跟您说，如果安娜解雇人，那一定是她没有别的办法了。您知道她为这事很难受，我给会计打电话了，他给了我那些数字。它们是灾难性的。几个月来，订货量直线下降。"

"您不愿意试着更切近地研究一下局面吗？"

"说真的？不。我跟您说真实的情况，保罗。我对阿托尔的问题彻底不关心了。这个企业对我已是完全陌生的了。我想和您说，我面对三十个或多少个处于失业的人自觉有罪，但这不是一回事。一些混蛋在纽约股市干蠢事，而我们，第二天，在图卢兹，我们就不能卖按摩浴缸了。我对这个他妈的世界一点儿也搞不明白了。安娜跟您说起她母亲了吗？"

"她母亲？"

"是的，关于她母亲，我太太。"

"没有，哪方面？"

"玛尔蒂娜胡说八道。她使足了劲儿地胡说八道。您明白我说的是什么。我想起来了，拉加什跟我说，有一本您签赠的书会让他非常高兴，您能做到吧？"

让·维朗德勒不再更多说他的家庭烦恼。但是很显然，他这间办公室的每一个毛孔都反映出一个男人面对步入老年的孤独的不安。

在这期间，青年时代在天主教主母会神父家庭受到训练的密特朗，把国家大权托付给了他最出色的敌人米歇尔·罗卡尔，而这一位，是吃新教侦察兵的乳汁长大的，以博学仓鼠的绰号在那里服役。因此，神父化到骨髓的法国总算是掌握在了可靠的人手中。

洛尔·米罗如愿留下了她怀上的那个孩子，而且把一切功劳都给予她的丈夫，同时还继续与那个淫荡的犹太教教士保持插曲式的关系。当我思索我们必须面对的这种情感的和性关系的扭曲时，我真羡慕高大的巨杉树的沉着镇静，没有难以忍受的诱惑的折磨，静静地在大西洋的微风与薄雾中颤动。

自从我旅行归来，时间给我一种过得特别慢的印象。日子总是没完没了，总是彼此类似。一边是安娜在她的企业里拼搏，每晚还带着文件回家，周末也在工作，一边是我，过着一种在已荒废的线路上当道口看守的生活。我维护花园，修剪灌木丛，去除死树枝，用割草机修理草坪。我也做饭，做一些很复杂的，有时是异国风味的菜，总是能让给予食粮很少时间和兴趣的安娜与孩子们狼吞虎咽。有时我会带着一种怀旧的情调想起洛尔颤动的臀部，或者是玛丽令人赞叹的结实。我曾经打电话到胡佛的诊所找她。她一直和他一起工作，但是还住在自己的公寓里。我对她说再见到她将会让我非常高兴，但她很和气地拒绝了我的提议，跟我解释说她不再想让"不重要的"关系复杂化她的生活。这一新鲜表述，让我感到意外。从什么时刻开始，根据什么准则，一种关系可以被归类为"不重要"，而与此相反，又是在什么基础上，一个人可以决定另一种其他关系是重要的？我能够几个小时地让自己纠缠在这种类似的思考中。何况，根据斯皮里顿每周给我带来的消息，我的那些"树"还不断地在世界的各个角落发芽。

1989年春天，因一种在东南亚生产的、销售很好的新产品，按摩浴缸的订货量再次下降。因此，安娜没有招募增补的雇工，借口是负担太重，而公司的运行状况还很脆弱。我妻子已恢复了她的权威。看她的样子，你可能会觉得什么都没有发生过，那场危机是市场的假象，而几个月之前，她也并没有赶走三分之一的职工。我甚至确信，这种糟糕的过去更增加了她的信念，而眼下的好转给她证据，证明她曾做了正确的选择。是这样的，她一再重复，负责任的企业领导，是一个在关键时刻能够有勇气砍断一只胳膊以确保身体的其他部分完整的人。我不能确定那些被她这样清理掉的人在这一点上是否能欣赏她挥动砍柴刀的艺术。

在玛尔蒂娜和让·维朗德勒之间，事情也发生了变化。厌倦了她的男朋友——至少不是相反——我岳母最终与她丈夫重新和解了，后者则在进行节食，还每天坚持肌肉锻炼。此外，一位美发师会定期为他因岁月变色的头发进行漂染。每月一次，让·维朗德勒邀请他的妻子到欧洲一个著名的都市去度周末，威尼斯、伦敦、日内瓦、马德里、佛罗伦萨、斯德哥尔摩、维也纳、哥本哈根、阿姆斯特丹。

维朗德勒不再是原来的那个人。他像是从枪林弹雨中逃生的幸存者，从此以后珍惜他生活的每一秒，仿佛那就是他的最后时刻。

不知不觉中，一切都安置妥当，除了我和萨尔曼·鲁西迪。我们两个人双双生活在禁闭中。我，在我的精神监狱里，被厌倦和失望包围；他，更没有诗意，在一所毗邻"追杀令"的公寓里。同样显得令人吃惊的是，在这一时期，我经常羡慕他的逃亡处境，梦想隐姓埋名的地下生活，梦想假胡子、保镖、流言、P38战斗机、骤然的迁徙、走廊里的漂亮女孩，梦想更多的报纸文字歌颂我的艺术和我的勇气，梦想诸多威胁，梦想在茶色玻璃的汽车中逃跑，一句话，我羡慕那混杂着汗味儿和肾上腺素味儿的荒谬地具有男子气概的存在方式。对鲁西迪来说，他在故事中不可能扮演一种亲切和蔼的角色。他有着粗暴大兵般的面部轮廓，典型的骚乱制造者。他总是半睁半闭、隐含着朦胧威胁的伊斯兰教苦行者的眼睛，他下颚略突出的面颊、他的前额和眉毛，永远像是在策划和掩盖最险恶的阴谋，鲁西迪是《法老的雪茄》中印度的背叛宗主者。

懒散和孤独的最终结局是我必须设法解脱自己。我能让自己寄托于心底并不在意的不管什么故事——比如鲁西迪的——而且在好几天里玩味它，无止境地如同组合卢比克魔方。

我相信我那时正处在这种令人衰弱的癖好的最深处，在圣诞节前不久，电话铃把我从这种一般总是伴随着缓慢的神经衰弱的不满意的午睡中惊醒。是米歇尔·康皮翁。他有一种令人不愉快的做派，在他所喜欢的戏弄的客套语中，有一种过于表演性的活力。

"喂，朋友，日子过得好吗？"

"一般。"

"我把你吵醒啦？你有一种刚睡醒的人的声音。"

"别开玩笑……"

"哎，我打电话给你，是为了邀请你跟我去执行任务。"

"执行什么任务？"

"为世界医生组织，到罗马尼亚去。"

革命在两三天前爆发，世界医生这个人道主义组织要运送一些药物，还要派一组医生去，以便评估蒂米什瓦拉医院的现实需求。米歇尔很久前就开始为这个组织工作，已经参加过好几次人道主义援助，主要是在土耳其、亚美尼亚地震时，也到过其他的中欧国家。

"在这样一个团体里我能做什么，你说？"

"什么也不做，你陪着我，就这样。你也可以拍照片，如果需要的话。"

"拍什么？"

"这我也不知道。照片呗，总而言之。我们下午4点乘专机从布拉涅克机场起飞。四个人，两个医生，一个护士，还有你，如果你来的话。"

天空，月亮，所有飘游的小行星都扑向我的大脑。我正在巨大消沉的可亲淤泥里徘徊，而现在，一眨眼的工夫，一位熟悉的医生打发我去一场他自己认为注定以流血收场的冲突的最前线。

"我不明白你为什么找我做这件事。"

"我以为这会是一段让你感兴趣的经历。你不记得吗，有一次，你跟我说，你想了解去执行任务是怎么一回。"

我绝对想不起来说过这话，甚至也没想过同样荒谬的事情。我的职业是以闲逛者的脚步走遍世界，同时拍摄落日余晖中的树，而不是在被激怒的特兰西瓦尼亚人和其他歇斯底里的瓦拉几亚人的子弹中奔跑。而当我的正常理智拒绝米歇尔的提议时，却听见自己的嘴回答说：好，那就说定了，我将带着护照，在指定的时间到达机场。

那架老波音飞机已拆除了大部分座椅，满载好几吨军用绷带和基本的急救药品。在飞机的后部，搭乘有十几名旅客，样子不太招人喜欢，而且可以说像是从同一个模子里熔铸出来的。码头工人的宽肩膀，海军特种兵的身高，士兵的短发。

飞机在匈牙利布达佩斯机场着陆，那儿有两辆画着世界医生组织标志的卡车等待在飞机跑道上。那十名士兵在魔术般消失之前，积极参加了药品的卸载。

我们在驶向结冰的蒂米什瓦拉平原之前，必须开着这两辆车直到塞格德，一个位于罗马尼亚边界的城市。我开着一辆，米歇尔陪伴在旁，另一辆军用货车就交给了多米尼克·佩雷兹，那第二位医生，坐着小组中的唯一护士弗朗索瓦兹·杜拉斯。在塞格德海关，以一种极少外交色彩的态度，一些匈牙利官员劝我们放弃旅行掉头折返。依据他们说的，罗马尼亚在流血，在打仗，冲突起于煽动闹事者的狂怒和齐奥塞斯库安全部队的猛烈镇压。

我们刚跨过边境线，还没有得到他们国家的可疑"通行证"——那文件是手写的——忠实于独裁者的罗马尼亚军人就检查了每辆卡车，还强迫我们买完全是子虚乌有的签证，以美元支付，而且那数额一定相当于他们月工资的三倍或者四倍。

黎明带着黄昏的气息。雪覆盖着田野和公路两边。我们不停被武装人员把持的路障挡住，他们穿着不成套的军服，阿迪达斯厚运动裤配的是沾染泥污的猎装上衣。这些民兵中的大多数长着偷鸡贼的脑袋。他们凶狠的样子令人害怕。可以感觉到他们是多疑的，而且是现实危险的制造者。由于先前那些匈牙利人的提示，米歇尔退缩在乘客的座位上。每一次我们被检查时，他都举起手，摇着听诊器，向愿意听的人喊："French doctors！French doctors！"[1]搜检，摸索，几乎被这些可疑的不知在防卫什么的士兵嗅遍了，我们不得不整

---

[1] 原文为英语，意为："法国医生！法国医生！"

整用了大半天时间才到达蒂米什瓦拉的医院。

这个机构让人想起一座荒废的军营。底层的部份窗玻璃被打碎了，没有锁的门任冷风从各处钻进去，翻倒的病员推车躺在院子里，但是这种混乱不像是最近抢劫的结果，而是长期的普遍无人管理造成的。几个没事干的护士围着一个烧木头的火炉取暖、吸烟。

"French doctors!"米歇尔总是一再重复着，而且还是挥动他的听诊器。在进入这座城市之前，他就让我们停在路边，以便将一个极大的世界医生组织的徽记粘在我们每个人的滑雪服上。那是一个直径四十厘米的蓝色圆环。在把这么一个东西粘在我的外套上时，我想象这个圈定的、如此醒目的靶子，对一个孤独的枪手，该多么具有吸引力。

这家医院的一位青年医生走出了办公室，以一种怀疑的神色，走上来与我们会合。

"French doctors! French doctors!"

"罗曼·波迪莱斯库。我完全听得懂法语，我在蒙彼利埃学的医学。你们是什么人？"

当米歇尔说出他的身份和他的使命时，波迪莱斯库似乎吃了一惊，但还是礼貌地随我们走到了那两辆卡车旁边。以一个将要从他的帽子里变出鸽子的魔术师的姿态，米歇尔·康皮翁打开了军用货车的车门，于是，接着就做出了魔术师助手喜欢的那些可笑的小动作。面对这成箱的包扎敷料、维尔波氏绷带、消毒剂和天晓得的其他常用药物，波迪莱斯库呆住了。

"你们真是太客气了，对你们国家的声援我们非常感激，不过我们不需要这些东西。"

"不，为了你们伤员的紧急救护……"

"我们没有伤员。"

米歇尔听到这个回答就像挨了一记耳光。他待在那儿没了声，从半张着的嘴里只是飘出喘息的水汽。

"今天上午在你们之前，一些瑞士人和德国人已来过了。他们带来了一整套的手术室，还有一套移动急救装置。我也和他们说了同样的话：谢谢，但是我们没有伤亡者。甚至也没有尸体。我们原来保存在停尸间里的几具尸体已被一些士兵带走了，他们将其埋在本城的某处郊区，为了让人们相信存在一个堆尸处。"

米歇尔·康皮翁看了看多米尼克·佩雷兹，他在给弗朗索瓦兹·杜拉斯点火，而她则吐出一朵名副其实的烟云，它如同充满氢气的通灵者直直升上天空。

"我还是不得不把所有这些东西送给你们……"米歇尔以近乎哀求的声音说。波迪莱斯库召集那群护士，他们挽起袖子，开始对付这车好像是真正的战争宝库的货物。

"我想我调查评估你们需求的任务也不再有意义了……"

"如果是有关这场革命混乱的援助，就不用了。相反，如果您的组织想要长期在此投资，给我们带来日常工作需求的支持，那么，就需要。我们缺少很多东西，各种设备，放射科器材，手术器械……这也是上午我已经和那些德国人解释过的。"

德国人在神圣的急救领域走在了他前边这一事实，又让米歇尔遭受了附加的侮辱。这次出使是一次彻底的失败。

"但是，电视上说的那些有关伤亡者，还有全部……"

波迪莱斯库现出一种不置可否的微笑。

"在布加勒斯特，也许吧……在这儿，可以听到枪声，尤其是在夜里。从昨天开始，有谣传说我们要遭到安全部队的攻击，他们要来把受伤者打死。但是我们的确没有伤员……所以，我不知道……许多这些消息是由南斯拉夫人的新闻机构提供的，而南斯拉夫，您知道的……"

我一生中从未见过如此阴暗、如此让人不安的建筑物。给走廊照明的年久而肮脏的球形灯发出不干净的微光，给人以是沿着被时间烤焦了的墙壁滴下来的印象。在米歇尔和他的朋友们在外边忙着解释他们的情况时，我走访了几层楼。在远处，可以听到稀稀拉拉的子弹的呼啸。

这所医院在齐奥塞斯库时代任命的院长已经逃离了他的岗位，或许也逃离了蒂米什瓦拉，以逃避将来少不了的动摇整个管理机构的清算。他的办公室会集了典型的体现外省气派的小摆设和家具。墙上还留着领导人画像在最初的骚乱后被小心摘掉的痕迹，现在它们被堆在书架上边，在这件威严的家具内，没有一本书，倒是有上百个波尔多名酒的瓶子，按照它们的窖名和产地分类，还堆着一些罐头，包括焖兔肉、里脊和肥鹅肝罐头。

一张普通的官僚气质的木质办公桌，显示了独裁者的气度。坐在这样一件家具后面，一个人一定会合情理地感觉到自己受到很多庇护，远离伤害。三部老电话，一个顶着铝制灯罩的台灯，一柄把手套有皮子的裁纸刀，没有别的了，没有一份文件，也没有哪怕一点儿的笔记。

我刚刚坐到这个小王国的宝座上，就有两个带着武器和难以确认的臂章的男人不敲门地长驱直入。看到我在那儿，半卧在主人的扶手椅里，他们完全被恐惧镇住了。他们在那种可笑的姿势中僵了一阵，然后恢复了过来，向我习惯性地敬礼，还加上一嗓子我觉得似乎是战斗口号的叫声，接着就迅速消失在走廊里，在那儿，他们的脚步声回响了很久。

在底层，波迪莱斯库还在进行礼貌的攻击，以表示对他的客人们的尊敬。

"你们可以住在医院里。在这里你们不会被狙击手当作目标。我们有空床位。"

我宁愿在密集的炮火下穿越雷区，也不愿在这个散发着恐慌的医疗中心再多度过一个小时。半小时后，由一辆配备武装的轿车护送，我们驾驶卡车离开了那所医院。在驶向旅馆的路途中，装甲车一阵阵地向大楼或平房的墙面扫射。但是，任何时候，没有一个人向我们开枪。

黑夜和寒冷在蒂米什瓦拉降临。大陆旅店的大堂里挤满了同一天从欧洲各地来的记者，端着苏制冲锋枪、穿制服的士兵在前厅保护这个机构免于来自安全部队的贸然进攻。我和米歇尔同住501房间，而佩雷兹和他的女护士住在502。我们既没有暖气，也没有热水，因为厨房已被断了煤气，所以也只能提供临时凑合的冷餐。

每张桌子边，记者们都在谈论那个人们刚刚发现的堆尸处，谈论翻过的新土，还有电视镜头拍下的排成行的尸体。这一夜，整个世界都在这场被认为是由齐奥塞斯库的游击队执行的大屠杀的画面的陪伴下吃晚饭。

要是我能告诉这些记者那个医院的医生不久前对我说的，有关放在停尸房里的尸体盗窃事件，有关紧随其后的导演，还有南斯拉夫幻想家的断言，谁也不会相信我，没有一个人能接受去修改一场注定的革命的无可挑剔的编剧，这要等以后，人们才会通过美国中央情报局的那些电影编剧来了解它。

晚餐是冷的，而佩雷兹医生与杜拉斯护士彼此交换的目光是热的。快要晚上10点的时候，一名起义者在旅店里边跑边喊："安全部队！安全部队！"卫兵熄灭了店里所有的灯，开始朝街上扫射。自从第一阵枪声响起，各个国籍的进餐者就都姿态各异地蹲在了地上。佩雷兹和杜拉斯，对周边的混乱无动于衷，对激烈的喧响充耳不闻，于黑暗中紧紧拥抱在一起。

没有供暖，房间里冷得可以结冰。穿着全部衣服钻到被子和床单底下，米歇尔和我试图找到睡意，尽管城里的枪声还在炸响。

"波迪莱斯库对我说，这是起义者在夜里朝着墙壁开枪，为了让人们相信是安全部队干的，以激起老百姓对他们的仇恨。"

米歇尔在黑暗中说着。他的声音缺少变化，染上了疲倦和受挫折的情绪。他本是执行这次任务的团队领导，而现在不再有任务。一名世界的医生而那个世界不需要他。几乎在他还没说完的时候，从墙的那一边传来令人无可怀疑的嬉戏声。佩雷兹占有杜拉斯，如果不是相反的话。他们的努力正按照十二音体系——一种因使用一组十二个声调而著名的调式——进行。除了这种轻微的十二音体系音乐，他们还以床头有节奏地碰在墙壁上的撞击声折磨我们。每一次撞击，佩雷兹都发出推进器的呼噜声，而杜拉斯则是短促的尖叫。第一乐章的终止音的强度超越我在此方面听过的全部。他们带有动物般野蛮状态的狂喜的嘶哑喘息声，在这充满冰冷和敌意的环境中，把我们带回了自己的起源。

"在我们经历医院的失败之后，现在，又是这个古怪的夜晚，我不由地问自己你会怎么想我们的使命……同样的事情我从来没遇到过……"

一阵街上或旅店前厅传来的枪声，打断了出使团领导的讲话，这次他几乎是以孩子气的声音悄悄说：

"你把房间门反锁上了吗？谁也不知道会发生什么。"

打桩机的撞击声又一次在隔壁房间响起，我但愿这夜赶快结束。

第二天，打开电视机，我们发现正在用罗马尼亚语直播令人大吃一惊的尼古拉和埃琳娜·齐奥塞斯库的审判。看到这对至高无上的独裁者夫妇被年轻新兵剥夺自由并粗暴对待，有一些不像真实的东西，这种局势毫无疑问给人远比它所能显露的事实更深的印象。我当然完全不懂电视里在说什么，但显然，这个前所未有的诉讼，提出了一些让齐奥塞斯库不能接受的指控，他以一种狗一样的好斗性对之加以拒绝。她穿着大衣还系着围巾，他戴着无边帽和大号金表，好像一对小商人夫妇因某种侵犯企图急急忙忙被召来此提出申诉。他们表现出那种作为选择的受害者，在诊所或是警察局，因自身情况没有被优先考虑而产生无法控制的激怒。

第二天，国家电视台播出了经过删节的这对夫妇被执行死刑的画面。看着尼古拉·齐奥塞斯库的尸体，我头脑里出现的唯一疑问是：他的金表怎么样了？

完全摆脱一切职业方面的挂虑，佩雷兹和杜拉斯继续他们的蜜月。米歇尔看起来被这种田园牧歌搞得彻底惊惶失措。

"你想想，再说他是结了婚的……"

"再说什么？这有什么不一样的？"

"没什么，我恐怕一定是跟不上时代了。"

"那杜拉斯呢？"

"杜拉斯，什么？"

"她结婚了吗？"

"我不知道，我不认识她，这是我第一次和她一块出差。

相反，佩雷兹，他似乎知道是和谁一起旅行。"

我以在蒂米什瓦拉闲逛度过这个下午。一座和工具库一样迷人的城市，老有轨电车，露出地面的轨道，面目不清的建筑艺术，市中心让人想到一片正在建设中的郊区。这种未完成的印象被子弹在墙面留下的斑痕所强化。居民们采买购物，以一种十足的蔑视来对抗夜间在街上发生的小冲突。在一个公园的拐角处，我发现了一棵老栎树，我这才想到，自从来到这个国家，还没有使用一次那随身带来的小尼康相机。这次闲逛的次日，在没有真正明白我们到这座城市是来做什么的情况下，我们重新乘卡车出发，首先是向塞格德，接着是向布达佩斯，在那期间见到的一家麦当劳让我想到，在这里也有一场革命正在进行中，或许更加谨慎但也有别样的狂暴。

在离开蒂米什瓦拉大陆旅店之前，我做了一件直到今天也无法真正解释其原因的怪事。米歇尔在楼下接待处办理结账手续时，我待在卧室的洗手间里，为了把浴缸和洗脸池的排水口全都塞住。然后，我把所有水龙头开到最大，等着水溢出来，于是，第一次拿出照相机，拍了好几张这种吞没卫浴设备、慢慢地让冰水浸透地毯的室内瀑布画面。

在返回家之前，我在布达佩斯待了几天。我沿着多瑙河拍摄了一些孤零零的树。天很冷，人们正准备庆祝在两个月前突然到来的柏林墙倒掉后的第一个新年。看着这座城市，我努力想象在《华沙条约》时代，这里的生活会是什么样，而新的西方十字军将以什么样的经济享乐来考验这古老的佩斯城。

安娜的父母邀请我们新年那天去吃午饭，向我提出了一大堆有关罗马尼亚之行的问题。他们一向是远离群众运动的，这一次却完全被这场革命的舞台艺术所征服。我岳母在知道我没有机智果断地、充满拍摄欲地带回哪怕一张照片时，特别震惊："有时，保罗，我问自己您到底活在哪个世界上。您是什么也没有从那边带回来吗？"不是的。501房间的钥匙，一张罗马尼亚共和国国家银行发行的一百列伊纸币，另一张由匈牙利国家银行发行的一百福林。

安娜没有分享她母亲的失望，相反，她对这个以佩雷兹医生出人意料的夜间放荡行为为结局的可悲远征故事很感兴趣。佩雷兹医生胯部的功绩让她快乐，因为她从前就认识而且讨厌他的妻子。

不久以后，洛尔分娩了。我肯定是唯一知道这个男孩真正的传种者姓氏的人。这有时会把我置于一种很不愿面对的情形中，比如当弗朗索瓦从他的空中客车星座上短暂降落，把手臂当作摇篮摇着那孩子，问我："你没发现他像我吗？"

我有时很难理解洛尔的抉择。在四十岁时，与一个结了婚的犹太教教士、一个家中人口众多的一家之主，有了第三个孩子，而且还让一个心不在焉的配偶承担父亲的角色，这在我看来是一个特别不恰当和不理智的选择。但是既然做了这种选择，她从此以后只能沉默。在这种境况下，我成了这个秘密的真正保管者，一个裤裆渎职罪的同谋犯。我只希望做到一件事：千万不要想去掌管生殖的海关，拿这个儿子的染色体组型和那位所谓的父亲的做比较。

洛尔给人的印象是完全忘了这种局面，无懈可击地扮演了一个满足的母亲和被如此深爱的妻子的角色。否认是彻底的，演出也是几乎完美的，除了当我们的目光相遇时。那时我从她的眼睛里读到一种无言的请求和简明的威胁。洛尔做事从来不会半途而废，她把犹太教教士的名字给了她的孩子：西蒙。西蒙·米罗。

据洛尔说，这种殷勤使那位圣人慌乱不安，而他却完全没有因此表示有意结束他的双重生活。他们的关系于是就这样在幕后继续发展。他们注定要长期地与通奸的全部附属小道具打交道：无处不在的孩子，即兴的性欲，永久的谎话。

在家里，远离这种歇斯底里的日程，我重新恢复了居家生活的节奏。

那时是1990年5月末，电话里，一个声音说："您好，这里是共和国总统秘书处……"

我的对话者姓奥维尔或奥贝尔，而且，他肯定地说，他是以弗朗索瓦·密特朗的名义给我打电话。

"……总统特别喜爱您的新书。他希望您能给他在他喜爱的一些树前拍照，在巴黎，在拉切，在莫尔文。"

“这是怎么回事？”

“这完全是认真的，布利科先生。您要知道总统是多么欣赏树的陪伴。他从不掩藏这种激情。他希望您做的，就是您给他在他的树旁边拍照。”

“为什么要找我？”

“我已跟您说了，因为您的书。总统不停地赞美您的主题。怎么样？”

“我很抱歉。”

“您抱歉什么？”

“我不能接受这份工作。”

“有什么方法能让您再考虑一下吗，您所希望的是……”

“没有。”

“好吧。这是一个答复……可以说……令人意外。我会向总统转达您的拒绝。”

尽管这个人的嗓音反映了一种人们通常认为的高级管理层的那种职业冷淡，我还是极难认真考虑这个奥维尔或奥贝尔的提议。即使对植物有强烈爱好，我也还是难以想象一位共和国的总统从他的日程表中抽出三四个工作日，以便在一些树干前边摆姿势。这通电话对我显得如此无严肃性，甚至我都没有向安娜提起。

三天之后，奥维尔或奥贝尔在中午后不久再次给我打来电话。几道阳光透过栗树的缝隙，把一小块一小块的光线撒在门厅浅栗色的地板砖上，我正在那儿使用吸尘器。

“布利科先生吧？这里是总统秘书处，我把话筒交给总统先生……”

奥维尔或奥贝尔甚至没有向我问好，也没有问是否打扰到我。对他来说，我在流着汗使用吸尘器，或照看正在光面纸上晒印的一张 24×30 的小照片都不重要。只要那一刻总统想要和我说话，我就当然应该立即放弃一切。

“我是弗朗索瓦·密特朗……您好吗，布利科先生？”

“好，谢谢您。”

“很好，很好。我希望他们已经告诉了您我多么赞赏《世界树种》照片的美。您完成了一件出色的工作……以一种全新的眼光，成功地发现了永恒世界的庄严……您在听吗？”

“是的，是的，当然。”

“那么您跑遍了各个大陆？”

“是的。”

“哪一个是最让您赞叹的？”

“也许是澳洲。”

“哦，好吧。是那边的植物如此令人赞叹，还是您抵挡不住科里奥利定理的魅力？”

“我不知道……”

“好了，好了。让我们来说正题吧。您大概知道我对树木和森林始终具有的激情。所以当他们告诉我您不愿意对我的计划给予答复时，我感觉很不愉快。显然他们没有跟您说清楚。那么是这样：我有一些视之为吉祥物的树，在巴黎，在莫尔文，尤其是在兰德省，在它们旁边拍照会让我很高兴。一点儿私人爱好，非常简单，为了我的个人收藏……您在听吗？"

"是的。"

"不要灯光，也不化妆。总之，我预计，嗯，大约三十张底片。在秋天之前。由我来定时间。这当然是一份私人的委托工作。您在听吗？"

"我在听呢。"

"……就是这样。一些非常简单的画面，黑白的。您瞧，就和您书里的一样。只是一棵树，我在它旁边。只有您、我和树。我确信您能做得非常好。"

"我不那么想。"

"为什么？"

"我从来不拍人……"

"我的敌人会对您说我越来越不是人了。"

"我很遗憾。"

"您是普遍地不喜欢人类，还是特别地讨厌我呢，布利科先生？我很失望。我会很喜欢这些照片的。我甚至相信它们会对我很有益处。但是，既然您什么也不愿意了解，我们就不做了。这也同样简单。"

这句话一结束，通话就立即切断了，我得过了好几秒钟才反应过来自己刚刚被共和国总统摔了话筒。他专制的态度、心血来潮的要求让我沉入一种憋闷的共和主义者的怒火。我真想给奥维尔或奥贝尔打回电话去，告诉他我怎么看这个在主母会修士家里长大的前国民志愿军成员，这个总是在衰弱的左派与机会主义的右派之间摇摆的社会党人。我一点儿也不想拍弗朗索瓦·密特朗。同样也不想拍他的树。

当天晚上，当我向安娜讲述这次谈话的内容时，她表现出一时的惊讶：

"我不知道这样拒绝是否太不好。"

"你的意思是？"

"我不知道，那可能会是一种经历。而且，我发现他的想法很有创意，甚至是令人动容的。"

"但是，我毕竟有权拒绝一份工作，不管它是不是共和国总统跺着脚定购的。"

"你有一切权利，也包括在你易怒的性格和陈旧的左派观念让你盲目时，犯不公正的错误。"

"我两本书赚的钱足够过三辈子而什么都不做，你想让我马上跑去满足一个前国民志愿军成员的心血来潮？"

"这是你的事。我认为在这件事上你表现得很愚蠢，这就是全部。我刚好想起来，今天见到了洛尔，她明天下午有事，问你能不能替她带一下小西蒙。"

"不能。"

她该把他托付给那个犹太教教士，除非她就是要和他去做什么了不起的"事情"。我刚刚被共和国的总统侮辱，我可不想再为一个有胆量通过我太太请求我为她带孩子的前情妇服务，而方便她去与那亲生父亲约会，一个法利赛人，一流的伪君子，他，当然，将会在不到一小时的时间里，给予她我在好几年里不能给的东西：快感。

我以为这个"密特朗事件"已结束了。

这是没有考虑到我岳母的小店主的脑袋和我亲生母亲的社会党人立场。

差不多在我接到总统的电话两天后，或许是从安娜那儿知道了谈话内容，我岳母在黄昏时来我家看我。她已不是原来的那个女人。她一下子老了。她的脸以前光彩照人，现在却全无一点儿优雅，浑身的肉给人的印象是没有骨架的一堆脂肪在漂浮。

"我相信您对自己很满意，保罗。"

"指什么？"

"关于密特朗，还用说吗，您是疯了还是怎么回事？"

"您在说什么？"

"总之，您别干傻事儿了，人人都知道这件事。"

"知道什么？"

"社会党人行动的方式，当您让他们不高兴或是拒绝为他们做事时！"

"他们会怎么行动？"

"给您寄送税票，看着吧！您去拍那些该死的照片会有这个损失大吗，嗯？"

"等等，我完全不懂您说的。如果照您的理论，有哪个人要担心税务机关找什么麻烦的话，那该是我，不是您。"

"没什么更靠不住的了。他们也会打击整个家庭。非得要我提醒您，您是在夫妻共同财产体制下结婚的吗？"

"那又怎样？"

"那么，我可怜的朋友，如果那些蝗虫扑向您，它们也会进攻安娜的企业。我时常问自己您脑子里到底装的是什么。甚至让，他从来都是护着您的，对于这事儿，他也不再理解了。昨晚他还跟我说：'可是说到底，保罗是左翼的呀，不是吗？'"

8月初，伊拉克入侵科威特，股市连续动荡，很快就重新调整了我岳母的财产忧虑。我因此以为"密特朗事件"可以被彻底遗忘了，而没想到，这次轮到我亲生母亲来向我提起诉讼了。在某个令人窒息的夏日，那时我喜欢去母亲家吃午饭，甚至还没等我有时间安坐在桌子旁，平时总是那么平和、那么有节制的她，以一种我从未见过的态度向我发起袭击。

"我相信我有一个疯子儿子。别用这种吃惊的眼神看着我！你疯了，我的儿子，精神失常！"

"你这是怎么啦？"

"我已经好几个礼拜试着不吭气，试着对自己说这和我没关系，但是，一见到你在我面前，我就想爆发，要不然愤怒会让我喘不过气来。你怎么能这样！"

"我能怎样……？"

"对总统说不，拒绝他向你提议的这么好的一件事！"

"哦，别了，不要再说这件事了……"

"没想到你也算是学过希腊拉丁文的……"

这句话，我一生中常常听到。每当我引起她深刻失望的时候，母亲就这样说。她不明白一个吃文明乳汁长大的人居然会抵制他的先生们的教诲。在她的头脑里，以卡介苗防止我被肺结核感染的同样方式，希腊拉丁文，无与伦比的文化疫苗，本应该让我远离一切判断错误和行为脱轨。由于拒绝总统的提议，我已经表明了它对我这样的机体和粗糙品性的无效。

"你做事就像一个小流氓。我真想知道这个人会怎么想我们……"

"你们到底是都疯了还是怎么？这一切就因为我拒绝去拍一些照片！"

"一些照片？你叫这是'一些'照片？可是我的儿子，这本该是你生命的'那些'照片。我可以知道你是以什么借口对总统说你不愿意做这项工作的吗？"

"我没有什么借口，我只是说我不拍人物。"

"保罗，你没这么说吧……这简直是无法形容的粗鲁……完全不尊重，甚至是轻蔑的……"

"听我说，妈妈……"

"没想到你居然这么回答那个废除了死刑的人……"

"妈妈……"

"一位年长者，他从数以千计的摄影师中选择了你，仅仅是为了，你能给他与他生命中的树拍一些照片，一个深思熟虑的、高尚的人，他比任何人都精通并尊重我们的语言……而你，你回答说'我不拍人物'……你到底把自己当作谁了，保罗·布利科？"

她的愤怒，一开始还在控制的，现在终于大举泛滥。想要遏止这种谴责的洪流是毫无意义的。

"我可以告诉你，你已经做的这件事会跟着你一辈子。而且它将会影响到你的工作，相信我吧。"

"可是，妈妈，我不工作。我几乎从未工作过，我只是凭着运气赚到了钱。"

"你太幸运了。就是这点破坏了你的判断力和常识。"

我母亲并不是完全错误。我的两本书奇迹般的销量让我得以生活在社会的边缘、家庭的边缘，有时甚至是自我的边缘。我没有任何牵绊，不与任何人分享任何的方案。我有时让自己像是一个不对任何人感兴趣也没有任何人对我感兴趣的特殊种姓的唯一代表。拍摄不动的、无声的树木，小心翼翼地把守着，以使永远不要有什么人闯进镜头，这也是一种人生吗？真的是等到我的照片销售到了全世界，我才意识到，我几乎没有拍摄过我的孩子们，樊尚和玛丽，也没有拍过安娜或是母亲。母亲拥有的几张仅有的父亲的照片是由不认识的人在车行里拍的。为了寻找那些树，我把地球犁了一遍，可却忽视了包围着我、就在我门边的家庭生活。我四十岁了，却怀着刚出大学校门时的情感。我几乎还没有看见，我的孩子们就长大了，樊尚已穿 39 码的鞋子了。我还没有真正地工作，而很久以来，却一直衣食无忧。这并非我的希望，甚至完全违背我的意愿，我成了一个无所顾忌、残忍的机会主义时代的地道产物，在那儿，工作只是对没有工作的人才具有价值。

在这次令人不愉快的谈话后不久，母亲遭遇了一次脑血管中风，这使她脸的一部分麻痹，并且有一只手在一个季度后还不灵活。很长时间里，我都无法驱除一种想法，就是这种循环系统的毛病是因她所忍受的我对总统言行的强烈不快所引发的。在她恢复期间，我常常去探望，一天她对我提出了这个奇怪的要求：

"你知道什么会让我高兴吗？就是你能够拍，你，拍一张密特朗的照片。一张为我而拍的照片。"

一开始，这个建议让我觉得好玩，我很快就想到可以让这个或那个我认识的新闻摄影师提供一张总统的照片。但是我母亲坚持的态度禁止我采用这种策略。巧妙地利用她的疾病和虚弱，她要对我行使其权威。我感觉到她想让我去接受考验，要以她感觉得到的赎罪来处罚我，以此使我一举抹去所谓的无耻言行，同时使我接近爱丽舍宫——社会党人的旅行车队。

"你会为我做这件事吗？"

怎么能够对一个面容变形、手不能动的老妇人提出的如此疑问说不呢？怎么能不对她保证说：是，我将为你做这件事。但是，我却不会因此而知道该怎么做。

在想过其他的途径之后，我最终决定买一个长镜头和一台小型傻瓜相机，为了能够在总统的某个公开活动场合试着得到一张照片。作为孤独的植物摄影师，我为这种转产的想法而感到一阵阵恐慌。很快地，母亲把我变成了一个平庸的专门追逐名人拍照的狗仔队。结束了美好的光线和在哈苏照相机脚边度过的等待的下午。我从此将不得不伴随小型傻瓜照相机、不光荣的好差使和低级紧张的节奏来生活。

既然我不可能得到新闻界的委派，我就不得不在总统官方的和私人的外出活动期间驻扎在他出没的场所。一位杂志摄影师给我提供了一份由爱丽舍宫编制的总统日程表。1991年初，在巴黎有一些剪彩，到外省有两次访问。我的操作空间很有限。我必须在短暂的瞬间动手，在总统出了汽车而没有消失在迎接他的人墙后边的空当儿。我必须找好自己的位置以便让我的目标与人群及他的保镖分离，还得祈祷光线足够好，总统在微笑，有好心情，他面朝我的方向，最后我的大脑还要反应足够机敏，在一瞬间做出行动。然后，图像的质量，它的恰当贴切，将完全取决于决定形势的运气和跟在帘式快门后面混进的人群的脚步。我准备在1991年1月18日，总统在巴黎的一次官方外出活动时，进行第一次尝试。

17日，海湾战争爆发。爱丽舍宫的一切外出活动被理所当然地取消了。和其他法国人一样，我也坐在电视机前，看美国人怎么欺哄世界，歪曲真相，窜改语义，编造理由，夸大事实，捏造证据，伪造证人，转移目标，掩盖苦难，隐匿伤亡数字。大西洋彼岸的这些人体现了野蛮行为的文明化形式。意识的操纵者，思想的灭绝者，捕食性理念的人工授精者，他们像一面与被收买的吹牛者达成默契的骗人的镜子，能够依据自身需要随心所欲地变形。况且，如果明天这样做看起来有必要的话，无论战争还是和平，都能被装进一只漱口杯。

随着冲突结束，生活在4月初恢复正常。股市稳定了，岳母的脸上有了笑容。我又设法得到了一张新的总统日程表，从第一个机会开始追随这位不可接近的要人的踪迹，他此后几周将成为我的白鲸。与纠缠亚哈船长的鲸鱼一样，密特朗萦绕我心，不断困扰着我，成为一个移动的捕捉不到的目标，一种幽灵般的甚至胶片也无法感光的物质。在一个月里尝试过三次后，我没有得到哪怕一张可以配得上这个名字的底片。这位总统在哪儿也不单独出现。不是被他的某个护卫队的成员挡住，就是一道门在我还未来得及触动快门时吞没了他。这位要人总在我的手指间溜走。我所付出的代价正在证明自己的断言的确有根据：我真的不会拍摄人类。在这种力不从心与运气不佳的尝试中，有某些东西阻止我捕捉到这个人的面容。在三次失败后，我决定改变方法，放弃了长镜头和远距离拍摄，改用一个50毫米焦距的镜头，它将迫使我混到人群中，在距离目标几步远的地方动手。这么做真的没什么特别的，每次总统的外出活动，数以千计的法国人总是急切地挤到栅栏边，以便拍到他们总统的照片。不过，我大概是那唯一的公民，一只看不见的手在人群中指着我，一个坏人，曾拒绝了这个国家首脑并无恶意的订单。在我最强烈的妄想发作时，我想象着近在咫尺，密特朗认出了我，朝我走来，以略带高傲的口气说："哦，布利科，我以为您是不拍人的。"

我的第一卷 50 毫米焦距的照片，在春天的末尾，当国家元首去外省旅行时拍完，也同样不能令人满意。但是，这一次，我几乎碰到了我的模特。他从离我几步远的地方走过，尼康傻瓜照相机以一秒钟两张的速度吞食胶卷。然而我还是没有任何说得过去的收获。一个模糊的侧影，一个肩膀的近景，还有颈背，几乎各个角度的他的颈背。就好像知道我在场，总统巧妙地转头到另一边，为了给我一张他满是轻蔑的枕骨的图像。还有比这显得更不真实的，只要密特朗出现在我的取景框里，我就变成了瞎子。背景变得昏暗，我真的再也看不见我所要拍摄的事物。随着时间推移，随着无果的旅行继续，我意识到这种形势的荒唐。就是那个我曾拒绝应其邀请在最佳拍摄角度去拍摄的人，为了满足母亲的任性，我要眼看着自己从此以后被迫去追捕他，在所有时间、任何地点，以心怀鬼胎的可耻小偷的方式。当我从这种远征回到家里，在秘密暗房里冲印它们之后，我发现我的胶片出奇地平庸，此时我不得不面对两种绝对互补的情感：羞耻与愤怒。

我曾忍不住把自己的计划透露给了安娜，她觉得我的奇遇很有趣。

“你可真是有些同被惯坏了的孩子一样的消遣。”

“我跟你讲过我为什么要做这些。”

“我知道，不过一样。如果这至少能让你反省一下你的轻率言行就好了。”

“和那没关系。”

“当然有关系。你有本事让自己陷入荒谬的境地。你要用一辈子去弥补你自己搞坏的局面。”

“我根本什么也没有搞坏，这是一连串……”

“不管怎么说，甚至你自己的孩子都觉得你去扮演狗仔队的角色很好笑。昨天，玛丽还跟我说不明白你为什么不给你妈妈一张简单的新闻照片了事。再说，你为什么要跟孩子们讲这些事情呢？你真的想让整个学校都知道吗？”

不。我特别不希望那样。我对自己陷入的处境深感羞耻，甚至愿意以无论什么代价，换取我的孩子们和他们的所有朋友的沉默。

最终，在我第七次旅行结束的时候，我得到了一直追寻的那张照片：在总统一次造访卢浮宫金字塔时，在距离他一两米的地方，我在人群中拍下一系列照片。光线、曝光、清晰度，一切都很完美。在大多数底片上，弗朗索瓦·密特朗都带着一种人们一般很少在他那儿见到的度假者的微笑。这些照片在技术上无可挑剔，即使有时在某些底片上，由于傻瓜相机分辨率不足，总统眨眼时会显得好像是闭着眼睛，有点迟钝。作为抵偿，人们会注意到一个画面，绝对是唯一的，远远超越所有其他的，就是弗朗索瓦·密特朗转过身子，朝向我的方向，混合着吃惊和不快的眼睛透过镜头紧紧盯着我。可以说，在透镜游戏之外，他的眼睛力图狠狠盯住我的眼睛。当我看着他这种不友好的面容时，我听见他对我说："七次旅行就为了这个？您真可笑，布利科。"也许我是可笑的，总统先生，但是当我看见母亲因装在金色木框中的、她的激情所托之物而焕发的快乐神采，我知道，即便我事实上没有任何拍摄人类的才能，有时候，由于固执的力量，也能够捕获一点镜框里的幸运。

母亲已从活动不便中恢复，但是衰老已渐渐征服了她。它折磨着她，蚕食着她的身体，使她的外貌像是一把松了弦的老弯弓。而她的精神还保留着其奕奕神采，而且除了她的密特朗主义冲动，她在退休后，在口头也在笔头上，还继续着对其同胞语言错误的围捕。她对记者、播音员或是部长们的错误没有表露一点儿宽容。在那时，埃迪特·克莱松正是政府首脑。而我母亲确信，以她如此松散的语言和与之类似的态度，她在那儿待不了多久。

在这位夫人被褫夺权力的几个月前，爱丽舍宫宣布弗朗索瓦·密特朗刚刚接受了一次癌症手术。我母亲以仿佛她的一位家人得了这种疾病的紧张经受了这消息带来的痛苦，与之相伴的还有令其气愤的议论：以这种身体状况，总统还有能力监管国家事务吗？无须仔细描述 1993 年议会选举失败后，爱德华·巴拉杜的总理任命在母亲那里像是陈旧性风湿病一样，唤醒了她对第一次左右共治阴暗时刻的回忆。使她感觉不幸的，除了他的极右姿态，还有这位可怜的巴拉杜还把自己打扮得像是波旁家族的人。所以，我相信，这点微不足道的贵族口味足以让我母亲永远不能原谅他。

于是，我即将满十七岁的儿子的未来就交给了这位欧洲埃克赛德集团的前老板，他在空闲时间还写一些自由主义的小文章，诸如"比起相信国家，我更相信人""激情与时间的长度""致过于镇静的法国人的十二封信"，或是"时尚与信仰"。

十七岁。似乎所有的男人都一样，在还没有等到发现自己的儿子长大时就老了。直到那一天，在浴室里，他们遇到一个身体发育完全的大高个，某个模糊地像他们而其嗓音又唤起什么东西的人。只是一下子，在他们身上，一个世界中断了，极度的战栗抓住了他们的颈背。他们无法相信自己所看到的，无法接受他们才开始理解的。而且他们相信这是不可能的，一定是搞错了，要知道，不过是昨天，他们还把这漂亮的孩子举了起来。这时，突然，时钟停止了，发条松弛下来，在接下来的空白中，他们进行了一次飞快的心算。在得出结果时，他们明白了，昨天已是十七年前。

我就像一切男人一样，对这种增长视而不见，对时间的流逝充耳不闻。作为可减轻罪行的情状，我可能会坚持提请注意，我的女儿和儿子长得像是春天的草地，既无严重的健康烦恼，也无特殊的学习问题。这个或那个似乎都追随着平静河流的水道，一年年依次跨越每一河段。是的，我可以这么说。

在那时，我乐于认为自己是一个用得上的、总是在场的、与他们很亲近的父亲。我确信切近地了解他们，分享着他们的主要部分。事实上，他们把我看作一个不适应社会的人，一种捣乱的旁支，难以定位，不按时间表生活，没有计划，没有目标，家庭主夫，连续几周闲着没事，或是不停地长期旅行。很久之后，我才知道孩子们讨厌这种古怪的朦胧，这种飘浮的存在方式，这样难以下定义的人。玛丽和樊尚想有一个正常的父亲，一个每天在固定时间上班和下班的人，追随他们的学校生活，与他们的老师保持联系，时而领着家人过周末，夏天把他们带到海边待上一个月。孩子们唯一希望的，是某种坚实的、可靠的扶手，时时刻刻在同一个地方，在有需要的时候能够去依靠。而与这种情况相反，以各种不同的名义，他们的母亲和我给他们提供的是柔软的栏杆、晃动的依靠、不连贯的支持，第一天在那儿，第二天就不见了。甚至没有等我意识到，我的孩子们已远离了我，以便接近生活。他们现在处于河水的另一边。在完全正常的人们的河岸。在那儿生活着出席学生家长委员会会议的父亲们。

为了安慰自己，我有时对自己说，我生来只是为了养活小婴儿而不是为了有孩子。但是这种蹩脚的考虑既无法去除我的内疚，也不能使我获得樊尚和玛丽的信任。于是我做出了困难的决定：不再企图弥补失去的时光，或是假装弥补根本不可能的什么。玛丽、樊尚和我保持着的这种感情距离，无论如何痛苦，我都将尊重它。至于其他，尽管总是被同一个"学生家长"的概念吓呆，我并不是在巴拉杜时代才开始皈依这种社会基层团体的快乐。

是安娜有一天晚上回来时，让我知道了这个消息。她只是说："你知道吗？弗朗索瓦把洛尔甩了。"我对此立即得出结论，是他怀疑到了什么，或者是她就犹太教教士和那孩子的事跟他说了实话。但是我完全错了。驱使飞机大师离开家庭生活的，是另一种乏味。他不过是已经与一个二十四岁的年轻女人坠入爱河，和她在一起让他重新发现了遗忘已久的鹅绒压脚被的快乐。从办公室回到家中，他向妻子宣布了这一消息，而后收拾手提箱，没有附加的解释，也没有多余的言辞，一个小时后就离开了全部的家人。

"你想想，就这么走了，丢下洛尔和孩子们，还有一个婴儿……"

纳迪雅是一名漂亮的棕色头发的性感女子，给人对什么都很有主见的印象。她深色的皮肤来自北非的母亲，蓝色的眼睛似乎来自卢森堡的父亲，而她牙齿外露的微笑，则只属于她自己。离开洛尔后不久，弗朗索瓦给我打来电话，依照处于同样情境下的男人们做的那样：试图在一个已有家庭的同性朋友处为自己寻求辩护，尤其是向他吐露种种新幸福的细节。对于一个四十五岁、结婚已有二十年的男人，这可以归纳为三种基本活动:一天做爱两次,重新开始体育运动,在心爱之人的陪伴下观看愚蠢的电影。

与经常出现的情况一样,弗朗索瓦是在工作中遇到纳迪雅的。一切从第一眼就开始了。他开始以另一种眼光重新审视他的家庭生活,他淡漠的妻子,吵闹的孩子。他很快就邀请这位二十四岁的小姐出去吃午饭,而且发现她令人难以置信的成熟。年轻女子向他吐露,她与同年龄男孩在一起总是不自在,他们太肤浅,她喜欢有经验的男性陪伴,尤其是当他指挥着空气动力学研究部门。神魂颠倒,他在许多天里以编造一些说得过去的故事来使自己的生活复杂化,让他的妻子相信他在一个周末去法兰克福参加研讨班,而实际上他们逃到了海边的一个旅店里,在那儿,再生的巨人,两天都在做爱。那教养很好的窈窕女子,当然在其中增添了许多快乐。他于是感觉自己重新年轻了,活力焕发,重新活跃起来,也自然而然地问自己怎么能够在那么长时间里糟蹋了自己的生活。当回到自己家,他发现洛尔乏味、憔悴、平庸、毫无趣味,而他的孩子们也没有被教育好。但他还是用了一段时间才最终做出决定,主要是在考虑断绝关系可能导致的财产方面的后果。然而,"另一位"是越来越迷人,越来越不可或缺,多情、独立、自由、聪明、年轻、爱运动、结实、令人兴奋。她第一个得知世界的新秩序,而且带着感激一饮而尽。他回到家里,以乡村警察的方式大声宣布他的决定,然后,既没有考虑也没有看那哭泣的人就离去了。在他新生活的初期，他感觉触到了天堂的篱笆，感觉与一个天使生活在一起，感觉掌握了幸福的钥匙。一段时间过去，他开始想念孩子们，还有他妻子的习惯。"另一个"则开始埋怨他不再带她出去，整天待在家里，从来不见任何人。于是他感觉自己又重新变老了，还有一种模糊的被欺骗的感觉，觉得做了错误的选择，但是他也逐渐确信，要想回头已经太晚了。渐渐地，事情安顿下来，而那种感情也包裹在了壳里。像所有人一样，他为新组织的家庭做出牺牲，让他新的年轻的妻子有一个孩子，这一次，长得像他。于是，他重新开始设计飞机的翅膀和屁股，等着退休了陪伴他年轻的棕色头发的漂亮太太，而她，当时机到来，也会开始寻找另一个充满活力的男人。

那段时间，在我遇到弗朗索瓦时，他正处在上升期的灿烂阶段，摆脱了家庭的重负，沉醉于重新找回的青春美酒。

"你没法想象纳迪雅给我带来了什么。她让我重新找到了生活。这是第一次有这种感觉。"

"你在她之前从来没有过女友吗？"

"在跟洛尔结婚后的两三年吧，在一次公务旅行中的聚会上，我认识了一个女孩。两个人都喝了很多，最后，就到了我的房间里。之后发生了什么我就不知道了，但是我能告诉你的是，第二天早上，我醒来时，她已不在那儿了。相反，在床头桌上有一张纸条。你知道她写了什么？'我认识一些人是睡觉前，另一些是睡觉后，但你是第一个在睡觉时认识的。'我保证这是真的。我不记得把它放哪儿了，不过我还留着这纸条呢。"

在他自由而有魅力的新情人的外衣下，弗朗索瓦向我展示了完全不同的一面。他过去习惯于表露一种棱角分明的严肃，现在一下子有点像一个活力四射的青年。女人，仅仅是一位二十四岁小姐，竟然有如此难以置信的改造男人的力量，给他们的旧电池重新充电，为他们的生命注入胶原和其他同样神秘的、能够激活他们的腺细胞的成分。

"要知道，我早已忘记了做爱可以如此美妙……和洛尔，这在很久以前就结束了。"

听着这种对我本没有什么意义的自白，我产生了由犯罪感引起的一阵轻微发热。我又想起了那些下午，看见洛尔在灯下闪闪发光的臀部。但是同时——这一点，我想，部分地减轻了我的不安与过错——我想到，尽管我们持续活动，我还是未能让米罗太太享受快乐，哪怕一次。

"自从我走后，你再见过洛尔吗？"

这个问题，虽然非常自然，但在我耳边发出像是碎了一只杯子似的声响。"再见"这个词里可以隐藏太多含义。不，我没有"再见"洛尔已很久了，但是另一个古怪的家伙替代我有规律地"见"她。而且想到这一点，就只剩下弗朗索瓦还这样继续对所有那些不断在他妻子周围来来往往的人视而不见。

"我将不得不离婚了。"

"怎么，不得不？"

"纳迪雅想有一个孩子。不是马上，当然，但是她真的非常想要一个。"

"你呢？"

"我？我一点儿不知道。会有太多事要考虑。这会儿我先考虑离婚。而且这将让我付出很大代价。我了解洛尔，你明白的，她会让我大放血。"

纳迪雅进来了，所有的牙齿露在外边。漂亮的小公主，和我们这种年龄的男人相伴走在一起实在太年轻，她对我说弗朗索瓦曾和她多次谈到我。然后她坐在长沙发上，两条腿交叉来再交叉去有足足一刻钟。显然，这个年轻女人待不住，她必须运动。当她送我到门厅时，我有机会了解她的形体。也许她有年轻人的一切魅力——柔韧、有光泽、结实——但缺少四十岁以上的女人所具有的学识、成熟的色彩、内蕴的性欲。我没有跟弗朗索瓦说这些，但是，抛弃洛尔的臀部换取这个中看不中用的小屁股实在是精神错乱。

弗朗索瓦变得更幸福，他的飞机卖得越来越好。至于我，遵照斯皮里顿的建议，重新开始工作，这次是拍摄最宽泛意义上的自然。苔藓、地衣、胚芽、蝌蚪、劳碌的昆虫，各种各样渺小的生命形式，看不见却珍贵的生态系统。我积聚这些图板但并不真正知道想拿它们做什么。这些作品至少有一个目标：给予我的日子以一种微小的意义，使我得以打发时间。

就是在这个时期，皮埃尔·贝雷戈瓦自杀了。我在暗房里听广播时知道了这个消息。那天，我正在冲洗一系列叩头虫的底片，忙碌不停的小昆虫，叩头虫科鞘翅目的一种，也叫"马蹄铁匠"或是"拍锤"。这个消息引起我强直性的痉挛。不是因为我曾是这位一闪即逝的总理（他在上任 362 天的时候被免职）热烈的崇拜者，而是从他的生命结局以及消逝的环境中散发出一种忧伤，像是一件湿大衣似的重重压在我的肩头上。我知道为什么我会对这件事记得这么清楚。

这和叩头虫有关。它或许微不足道，但这种昆虫却有一种特性，当它仰天着地时，因无法忍受这种姿势，而且不能这样子继续活下去，它就突然松弛下来如同一个弹簧，自己投入另一个国土，一个它希望必然会更好的世界。皮埃尔·贝雷戈瓦的自杀让我想到了叩头虫的反应。遭受凌辱，被打倒在地，或许他试图以他的方式喷发，来逃避指派给他的悲惨命运。这位前工人在 5 月 1 日自杀，当然绝非偶然。当时，人们谴责社会党人和密特朗本人在皮埃尔·贝雷戈瓦被赶走后的冷漠无情。出身下层阶级，失败和丑闻的拥有者，这位前总理在帝国宫廷的沙龙和走廊里再无事可做。于是，人们让这个叩头虫处于它的昏暗地洞中。在这种结束的忧伤中、这种放弃的故事中，我们可以读到这个小昆虫世界的全部残忍，有时，我在取景框里发现，由不知什么力量的推动，它们会一下子彼此割裂。当他的总理自杀五个月后，弗朗索瓦·密特朗发现自己正面对猎犬，它勒令他解释自己的历史，解释他与勒内·布斯开的尴尬关系。我有一种赞成皮埃尔·贝雷戈瓦的想法，而且，毫无疑问，赞成他对自己的诚实的高度评价。是的，他或许只不过是叩头虫，但是我倒真愿意为他拍照，他站着，在一些树的旁边。

这个密特朗时代，带着某种威严的印记，在希望与允诺的沉醉中开始，在政治与道德的漂移中结束，它把共和国的门面浸入了代表其统治末期的污秽。金融丑闻不停溢出，政治负责人、前部长、议员纷纷进了监狱，密特朗的一个亲信在爱丽舍宫自杀，而且人们又谈论起了布斯开，血液污染事件，谈论总统下令的电话窃听，谈论他的秘密家庭，他隐藏着的女儿，他不断发展的病情。

对于这个把公共和道德事务带回史前水平的君主式共和国，我母亲既不想看也不想听。她保留完整的社会党人信仰。不管人们对密特朗提出谴责的事件有多么严重，他之于她，还是至高无上的导师，高贵的剑客，艺术、文学与语法规则的最后保护者。一天，我们正在用放大镜观看棘胫小蠹的放大摄影图片，她对我说："你一定要出一本关于昆虫的书。找那些最奇特、最惊人的，在非常近的地方拍照，就像这样，让它们像是地道的巨兽。我肯定人们会喜欢这个。人们崇拜怪兽。"

我母亲的家对我变得温柔、好客，让人安心。在那里，可以感觉到远离大多数世间的不愉快，即使花园和灌木丛在那儿恣意生长。

"我一定得给你讲一件事儿。"母亲一边嘀咕着，一边还在她的放大镜后，没有从照片上抬起眼睛，"你过来，来坐下。"

这透露出一种贴心话，秘密，甚至带有难为情的味道。她摘了眼镜，收起全部照片，把它们弄成整齐的一小堆，她的头转向花园，说：

"弗朗索瓦·密特朗昨天夜里来看我了。"

"对不起，你说什么？"

"我得给你讲讲。是在梦里，当然，但是这让我没法安静，就像总是走不出一个噩梦的影响。"

"这到底是一个梦还是噩梦？"

"你会明白的。我在房间里睡觉，听见大门的门铃响起，在园子里。我起来走到窗户边，于是看到密特朗进来了，他带着帽子，穿着大衣。他穿过小路，进了房子。而房子里特别安静，好像什么也没有，我回去躺下。他上了楼梯，推开卧室的门，没说一个字就摘了毡帽，脱了他的罗登厚呢大衣，把它们放在扶手椅上。然后，他转身面朝我，平静地脱下衣服。"

"彻底地？"

"彻底地。他朝床边走来，掀起被单，坐下来，摘下了手表，把它放在床头柜上，然后就躺在我旁边。你知道我在那一时刻跟他说了什么吗？你知道你母亲对共和国总统说了什么么？'想都别想，您的脚太凉了。'"

我像年轻人一样大笑起来，我母亲也和我一样笑着，还把手遮在嘴上，像一个掩盖其难为情的小女孩。

"后来呢？"

"后来，我记不起来了。"

我喜欢我母亲的梦。我也怀疑事情并未停止于此，而且她记得很清楚随后的部分，这部分让她很局促不安，既然种种迹象表明，她刚刚和那位爱吹牛的、撒谎的、街头卖艺的、掩盖真相的、还总是让自己表现得极其冷漠的社会党人老总统一起第一次背叛了我已故的父亲。

不管是不是与他共同度过的短促夜晚的后果，在这个总统消失的日子里，我母亲脸上带着媚妇的气色。

对两个家庭聚在棺木周围的那个葬礼仪式，她感觉到一种不寻常的高尚。但是，几天后，激情消落，她对我说了这么一句奇特的评论："我想知道那些非洲人会怎么想，对他们，我们总是重复说，在法国一夫多妻制是被禁止的，而他们却看到这个国家的总统公开地在他的两个妻子和他们的全部孩子面前被安葬。"

雅克·希拉克（Ⅰ）

（1995年5月17日—2002年5月5日）

从1994年夏天开始，没有告诉任何人，我每周一次定期地去见一位精神分析师。他叫雅克安德烈·博杜安拉迪格，一个过于庞大的姓氏。这个小个子男人，只需第一眼就能看出，他为了多一点点额外利益可以交出全部的弗洛伊德或是拉康。他给人一种不舒服的印象，好像总是在努力探高，以够到在一个看不见的架子上的某个假设物。是一种深切的孤独促使我按响博杜安拉迪格家的门铃。安娜和她的企业过日子，我的孩子们忙于自己的生活，弗朗索瓦忙于二十四岁小姐和她生孩子的欲望，洛尔献身于她没完没了的离婚和犹太教士式消遣，布里吉特·康皮翁忙着在肉毒杆菌聚会和胶原研讨班之间奔波，而在此期间，她的丈夫米歇尔打开又合上人们的心脏。而我母亲的心脏则慢慢衰弱下去，使她的行动越来越困难了。

所有这一切让我觉得仿佛生活在一个半岛上，在世界的尽头。我常常很多天都不对任何人说一句话，把自己封闭在昆虫的令人焦虑的世界中。博杜安拉迪格或许不是我理想的同伴，不过在他那里，以给汽车加两次油的钱，我可以稳定基本的健康状况。

如何才能让一个人完全公正地去倾听另一个人，另一个由于自己的所做所为而无路可走的人，由于漫不经心与随便，他不知该怎样继续人生之路。博杜安拉迪格似乎由于我们的会谈而不知所措。他没有想到我期待的不是他的治疗，我去拜访他且浪费他的时间，只是为了找人闲谈，为了和他交换有关体育、政治或一个电视节目的看法。我清楚地感觉到他更喜欢我和他说别的，一个隐秘的但他更熟悉的领域：哥哥的死，窃取他的豪华马车，父亲的审慎，母亲的坦白，安娜的沉默，岳母的胸脯，洛尔的臀部，大卫的烤肉，密特朗的树，叩头虫的寓言，所有这些影响着一个男人，帮助他得以像人一样直立起来而同时又贬低他的微不足道的事情。有时博杜安拉迪格试图让我们的交谈带有更抽象的、更加概念化的特点，但我总是会把它重新引回到生活的平庸和昆虫的陪伴。人们本来完全可以吸着一支烟在咖啡馆谈论这些。但却并非如此，我靠在一个罩着极其难看的厚斜纹布的软垫长椅上，而他在远处，坐在其像牙医或是理发师的扶手椅似的听者的位子。

随着时间推移，博杜安拉迪格总结出，事实上，我们的会见与其说是一种治疗，不如说是一种治疗性聊天。我们发现了共同的爱好：橄榄球。我们一般是每个星期三见面，在一周中心的理想时间，我们得以评论上周末发生的赛事，同时还可以谈论图卢兹斯塔德队在星期六或者星期日将要进行的比赛。我们关心的不是它是否会赢，而是它将赢下多大的比分差距。我们两人都认为这个俱乐部是欧洲表现最佳的球队，其中有百年历史的积淀，而且我们很幸运在家门口就能看到这结合了力量与优雅的精彩表演。

当他意识到我们过多地越出了精神分析的边界，博杜安拉迪格就会露出重新醒过来的神色，而且重新恢复他治疗的栅栏。这时，他的句子总是以"总之"开始，尽管他之后的问题和前边进行的话题没有一丝一毫联系。

"总之，布利科先生，在我们见面的最初，当您来到我面前的时候，我记得您曾短暂地提到您哥哥的死。您愿意我们回到您生活中的这个插曲吗？"

"我看没有必要。"

"那关于您父亲的过世呢？"

不该谴责博杜安拉迪格没有周期性地穿上他宽大的弗洛伊德木鞋，围着某棵本行业的圣树跳一场阴沉的双人舞。如同一名苍蝇捕猎者，他使用很粗劣的诱饵，在公共河流的活水中垂钓，那儿繁殖着这些不断侵蚀人类的有害细菌。在两三次徒劳的企图后，博杜安拉迪格并不坚持，收起他的钓具，重新捡起我们曾搁置半途的话题，也就是我们共同的对斯塔德队五位前卫的力量的赞美。在我们的相处中有一些不可思议的东西，我们甚至一块儿去塞普德德尼埃看了两场比赛。

布利科和他的精神分析师，肩并肩地，在快乐的击节喝彩的人群中，在刺鼻的小雪茄气味里，顶着太阳，快乐而一致，距离治疗万里之遥，仅仅是赞慕力量、速度、勇气。博杜安拉迪格因此忘了他的矮小身材，我忘了我孤寂的毒蛇。我们只是这个城市里的两个本地人，全心全意地给一支卓越的球队加油，对这支球队，我们秘密地寄寓着生活与命运的某种额外期待。我几乎想说，在一个短暂的时期里，博杜安拉迪格于我而言是一个我付报酬令其做朋友的人。应当承认，到了最后阶段，由于我们之间关系的性质和演变，他越来越难于接受我的报酬，总是再三推辞，而后我才能把那些钞票塞进他口袋。

就我的记忆所及，博杜安拉迪格和我只交换过一次彼此矛盾的见解。那是在1995年雅克·希拉克获胜的两轮总统选举之间。我很快就明白我正在与这一行业中唯一的右派精神分析师为伍。他甚至以无耻的态度支持这位前巴黎市市长作为候选人，认为他的第一项功绩就是从天边回来以便最终胜过巴拉杜。我相信，博杜安拉迪格是那种在赛马中会看好永远赢不了的出色成绩的人，那种喜欢粗暴的卷土重来的人。但是，我还是不能理解一个我的同代人，而且还是长期做大脑里的工作的，怎么会支持一个1962年就已经在蓬皮杜内阁管理过装备、建设和运输部的土里土气的没有一点儿策略的政治家。博杜安拉迪格的论断是简单的：投票给希拉克就是彻底地与不体面的手段、与被社会主义者美化的马基雅维里主义、秘密佣金、谎言、隐瞒和丑闻的时代断绝关系。投票给希拉克，就是把国家托付给一个虽然没有创作十二音体系音乐但会按着喇叭催促法国前进的人，就像维托里奥·加斯曼在《安逸人生》中的蓝旗亚敞篷跑车里做的那样。实际上，我相信希拉克得到博杜安拉迪格认可，他主要和唯一的优点就是他不属于左翼。而且大多数法国人都有和他一样的想法，在无可辩驳地具有文学修养的密特朗留下的位子上，人们把令人难忘的《希望的微光：为早晨而作的夜思》的作者推到了国家领袖的位置。

　　已是 1995 年。在安娜与我极少的交谈中，我感觉到她的企业运转良好，即使对西班牙的出口有逐渐下降的趋势。孩子们越来越不经常在家，他们把家看作是宽敞的旅店—饭店—洗衣房。我提交给斯皮里顿的有关昆虫影集的建议似乎不被他看好，他好几次很礼貌地推延了那个计划。我四十五岁，唯一的朋友是我的精神分析师。或许本来我还能够在这种局面下凑合一些年，但是一个悲剧事件结束了我们的关系。不得不说，从我们的交往中汲取的这点微不足道的快乐，在雅克安德烈·博杜安拉迪格打算做出最可怕的选择时起不到任何作用。

　　这件事发生在一个星期三，11 月的一个星期三。上星期我们已约定，要一起去塞普德德尼埃，看一场斯塔德对布尔古瓦或纳尔波恩的比赛，我记不清了。我们特别喜欢这种秋季的有一种特殊气氛的比赛，必要的凉爽和湿润的土地，沾染泥土的运动衣也给场上竞争赋予额外的活力。这与春季阶段完全不同，那时人们觉得赛场总是不够宽敞，装不下移动奔跑和每个人腿里的电力。而在冬天，情况又不一样了，人们总是试图抱着球不放，待在自己的阵营中，聚成一堆儿，死命防守，把希望寄托于无论冬夏总是闭着眼睛的集体的才能与力量。

可是与计划不同，那天上午我在博杜安拉迪格住处的门厅里见到的是警察。在门廊前有一群人，还有三辆急救车，车门开着，堵塞了斯特拉斯堡林荫大街的边道。当我要进大厅的时候，一名警察问我是否是该楼的住户。我回答说我要去见博杜安拉迪格。他于是轻轻地摘掉军帽，做了一个表示怀疑的努嘴动作，把他的胖脸都弄变形了，接着他对我说了这令人无法相信的话："您今天见不到他了。"

我永远也见不到雅克安德烈·博杜安拉迪格了。不仅是我，任何人都见不到了。那一天，上午10点钟左右，这位精神分析师离开他的诊室回到他在同一层的家。在那儿，他从卧室拿了枪，将子弹射向他妻子和两个孩子头部。然后他回到自己的办公室，对着嘴巴扣动扳机。他对自己的行动没有留下任何解释。

也许他的个人生活是一场灾难？他听到了什么本不该知道的事情？或者他的孩子们不跟他说话了？他的妻子有了什么别人？他病了，还是极度的悲伤？他在幼年时失去了哥哥？要不就是我们让他中毒了，一天接一天，一个接一个，以我们内心隐秘的毒素？也许我未能看到这本来对我该是显而易见的事实，我在向一个男人寻求救助，而这个人自己也正被淹死。博杜安拉迪格的消逝让我如此不知所措，他死的第二天，我压抑不住要与安娜说话的需求。我几乎刚刚开始叙述，她就发起进攻：

"你去看精神科医生三年了，却从来没有和我说起过？"

"可是，安娜，我该怎么告诉你呢？我们几乎什么都不说。"

"客气一些好吗，不要拿这话来开头。你看见我的日程表了吧？看见我每天晚上回来时是什么状态了吧？"

"你看见好些年来我们是什么状态了吗？我们简直不再是一个家庭，更算不得是夫妻。我们同住一处，然而，我们都极为孤单。"

"你是孤单的。我每天都与其他人见面，我和他们说话，和他们分享一些东西。我是在真实世界里，你明白吗，真实的世界！你想怪罪我，但你忘了最根本的：是你，是你把自己每天关在'蒸汽浴室'里，宁愿和那些树、虫子为伍，而不愿意见人！"

"和这些没有关系……"

"当然有关系。你喜欢那个化石的世界。你想从那里找到什么？你从来没有真正地工作过，你根本不知道按日程表生活是怎么一回事。你所能遇到的最糟糕的事情，就是销售那些书。"

"安娜，我对那些书、工作和这一切都不在乎。我想对你说的是我如此孤单，就在这儿，在你身边，在这个家里，我不得不付钱给这个人，只为和他说话，你明白吗？付钱只是为了他听我说话。"

安娜什么也没回答，在这长长的寂静中只能听见加热器温度升高发出的叮当声。我们肯定像两具被困在极地浮冰里的冰冻木乃伊。我们怎么会在这么多年里意识不到这一点呢？我们甚至也不再互相援助，只是满足于让自己完成家务的定额。为什么在不经意中，我们甚至没有了彼此帮助的想法？为什么我除了去按博杜安拉迪格的门铃，向他倾诉本来可以在饭桌上说的话而没有其他的选择？

安娜站了起来，一直走到窗户旁边。眼神消逝在无边的夜色下，我看到了她宽阔的投影，她说：

"孩子们给我打电话了。他们今晚不在家吃饭。如果你饿了，自己做一些吧，我太累了，不想做饭。"

"我给你做一点鱼好吗？"

"不了，我要去睡了。"

"我去看的那个精神分析师今天上午自杀了。他在杀了妻子和两个孩子后朝自己的脑袋开了一枪。"

"我很抱歉。晚安。"

我坐在厨房的桌子前。在家的另一端，安娜躺在她的床上，眼睛睁着。这已经持续了很长时间，我们不幸福，不论在一起还是分开。可是，在同一时刻想同一件事情也不能使我们接近。

我在暗房里度过了一两个小时，冲洗一些在造物中最令人讨厌的昆虫的特写镜头。想在它们那儿找任何一点儿手足之情都是徒劳。个个都在表现一种对这个世界的机械、孤独、绝对自我的理解。在诞生与死亡之间，它们只进行由生存直觉或是命运之轮支配的必要行动，完全不知道恐惧、欢乐、忧伤、爱情。

检点我的生活，安娜的生活，我想一个不大留心的动物生态学家也会把我们归到这同一类中去。

那天晚上，很晚，我到安娜的房间与她重聚。如同密特朗在我母亲家里做的那样，我脱光自己的衣服，躺在这张如坟墓一般冰凉的床上。我的胳膊拥住安娜的肩膀，她迟疑了一下，然后就像觉得太热似的挣脱了出去。博杜安拉迪格已经让我怀念。在接下去的几个月里，安娜又一次在阿托尔遭遇困难，完全扎根进她的企业，回到家就是直接进卧室，累得瘫倒在床。当她有一点休息时间，就会去她父母家吃晚饭，飞快地吞吃饭菜，并且斥责左派、税收，尤其是被她看作真正社会毒瘤的工会。

"让我跟你说一件事：那些东南亚国家，当他们看到我们有关劳动的立法时，都很高兴。"

玛尔蒂娜和让·维朗德勒现在都已是看穿了一切的老人，做出把他们女儿的言论当作珍贵标本接受的神情，实际上，心底被他们自己衰老的进程所占据，他们对所有这一切一点儿都不感兴趣。

"你想想他们的最新款水力按摩浴缸，有十四个水龙头，在法国整体出售，卖得比我的好，我的是未组装的。再加上，两年来，法国总工会和其他的大工会要求缩减工时到三十五个小时。怎么摆脱这种困境？有人简直就是瞎捣乱。"

在《体育画报》，让·维朗德勒没什么可抱怨的。季节交替，报纸的销量几乎像莱蒙湖的水位一样很少起伏波动。体育运动普遍具有令人难以置信的能力，可以逃过市场的变幻不定与冲突的影响，而足球和橄榄球尤其如此。尽管越来越受制于金钱的力量，但这种球类竞赛还是能够在股市崩盘和残酷的战争中幸存下来。不管在什么地方，或是什么样的经济形势中，《体育画报》的读者总会到他们的杂志中去找肌肉的和战绩的彩票。"这是一本由自动领航员指挥的杂志。"让·维朗德勒已习惯于这样说。私下里，他很庆幸自己在最佳时机摆脱了生产游泳池的事业，尽管今天，看到他女儿吃力地试图从困境中解脱出来，他有那么一点内疚。

成千上万的法国人上街游行，反对朱佩的方案，这位总理以他巴黎高师学生的傲慢征服了我岳母。"我们配不上他。"看着不满的波涛在他的毫不妥协面前溃退，她重复说。

基于我不愿意去投票这一事实，和安娜所说的我对"真实世界"的不满，我算不上是完全意义上的公民，但是，我悲伤的精神状态、低迷的士气还是相当忠实地反映了这个国家的挣扎、不快、衰弱，关于这些，媒体不停地谴责领导者，指责他们的手段不正当和能力不足。每天都会产出新鲜的鸟粪：腐败，渎职，滥用公有财产，侵吞挪用，审查起诉，种族主义，贫困，歧视，失业。所有这些因素交织、勾连，产生可以对抗一切治疗方案的病毒，在时而缓解时而发作的循环中，慢慢长出恶性肿瘤。

不管是我自己的人生还是国家的命运，我看不到任何出路、任何光明，没有一点儿改善的希望。

为了逃避这种家庭的萧条，我儿子在他二十岁时离开了家。在完成并不很出色但也算成功的中学学业之后，他在十七岁时选择学习语言学，目的是拿到科技英语专业的学士和硕士学位。他一直与祖母很亲近，我相信，他被她在家里的安宁与退隐中倡导的那种不引人注意的工作风格所吸引。毕业后，他想进入一家科学文件与文学文本的翻译机构。弗兰索瓦·米罗也热烈鼓励他走这条路，并向他许诺会将空中客车公司为数不少的管理和技术项目目录转包给他翻译。此外，樊尚同时还学了日语。在这方面，得到他的女友圆谷优子的帮助，他似乎没有太多困难就掌握了这门语言。

优子比他大两岁，是京都大学的交换生，在国家空间研究中心工作。优子有和樊尚一样的谨慎性格。两人谁也不抬高嗓音说话，从无热烈奔放的感情，也没有些微的愤怒。他们的脾气和情绪的游标似乎早已一次性调好了。在他们那里，快乐和痛苦都仿佛经过了过滤和净化，直到形成一滴精华随后以极轻柔的方式滴灌进他们内心的传感器。我羡慕他们的宁静，还有这种感情很少外露的亲密关系。当他们来家里吃午饭时，我常常问自己，这样的一对儿在时间流逝中将会怎样演变。我想象那岁月，侵蚀着他们的花岗岩质外壳，他们矿物质的面貌。我儿子从谁那儿继承了这种明显的东方式智慧？无论如何，绝不是从他的母亲或是我，显然，我们的基因结合或许提供了一对父母所能够给予其后代的最糟糕的生物学礼物。

相反，优子却有其来源。她是菊造的女儿，而尤其是圆谷幸吉的侄女。可是，今天，谁还会记着这个某天曾在电视屏幕上闪过而我们并没有真正地给予注意的男人的故事？优子第一次给我讲述她叔叔的人生后，我过了好几天才从那看不见的影响中摆脱出来。

圆谷幸吉热爱跑步。在他的童年和少年时期，他跑遍了家乡东京北部琦玉县所有的道路。田径俱乐部的探子注意到了这个少年不知疲倦的脚步，从中已可见一个非凡的赛跑运动员。这名年轻人接受了严格的训练，很快就达到了出色的水平。当1964年日本主办奥林匹克运动会时，圆谷被选中代表他的国家参加马拉松比赛。在这场42.195千米的比赛前一年里，幸吉攀登了许多山峰，穿越了许多平原，在泥里和雪里奔跑，在雨中，在烈日下，迎着各种各样的风。他在白天跑，有时也在夜里，总是紧贴那想象的界绳，在14、27和38千米处连续战略加速，以便赢得不存在的比赛，在最后一千米带着甩掉最后的尾随者、独自领先进入奥林匹克体育场的希望冲刺，在那儿有 7 万人的欢呼正等待着他。在圆谷的头脑里，这样奔跑的过程他已演练了数千次，每一步都在增加他的勇气，加速他的心电传导。

他在 1964 年那个伟大日子的凌晨起床时，喝了一杯茶，按照习惯平静地做着准备。在出发前几秒钟，他明白整个国家都在看着他，一种骄傲的战栗在胸中传过。随着发令枪响，他像已多次完美地做过的那样冲了出去。这时，他经常受虐待、受最苛刻训练的双腿向着他给它们的最佳许诺奔跑。其他选手很难跟上这个人形火车头的节奏，一个接一个地放缓了跟跑。在半程时，幸吉跑在前边，身后是其他所有参赛者。距离终点还有十千米，胜利已显然到手。但是，不知不觉中，一个人加快了步频与步幅，改变了落后的距离。他叫阿比比·比基拉，来自世界的另一端。距离体育场三千米处，就是在那同一个地方，在他的梦中他就是在那儿甩掉对手，圆谷看见比基拉超过了自己，而且和比基拉一起的，还有另一名选手。一瞬间，他拼命努力追随他们的足迹，但是这一次，他的腿，他的肌肉，他的骨头，他的心脏，所有这些他相信已训练有素的部分都拒绝了这额外增加的任务。

圆谷幸吉登上了第三级领奖台。在比基拉神采飞扬时，圆谷陷入了暗淡伤心。走出颁奖典礼，圆谷来到记者们面前，为他未能赢得比赛而向全体日本人道歉。他说对因此而给国家带来的耻辱深感悔恨，并保证在下一次墨西哥城奥运会上洗雪耻辱。

决赛后的第二天，圆谷又穿上了他的跑鞋和他宽大的运动短裤，再次出发，奔跑在他多次穿过的大小道路。几个月过去了。接着又是一个个其他的季节。这个人还在奔跑，总是奔跑，但是不知不觉间，他奔跑的距离渐渐缩短了。仿佛过去的每一天都偷走一点儿他的力量和勇气。我相信，很少有人这样走到自己的尽头，不得不说，是在精疲力竭的灵魂深处的什么东西使他失去了继续前行的乐趣。

一天早上，圆谷幸吉没有从他家出来。第二天也没有，之后还是没有。这个街区的居民，没有谁注意到这微不足道的变化。有什么比一个跑步的人更无足轻重呢？他的哥哥菊造，优子的父亲，打了几次电话没有回应。他到幸吉家来按门铃，没有人开门。于是他找来一个锁匠撬开了门。在里边，进入屋内的人发现，圆谷的运动服仔细地叠好放在地上，在他的马拉松跑鞋旁边。而长跑运动员倒在地毯上，面无血色，脸朝着东京湾。他用刮胡刀刀片切开了自己的颈动脉，刀片还在手里。在他的桌子上，有蓝色墨水写的简短便条："我累了。我不想再跑了。"

自从听了这个故事，我不再以原来的眼光看优子。从此以后，我也忍不住把她和这个我不认识却在我头脑里挥之不去的人的命运联系起来。

在我看来缺少母性的安娜，因她儿子的离开而非常难过。她的忧伤，或许又被那场小型聚会加深了，那是我为庆贺樊尚起飞而组织的，但最终却变成一场真正的灾难。孩子们邀请了他们的朋友，弗朗索瓦·米罗由他的二十四岁小姐陪伴，还有米歇尔·康皮翁和他妻子，完全彻底被涂抹和加工过的布里吉特。安娜在最后一刻邀请了她的几位亲戚，想给这场已有二十几名就餐者的晚餐增添一点喜庆与活跃。我用了两天时间来准备晚餐，主要由希腊和黎巴嫩沙拉、虾、寿司、烤鱼和爆炒蔬菜组成的。但是我的全部努力都徒劳无功，晚餐进行得缓慢，好像一艘由于被海浪侵袭而走不动的轮船。首先是二十四岁小姐跟弗朗索瓦莫名其妙地发脾气，如果我理解得不错的话，她嫌他"有一些过时的顾虑和趣味"。当邻座问安娜是否从此以后将受"空巢综合征"（或至少是半空，因为玛丽还和我们住在一块）折磨时，她哭成了泪人。还来了一通保姆的电话找在座的某对年轻夫妇，说他们的婴儿发起了高烧。接着，米歇尔·康皮翁以他的某次心脏手术折磨在座的所有人，汇报的详尽和恶心理所当然地只能让他一个人高兴。最后，就在晚餐期间，优子的一个女性朋友突然大吐起来，而且她把这归罪于一只变质的虾。

　　被这些连续出现的事件搞得气恼不快，我逃到厨房里，直到最后的客人走了才出来。我发现安娜在她的房间里，坐在床边，两只胳膊肘支在膝上。这个男性化的姿势使她弯了腰，也强化了她脸上的疲倦。我的妻子像是一个劳累了一天后的男人。

　　"我没想到，樊尚的走对你影响这么大。"

"那你想什么？我会高兴地庆祝？"

"不知道。我有点意外，这就是全部。"

"可是你意外什么？你发现我爱我儿子，你想说这个？"

"这根本不是一回事儿。我一向觉得你心更硬些……对这类事儿不太敏感。"

"那么，你是责怪我刚才哭了。"

"绝对不是，恰恰相反。我觉得这挺可爱的。"

"但是这没什么可爱的，保罗。这是伤心，仅仅是伤心。樊尚走了，这对我们家是重要的时刻。从前我们生活在一起，而以后，我们要各自老去。这是非常不一样的。尤其是对于一个女人。"

"我觉得你有点夸张了。你儿子要搬到距离这里十分钟远的地方住，这可和他要去日本定居不一样。"

"樊尚会去日本的。"

"没什么表明他会和优子过一辈子。"

"他会和她过一辈子，而且会去日本定居。你要明白，有一天他会的。而且，不管怎么说，这都一样。你想让自己放心，对自己说他住得很近，但这毫无意义。你儿子走了，你懂吗，他不会回来了。"

安娜几乎没说完话就放声大哭，好像一个被人抢走了独生儿子的母亲。她刚刚对我说的所有这些，都深深触动了我的心，给我揭示了阴暗的前景，让我看到穿越亚洲的迷雾，儿子跑着，为了要永远逃离我们。

我本来非常想把安娜拥在怀里，对她说我在这里，和玛丽一起，我们将会老去，也许该慢慢地任时间向我们走来。但是我没有说话，离开了那个房间，在这种状态下，安娜·布利科让自己变成了一面光滑的隔墙，没有一点细微的起伏不平，不会给你留一点余地。

　　第二天，深受昨晚谈话的震动，我给优子打电话，而且以虚假的借口，想方设法让她谈起她在空间科学研究中心的工作。在我的小小调查结束时，我知道她与中心还有四年的合约。与安娜想的不一样，我现在确信我儿子没有准备离开图卢兹。当天晚上，我骄傲地向我太太宣布了这个消息。

　　"我不再想谈这个事儿了，保罗。我已经跟你解释了，对我来说，樊尚走了。不管他是近在咫尺还是在京都，这没什么两样。"

　　"你从来没有和我说过你怎么看优子。"

　　"我对优子没有什么想法，我相信她对我也没有任何看法。她在那儿，我也一样。我们尊重这种距离，这就行了。"

　　"这有点太有限了，不是吗？"

　　"如果这能够让你明白，关于我们的儿子，我正在想同样的问题。我从来没有真正地知道他到底怎么样，他想要什么，他要把自己的生活引向何方。但是，这不妨碍我爱他。"

　　"我觉得你说得很对，但同时又这么沉重。"

　　"保罗，我马上就五十岁了。而年龄不会让我更加温柔。"

　　安娜比我大两岁，我还当她是当年那个我巧妙地从格雷古瓦·艾利亚那儿偷窃来的年轻女孩。她还保留着那个时代能让我眼里充满泪水的美丽。生活耗去了我们的精力，有时给我们以重创，但是在我看来，她在此长途穿越中未受伤害，即使她似乎在说她的心已崎岖不平。

"你相信樊尚是幸福的吗？"

"保罗，你真叫人难以置信。你想让我怎么回答这个问题？"

"我不知道。你是他母亲……"

"而你是他父亲。你和他在同一个屋檐下过了二十几年，你有眼睛可以看见，和我一样。你从来没有跟儿子说过，你非要等到他不在那儿了，来问我这个本来早该问他的重要问题。"

"我不知道时间怎么过去的。"

"好吧，可是为什么男人们对待时间总是有同样的毛病？那么，你没看到，你也没感觉到我们每一天都在变老吗？"

"是这样，我觉得你就没有变，自从我认识你，你就根本没有变过。"

"别说蠢话了。"

安娜总是不能接受恭维话，尤其是涉及她的体貌时。她以一种有点乡村式的、相当男性化的态度粗暴对待那些给她赞美的人。

"你听着，保罗，我想我们从来不该有孩子……"

"你为什么这么说？"

"我不知道……我觉得我们没有给他们全部他们有权得到

的，我们爱他们，但是很有距离，而且是间歇性的。我经常有这种感觉。而且，每一次我都对自己说，我要弥补失去的时间，我要从办公室早点回来和他们在一起，或是在周末带他们去什么地方。可是，由于疲倦和松懈，我什么也没有做。今天他们离开了，我才意识到，我把人生的大部分时间用在了操心按摩浴缸和游泳池的过滤器上，而不是抓住时间留在他们身边。"

我完全理解安娜想要说的，而且也分享着这种我已习惯于对之保持沉默的沉甸甸的负罪感。一阵阵猛烈的西南风摇动园中的树，使它们的枝干发出呼啸声。站在窗前，安娜看着这些植物在暴风雨之夜上下摆动。我走到她身边，把手放在她的肩膀上。只有我们在这房子的无边无际中。她没有转过身来，但我听见她对我说："要我吧。"

我正在和安娜此时此刻的欲望差不多完全一样的念头，在一个和缓的时刻，在惯常的甲醛充斥中偷得的这一点儿间隙，性欲的一次不计方式的发作，某种差不多是本能的东西。她并非不知道过后一切并不会比此前更好，我们还会令人难以忍受地保持一直如此的老样子。而这无关紧要，因为安娜想要的只是一点：片刻单纯的现在。在我们之间，性既不超越也不证明任何东西，但是它能使我们得以尽量减少或能够忍受那种充斥我们身体的重负，让我们牵系住生命的微弱经纬。并不是因为快感在我们的结合中已不存在，相反，去掉了它的宗教杂质，它重新获得某种久已废弃的粗犷，在其中每个人都让另一方为不忠实于自我而付出代价。

这样做并非没有意义：回到人类的本源，去重新发现我们从何而来，去重新发现这种活下去的欲望，再一次见到黎明升起的欲望，不管它带来什么样的许诺。在这个暴风雨之夜，在狂风中，我相信安娜希望我们能够继续活下去，我也希望，在一起或是分别地。有时当想起我们自己，我会被我们生活的不和谐吓倒。她，白天黑夜，以工作为麻醉剂，按摩浴缸的布朗歇[1]，游泳池的圣母。我，旧日的林中摄影家，不知何业的退休人员，焦虑地在时间长廊里徘徊。

对于安娜，从1997年起，生意变得更困难了。她脾气的突变随市场的突变而发作，财务困难在增加，她和员工继续着一种恶劣关系。刚好在4月份解散国民议会后，在6月份左翼胜利之前，阿托尔的工会组织发起了持续一个月的罢工。这次运动发生在大选战役中间，在当地媒体产生了一些反响，甚至还得到了未来的左派当选者的支持。这种支持使安娜处于不正常的精神状态。她斥责社会党人的"不负责任"和"煽动群众"，但是，她也不放过任何时机谴责"另一个大笨蛋"，也就是雅克·希拉克的无能，她绝不能原谅他以鬼才知道的怪念头的名义把稳定的秩序搞得乱七八糟。一般来说，做生意都害怕意外的改变，害怕不稳定的形势，而按摩浴缸产业

---

[1] Blanche de Castille（1188—1252），法国国王路易八世的王后，对法国领土统一做出贡献。

尤其如此。因为已经这样重复听到过几百次，我可以说它是处于经济的和风险的中心地带，在不景气或是危机状况下一定会在第一批被淹没的领域之列。在突然处于与工会对峙的冲突中心的安娜看来，出身莫顿区的社会党人列昂内尔·若斯潘取代出身蒙特·德·马尔桑省的右翼总理阿兰·朱佩，是一场地地道道的十月革命。安娜气得冒烟，在各条战线上举手投降，同意了工会提出的全部要求。协定文件签字的那个晚上，她给她父母还有一个经济杂志的记者打了三个多小时电话。这时玛丽和我在隔壁的房间里吃晚饭，我们也能听见这喧嚣的回声：

"……但是当然，全都因为解散议会搞得乱七八糟……怎么不是呢，那些人觉得自己得到了支持，这很正常……我跟他们说了：这是走不通的……企业没有办法支付你们所希望的……我接见他们……他们捧腹大笑，他们给总部打电话，然后尽情大笑……但不是，爸爸，已经变了，那种关系已经和你的时代不一样了……已经没有什么可以讨论的……而且最糟糕的是如果你听记者们的，他们会告诉你工会早已死了而老板有做事的自由……你说得倒好，现在银行，在发生这些事情后，他们监视全部的账目……而且每一笔透支都必须讨价还价……这一点是太过分了……所有这一切都因为那另一个蠢货……"

玛丽有和她哥哥一样矜持克制的天性，而且我知道她对左翼的上台抱有同情，她似乎对所有这种老板的抱怨反感。

她不愿意听到，由她的亲生母亲，高声和强硬地发出如此右派的、绝然自由主义的请求。这种倾向在玛丽身上产生了一种冲突，使温情的女儿对抗战斗的女儿。于我而言，更无诗意，我在思考那"另一个蠢货"，思考他滑稽可笑的命运，他有种令人难以置信的滑稽可笑，他必须做出把握局面的样子，就仿佛什么也没有发生过，在总指挥的船头，在他也全身淹没于自己制造的波涛之后。而且，如果不是有五个世纪把他们分开的话，人们会以为，那位人称阿里奥斯特的意大利诗人路德维克·阿里奥斯托，在定义愚蠢前，一定曾长期频繁地拜访这位解散议会并造成随之而来的一切的了不起的始作俑者："普通的傻瓜总是急切地想制造伟大事件，只要伟大就好，而并不预见这些事件对他们是有利还是有害；普通的傻瓜仅仅能够被他自己的好奇心所打动。"

至于我，运气好得一次性到位，我靠稳定的年息度日，继续有关昆虫的工作，而且还增加了一项关于电视机的出书计划。与我先前有关原翅类和其他膜翅目的专著相反，这个在灰色背景上以黑白照片呈现这种幻灯的历史和审美演变的计划，让斯皮里顿实实在在地感到狂喜，他立即给我开了一个有点可疑的拨款单，支付我的研究和旅行费用。在开始旅行之前，我先就有关档案和目录对最好的电视机进行了一些统计调查。这个计划在我的能力范围之内。因为它可以使我免于拍摄我的同类，它移动不定，不停地在我的取景框里进进出出。

没过多久，我就没有闲暇投入新的工作了。足球世界杯决赛前夜，我母亲第二次脑血管疾病发作，这一次很严重。这种在脑子里看不见的伤害影响了她的运动机能，而且也影响了她投向人生的目光。尽管她没有说，但她清楚知道从此以后，每个夜晚，死神都等候在她的床边。

经过两个多月的治疗后，她回到家中，进入自己的家仿佛是在参观一座富丽的东方宫殿。她重新见到了那个她曾以为再也见不到的世界，所有这些熟悉的东西都耐心地等待着她。

为了帮助母亲回家养病，我重新布置了家中设施。添了一张电动医疗床，并雇了一名女护士每天早上和晚上过来，帮母亲洗理、起床和上床，还有一位运动治疗师会来给她进行一些按摩，市政服务部门每天早上给她送来营养的现成菜肴。

不过，我很快就取消了这种送货上门服务，自己为她做饭，这让母亲大为欢喜。日常伙食的明显改善也给她带来了生活的乐趣，而我的每日到访也就很快变得既是惯例，更不可或缺。在几个月里，我的生活被搞乱了。我没有真正想过，也没有意识到这一点，我已经成了厨师、会计、园丁、管家、母亲的心腹。一个月一个月接连度过，有时我在她家过的时间比在自己家还要多。某些夜晚，我回到自己的家，感觉精疲力尽、垂头丧气、衰老不堪。

但是我不能倒退回去。困在感情的捕鱼网中，我必须继续我已经开始做的，以免中断我们已达成的默契，把脆弱的母亲再送回她那寂静的孤独世界。她每天都对我说她的感激和欢乐，为了能够留在自己的家一直到最后。那最后时刻，她或许已能够看见就在可以触到的地方，她也随便地与它交谈，带着一种轻松，一种对她来说是全新的、漫不经心的态度。她的一生是如此安静、如此谨慎，而从此以后，我母亲可以不再犹豫地与我分享她的思想和感情，就好像脑出血也同时带走了长期以来克制着她的情感的堤坝。尽管她差不多是半瘫了，但在我眼里，母亲从来没有显得如此灵动过。

我在这长长的隧道里陪伴了她四年，在此期间，这路程对我来说越来越难以忍受，越来越令人悲伤。某些夜晚，我走出这个隧道就像是旧日里人们从矿井下爬上来。压力并非来自劳累不堪，而是这种由衰老和疾病联手绘就的使人变为虚无的景象。接着，我在自己身上发现了越来越不够高尚的情感。我开始责怪母亲偷窃了我的时间，责怪她进行一种感情勒索，滥用形势，习惯于抱怨，任由自己放弃努力。当然，所有这些抱怨是不公正的。

1998年秋天，我无限期地推迟了我的出版计划。一段时间以来，安娜晚上回来时，比从前显得更加平静、更加轻松。她以一种仿佛在谈论一个遥远的好捣乱的子公司的态度谈论阿托尔的忧虑和困难。几个月里，她听任工会在企业内部为所欲为。她已不再与它们进行步步为营的战斗，而是照她说的，宁肯集中精力于她的新计划：让她的一部分按摩浴缸产品在加泰罗尼亚生产，把阿托尔的财产转移到巴塞罗那去。这个迁移计划还保持在绝密状态，绝不能让图卢兹的雇员风闻他们被搁置的未来。我觉得这种做法极其不正当，但是没有我能干预的地方，除非去向工会揭露我妻子的所作所为。而说实话，我觉得自己不会那样做。

安娜增加了往返巴塞罗那的旅行。每周她都去那边进行联系，并且走访工业区。每次旅行归来，她总是更加确信，也更加相信她的好运气。她说那边的人力比图卢兹便宜，而且加泰罗尼亚政府对帮助新企业落户的热情令人难以置信。

当我日复一日地在我参与了挖掘的隧道的蜿蜒曲折中爬行时，安娜给我一种相反的印象，好像是某个复活了的人，最终找到了出路，有了一个解决方案，或许它是突然的，某种意义上也是自私的，但却是明显有效的。没有一点儿顾虑，她还继续管理阿托尔，好像什么事儿也没有一样。当我每天晚上回家时，经常发现她在客厅里，半躺在长沙发上，端着杯子和玛丽闲谈些什么。有时我试着劝劝她：

"在投入巴塞罗那的事儿之前，你不觉得应该再好好考虑一下吗……"

"你对我的生意感兴趣啦，你，现在？"

"这主要是百十个员工随时可能失业的问题。"

"他们完全可以做他们在这种情况下必须做的事。"

"为什么你不跟他们说出真相？"

"什么真相？"

"我不知道，就是告诉他们企业运转不良，你有确实的困难。还有，在一定时期里少赚一点，总比冒险最终丢掉工作要好。"

"你真是个孩子。有时我问自己你是生活在哪个世界的。你以为那些工会分子会接受这些话，把它当回事儿？"

"我不是说工会分子，你该去向所有员工说。"

"群众比工会分子更讨厌我。你不懂局面已经输掉了。我们不再有竞争力。一点都没有了。把一部分安排到巴塞罗那，我能够赚30%，除了税没有别的。"

"你和你父亲说过这件事了吗？"

"我父亲？我可以跟你说，他离这些事儿很远了。好像自从他开始吃伟哥后，就不停地试图往我母亲身上爬。"

"你怎么知道这些……？"

"从我母亲那里呗，你想让谁告诉我这个？"

"你和你母亲聊这些？"

"这有什么让你难受的呢？"

"他多大年纪了，你父亲？"

"六十八或是六十九，我记不清了。"

"那你母亲，她说什么？"

"两分钟前，你还因我母亲和我谈论我父亲的性欲而觉得可耻，现在你倒想知道他们关系的细节了？"

"不，我只是想知道你母亲对这种局面有什么反应，就是这些。"

"你想知道什么？你给她打电话，你去问她好了。"

"认真点儿，你必须跟你父亲谈谈所有的这些事儿，我总觉着不正常。相信我，再考虑一下。"

"都考虑过了，我亲爱的。"

"你叫我'我亲爱的'？"

"是的，就是这样。"

安娜为了形象地说明她的瞬间反应的自发性，用手在头上比画着转了个圈。过去总是习惯于严肃和稳重，一段时间以来，她有了一些我有时很难辨认的行为和语调。我注意到她也变得很在意自己的妆容，甚至是在去和一个总工会的顽固分子辩论时。另一个变化是我不愿意抱怨的，那就是安娜重新找回了从前的性欲。加泰罗尼亚肯定是具有非常奇特的促进新陈代谢的功能，能够同时给予一个女人爱她的同类和杀她的同类的欲望。

我们就这样度过了忙碌又古怪的一年。白天，作为随和的儿子，我给母亲喂饭；晚上，作为顺从的情人，我滚动在一个突然对性产生激情的妻子光滑的肚子上。除了一些细小的我未曾熟悉的反常行为，在性生活中一直保持沉默的安娜，现在还常常说些挑逗的话。她给我一系列明确的指令，在我耳边叮当作响如同鼓励。一段时间以来，我妻子也有一种把我们的搂抱变得冷漠的倾向，以一种生硬的薄膜把它包裹起来。在我将要达到快感的时刻，她会向我发出专横的命令，总是一样的："低头看。"而且她重复这个，不断抬高声音，不管我所处的位置，直到我确实把脸俯向地面。在这时我被一种奇怪的感觉穿透，对此我从来不知道它是增加了还是降低了我快感的品质。无论如何，似乎现在控制着安娜的什么东西和我们曾经长期生活里我所熟悉的她的性高潮完全不同。现在，当她的眼睛半闭着，脑袋摇动着略为后仰，可以猜测到在这个躯体内部，盲目的力量正交融、跳动、冲撞，直到燃起大火。仿佛泛蓝的颈饰，主静脉，在此时凸起，围绕着喉咙，这种景象会让人觉得她要把自己扼死。美妙的下流话、幽会场所的粗词，从安娜嘴里喷涌而出，就像是灵魂的碎屑，火山爆发时喷出的炽热灰烬。

我承认，曾经因这种骚乱而惊奇。我甚至怀疑安娜也染上了和洛尔一样的病症，也在装假什么。但是，在她的性格中的确没有与这种欺骗相吻合的东西，她不会为了保护一个无能伴侣发抖的自我而去委屈自己。我同样确信，因这些混乱，安娜和我挖掘出了久已被时间掩埋的旧日共谋的遗骸。这使得在几个月里我觉得我们更加接近了，不仅在肉体上，也在精神上。这种感情在樊尚对我们宣布优子将有一个孩子后进一步加强。度过了短暂的惊讶，这个孩子到来的前景把我们团结在一个吸引人的计划周围，虽然它还只是抽象的：这就是，照看我们孩子的孩子。这个将要在2000年2月或3月出生的樊尚和优子的孩子。我们设想着这切近的未来，很显然，我们将会重新成为一对夫妇。不幸的是，明显的事实经常是傻瓜的镇静剂，而只要一表现出对这种事实的确信，就足以让被激怒的生活，立即把你从船上打到水中。

还有几个月我们就要进入新千年了，被消费主义的狂热浸染，西方世界尽情战栗于对技术秩序的恐惧中。除了迫在眉睫的股市的末日，一些幻想的巫师还向我们许诺，在这里或那里，一系列的大灾难和其他信息技术的惩罚会到来。牵挂着我母亲的健康状态，对我自己的生活方式越来越感到幻灭，我只是在很远的地方观察这种专司厄运的江湖骗子日复一日的诅咒。我不知道，稍微有一点超前，我已准备好去证实所有这些恶意的千年预言的合理性。

我个人的世界末日是在 1999 年 12 月 25 日那个星期四的傍晚，从一通来自卡尔卡松警察局的电话开始的。我不明白那个正在和我说话的男人说的是什么。他的声音很不确定，解释也很含混，带着浓重的科比埃尔地方口音。天已经黑了，而且外边正在下雨。

"您也许得来辨认一下尸体。"

他第三次重复这个句子。辨认尸体。辨认安娜·布利科的尸体。她在一场飞机事故中遇难。我徒然地给他解释这是不可能的，安娜在当天早上开车去了巴塞罗那。他还是坚持着。辨认尸体。这就是他的全部要求。等我说了"好吧"，他才挂断电话。

我没有通知任何人，也没有给孩子们打电话，开车驶向卡尔卡松。我记得我在这段行程中既不着急也无真正的焦虑，是在一种完全中立的状态中，任由各种情感在我身上飘忽，好像是失重的人。我既没有感觉也没有思虑。没有深思，没有多余的想法。雨滴打在挡风玻璃上，雨刷不住地驱赶着它们。我就按着雨刷的节奏前进，它努力地廓清我的视野，照亮黑暗，使我能够看到包围着我的世界。

尸体清洗过了，但是发根处还留着血迹凝结的斑点。胸部和腿部的伤处有大块的塌陷。左脚踝骨以上折断。右胸中间断裂。尽管由于血肿而青紫变形，那面容还是保留了一些美丽，尽管有大面积的损伤，还是可以感觉到轮廓的精致。我看着这一切，好像一个人见到了世界末日，什么都不存在了，恶魔走过，洗劫了一切，毁坏了一切。我看着这个她，我当天早上与之分别的，急匆匆的，像往常一样要迟到的，散发着活力的，裹挟着晨妆香雾的。我看着这格雷古瓦·艾利亚的前女友，樊尚和玛丽的母亲，玛尔蒂娜和让的女儿，但我怎么也无法相信，这具损毁的尸体也是保罗·布利科的妻子。

我待在那儿，看着。我等待着什么事情在我身上发生，等待什么东西能够让我移动，让我明白这我正在遭遇的、正在淹没我的一切。

"您认出了您的太太吗？"

只要我说是，就证实安娜死了，让人们把抽屉推回冷藏柜，让她的死亡在警察局以熟练的手法被登记在册，让一切完全改变，一系列电话的铃声响起，而人们，突然开始哭泣。

"对不起，先生……您是否认出了安娜·布利科太太？"

怎么说呢？这是她，但这同时又是另一个人。一个由于年岁而变得面容不讨人喜欢的姐姐似的别人，从一场血腥的噩梦中死里逃生，在冰凉的长沙发上休息。是的，一个被恶劣的梦魇搅扰的姐姐，她没有柯达布朗尼闪光照相机和豪华马车，从不出门，一直是父母亲所更加钟爱的，因为她在两个孩子中间更活泼、更聪明。一个姐姐，她在后来，会由于错误而与一个死了哥哥的男孩结婚，一个姓布洛克或布利科的男孩，他总是说他一劳永逸地赚足了一辈子的钱，而在他享乐的时候总是要低下头去。

"我很抱歉要坚持……"

我转身朝向这个警察。我看见一个因一天的工作而疲倦的男人，或许正急着与家人重逢，急着抹掉警帽边沿每天在他额头留下的红印。这就是那个打电话的人，那个说话带科比埃尔口音的人。他很抱歉坚持，但却毫不犹豫地重复他的问题。而且他会一再地重复无数次，直到他得到回答，直到他能够给这名死者一个姓名。

"这可曾是您的太太？"

听到警察以过去时来谈论安娜，我泪如雨下。它让我刚刚明白了，安娜已不在这个世界。我回答说是的，她做我的妻子差不多二十五年了。

警察合上了他的案卷，向停尸间的工作人员做了一个迅速的手势。那个人走向我们，用一块单子盖住了安娜，在偷偷征得我的同意后，以小心翼翼的动作，推着抽屉慢慢滑动，把安娜带进了虚无。

在这一刻，我只有一个愿望：把我的孩子们揽在怀里，紧紧地抱着他们，再不放开，保护他们于所有人之中和所有飞机之上，把他们留在自己的身边，照看他们，就像我们还是一个非常年轻的小家庭时那样，就像我在那么长的时间里做的那样。那个警察要我去到他的办公室，以便给我提供有关事故的信息：

"明天吧……今晚不要……"

"我理解。只要您愿意的时候都行。"

"这是在哪儿出事的？"

"在黑山的山麓地带。"

"那是一条商业航线？"

"啊，不是，坠落的是一架很小的直升机，两人座的，一架若代尔，我想是。"

回图卢兹的旅程长如永恒。我觉得是在驾驶一艘与大风恶浪搏斗的小艇。汽车穿越真正的雨幕，仿佛正在去往一个越来越昏暗的世界。雨注得狂暴恰如我情感的混乱。在某一些时刻，想到再也听不到安娜的声音，一种恐怖攫住了我。在另一些时刻，是这架飞机失事本身的性质和环境占据了我的思想。一些纯粹逻辑性的提问一点点在我心中涌现。安娜今天早晨开车出发去巴塞罗那，而几个小时后，她怎么会在黑山的森林中死于一架双人座飞机？她在这架微型若代尔上做什么？这架飞机的目的地是哪里？它又是从哪儿来的？

我在晚上 10 点左右达家。我不得不需要一点时间以找到从车里下来的勇气。雨敲打在车库上，透过树枝，我看见女儿喜欢待着的小客厅里的灯光，她不出去时，晚上总是爱在那儿。她一定是在看电视，听音乐，或是给什么人打电话。稳坐在长沙发上，她不知道自己已坐在一道深渊的边缘，只要我一跨过门槛，她就会失去平衡，翻倒下去。

　　一个父亲要怎么向他的女儿宣布她母亲的死？有不那么痛苦的词语，不那么锥心的句子吗？这是我第一次，带着如此沉重的负担进入自己家的门。我听见了电视机里传来熟悉的叽叽喳喳的声音，那个永远不睡觉也永远不会死亡的非真实世界里不可捉摸的滔滔不绝的废话。我将要向玛丽宣布那个消息，而在电视机里什么都不会改变，每个人都会继续说着他们幸存者的闲话，他们补白角色的对答。

　　身体僵硬、冰凉，脸上带着雨滴，或许还有隐秘的小偷的步态，我朝玛丽走了几步，她正在看一部有字幕的电影。我清楚地记住了那部影片的名字：阿托姆·埃格杨的《美好的明天》。我还记得其中的父亲，伊昂·霍尔姆，从自己的汽车里给他住在百十公里外的女儿打电话，记得他忧郁的眼神，他充满幻想破灭的那句话："此时我不知向谁诉说。"

　　我记得玛丽的目光转向我，我从她的手部动作中感到了突然的不安，她抓住长沙发的边缘。

　　我记得自己低下了眼睛，不再能够控制住自己的眼泪，只听到自己说："你妈妈死了。"

玛丽没有要求我做任何的解释，也没有说出任何的言语。她蜷缩在沙发，给人感觉一下子缩小了，好像希望消失掉，并以此逃避这种不幸。冰冷的泪水流下她的面颊。她大睁着眼睛哭泣。

我必须得打电话给樊尚，跟他说这件无法说的事情。为了驱除痛苦，他的第一反应是坚持向我提出一连串问题，而我当然无法提供答案。但是他想要立刻知道一切，有关时间、地点、原因、事故的情况。他不停地明确提出这些疑问，希望以此尽可能地推迟那不可控制的感情把他完全吞没的时刻的到来。

刚过11点，他在优子的陪伴下来到家里，看到我们，玛丽和我，各自坐在长沙发的一端。我们一定像是在候诊室里排队等待的两个陌生人。玛丽向她哥哥迎了上去，我跟着她，于是我们三个相遇，一个拥抱另一个，紧紧地抓住我们还存在的这家庭的内核。我站在房间中央，拥抱着我的孩子们。缩在后边，在客厅的门口，圆谷优子和她隆起的肚子显然在等待来自我们的招呼以加入我们的圈子，可是，我们中间没有谁有精神去招呼她。

当天晚上，我必须把消息报告给安娜的父母。对他们重复我所知道的一点儿东西。若代尔。黑山。卡尔卡松。警察局。奇怪的是，维朗德勒家似乎很快接受了他们再也见不到他们独生女儿的事实，反而拿一大堆我们将不得不面对的实际细节问题来纠缠我。这或许是属于他们的、用来拒绝和回避悲伤大限降临的一种方式。

这一夜，我决定保护母亲，让她在平静中安睡。没什么着急的。或许到明天，当天亮了的时候。在等待中，只要她还睡着，还没有被告知这个消息，安娜就还在世界上。

早上，雨还是一直敲击着地面，点染悬铃木的树皮。9点钟时，我已在卡尔卡松一间散发着清洗剂气味的冰凉的办公室里。

"现在确定还有点为时过早，但是我们认为事故是由于天气的原因。昨天，在黑山上空，气候条件尤其恶劣。"

警察递给我那架坠毁的小小单引擎飞机的一些照片。机舱已几乎无法辨认它曾有过的轮廓。

"我妻子在这架飞机里干什么……？"

"这正是我想给您提出的问题。"

"昨天，安娜从家里离开，是开车到巴塞罗那去。这就是我所知道的全部。"

"您认识格扎维埃·吉拉尔丹先生吗？"

"不认识。"

"他就是这架飞机的驾驶员，也是它的主人。"

"一名职业飞行员？"

"完全不是。他有执照，但只是为了消遣而飞行。他是图卢兹的律师。总之，您太太的汽车是什么牌子？"

"一辆沃尔沃。"

"一辆深灰色的 S70 旅行小汽车？"

“对。”

“人们发现它停放在拉斯保德航空俱乐部的停车场，就在图卢兹。”

“那飞机是从巴塞罗那来的吗？”

“根据传来的飞行记录，这架若代尔只是在图卢兹至贝济埃间往返。吉拉尔丹这名字真的不能让您想起来一点什么？我可以给您看一张照片吗？”

从照片上看，格扎维埃·吉拉尔丹似乎是一个快乐的男人，一个微笑的自信的家伙。他有一张结实而又充满魅力的脸，或许能够让人联想到一点弱化的尼克·诺尔特的男性特点。我一生中从未见到过格扎维埃·吉拉尔丹，而且也没有听说过他。

“您太太到巴塞罗那旅行的原因是什么？”

“她的工作。一年来她差不多每周去那里一次。她正准备在那儿筹划一桩生意。”

“她有时会乘飞机到那里去吗？”

“从来没有。她总是开车去。”

“那么，昨天，没有任何迹象能够让您想到，她决定和格扎维埃·吉拉尔丹一起乘飞机去那里？”

“没有。”

“我可以问一下您的职业吗？”

“我拍照片。”

我不知所措地走出这间会谈室。警察刚才让我知道的一点儿东西打开了一道问题的深渊，没有一点儿合情合理的回答能够填充它。相反，随后的日子将告诉我更多我意想不到的东西。

先是安娜葬礼的奇怪气氛。我妻子常常提到她的全体员工对她顽固的憎恨。所以我感到意外地得知，葬礼那天阿托尔关了它的大门，我也非常惊讶地看到所有雇员无一例外地前来参加这个仪式。尤其奇怪的是，所有这些人都带着真实的痛苦神情。在每一个我见到人群的地方，我看到的只有悲伤的面容和同情的目光。人怎么能够讨厌他们的老板到那种程度，而又以同样的真诚为她的逝去而哭泣？

一些天后，我到公司去了一趟，在那儿安娜的助手贝尔纳·比多接待了我。这是一个谨慎的人，极为认真，他熟悉这家企业的每一个角落。在那儿，他管理账目，也管理那些一时的变化或计划。他知道全体员工的名字和他们在企业中的职责。

"我很抱歉，在这个如此难过的时刻打扰您，但是，情况绝对需要我与您见面。我已试图联系维朗德勒先生，但是他太太对我说，在刚刚发生的事件后，他的身体状况不允许他照管阿托尔的事情。所以我不得不自己贸然找您。"

"有什么问题吗？"

"事实上，布利科先生……我相信这家企业将必须……关门了。"

"怎么回事，关门……？"

"我们有六个月没向社会保险金和家庭补助金征收联合会交分摊金了，一年没有交其他的相关捐税。我们的财政局面是灾难性的，透支金额超过了资产总额，所负债务我们已无法偿还，税务方面要求我们追缴过期末付款，而我们从现在到月底还有两百多万法郎的工资需要支付。"

"安娜从来没有跟我说过这一切。"

"她也没有全跟我说，布利科先生。她很少委派任务，她日复一日地解决问题，以她的方式、她的办法。在管理方面，我们有时很难追随领会。"

我完全不懂比多给我讲的这些。一切都歪歪斜斜，他的故事、数字、前景，尤其是安娜的形象，无休止地变为一片混乱。

回到家，我决定在她的工作档案里寻找一些可以证明企业未来将在巴塞罗那驻扎的文件，和可以联系到这个方案的财政方面的踪迹。完全没有。没有哪怕一张便条，没有任何文件。有关西班牙的呢？一处也没有。

于是，某种东西抓住了我，一种强迫感，一种愤怒的冲动，促使我去对每一个疑问寻找回答。我要在一名死者的遗物中搜索，翻检她生活的所有角落，打开一切，全部仔细审查，全部核实。

首先是巴塞罗那。几个电话打到加泰罗尼亚总商会，那里告诉我，安娜从来没有提交过任何建厂或补助的请求，也没有与那个省的某位代表取得过联系。她的名字没有出现在任何卡片、任何约见名单上。此外，她的银行卡清单证实她在过去一年里没有在西班牙消费过。

安娜从来没有去过巴塞罗那。她也同样没有考虑过要把阿托尔迁到加泰罗尼亚。所有的一切都只是一种奇怪的、我完全不理解其用途也不知道其意义的编造情节。

在有了这一发现的几天后，我开车和樊尚一起去取回她母亲停放在航空俱乐部停车场的沃尔沃。当我在那些飞行器中间徘徊时，一个男人靠近了我。他是那个俱乐部的机械师，以为我是要找一架飞机租用。

"不是……我是在飞机失事中死去的那位太太的亲人……"

"对不起……真是可怕的事……在这儿，人们还没有从中恢复过来。想一想，一架俱乐部的飞机……我两天前还检修过它。人们不明白。他们光说是因为天气太糟糕，我很难相信这点……吉拉尔丹先生是俱乐部最有经验的飞行员。这条正往贝济埃的航线，他闭着眼睛也能飞。您认识吉拉尔丹先生吗？"

"一点点，是的。"

"他在塞特海滨有一栋房子，就在海边……也许您去过那儿……和那位太太一起，他们每周都去那儿一次。所以您想想，这条航线他一定飞过上百次了。我无法相信他会被天气搞得……这很难想象……您开飞机吗？"

"完全不会。"

我觉得似乎每一个白天都带着恶毒的快感凌辱我，而黑夜则负责让这堕落的汤锅慢慢地熬煮。我不甚高明的手段，这些可耻的琐细调查，与我所得到的结果一样让我难堪。而当孩子们急切地追问我，想要知道他们的母亲在飞机里做什么，在一周的工作日中间，和一个专门当蟊贼的律师在一起，我所能做的只是耸耸肩膀不置一词，假装什么都不知道，而且还拼命地努力让他们相信这一点。

当我停止搜寻，回来照看我的母亲，她去安娜的逝去而大受影响。而且，她没有哪天不对我赞叹安娜的勇敢和果断。

"不能说你帮助了她多少。她是一个人撑着。这对她来说，一定很不容易，你看，有孩子们，你不在家，还有企业。"

幸运的是，为了补偿这一切负担并掩盖我的无能，她有巴塞罗那，有若代尔和那个盗贼律师。说实话，我不怪安娜欺骗了我。只是，我被她导演的排场和演员的天赋所震惊。最让我吃惊的不是她有一个情人，而是她甚至明明知道她的企业已濒临破产，却能弃之不顾。安娜在我眼里总是一个吹毛求疵的公司老板，所以看起来，我很难想象她作为一名轻佻情妇的形象。显然，和在其他许多事情上一样，我又错了。巴塞罗那在安娜和我最近一年重新获得的私密关系中毫无意义。那种暴风雨之前的平静，说实话，我得感谢格扎维尔·吉拉尔丹先生，敏捷的申诉专家，他已然知道怎样能够唤醒我妻子身体的沉睡记忆。他怎么做到这一点的？难道他立即就猜到了哪个地方是安娜最喜欢被触摸的？难道她喜欢他的皮肤、他的气味、他的嗓音、他性器官的形状？他跟她说了一些她爱听的东西，一些让她快乐无比的下流言词？他是否知道在整个下午把自己奉献给她之后，她在晚上还请求我要她？是他编造了这巴塞罗那的传奇和迁移的感恩歌吗？他是一个地地道道的大坏蛋，还是某个普通的偏好享受别人妻子的家伙？

所有这一切，本质上，没有任何意义，这些无用的问题本该在时间的尘埃里一个一个消散。安娜有理由过自己想要的生活。只是死亡突然袭击了她，使她没有时间来安排好她的存在方式。掀起这内在混乱的帷幕，见到若代尔混杂在和它没有关联的东西之间。过去的每一天离我远去，但与此同时，我重新接近了我的妻子。我真的愿意和她谈一谈贝济埃，谈一谈加泰罗尼亚，谈一谈吉拉尔丹。听她给我讲述她的白日梦般的故事，看着她就像我从来没有见过她，慢慢地去发现她梦幻的一面、晦暗的一面，而在夜晚，让她感觉意外地带她到巴塞罗那去吃晚饭。

1999 年接近尾声，乏味，幻灭，与我微不足道的故事一样。有时，被温柔地剥夺了自由，我们无法改正的共和国的部长、市长、省长或是议员们被传唤到法官面前，解释他们的种种卑鄙下流的言行。在这个结束了千年也崩塌了我的小世界的新年前夜，面对昏昏欲睡的母亲坐着，我想到了这些坏蛋和无赖们数不胜数的档案，那可能是由无法估价的格扎维尔·吉拉尔丹先生负责。是的，匪徒的律师，脚夫，王室内侍，流氓的盖茨比消逝得太早了。

新一年刚才开始，大事件就开始爆发。1月2日，在明确安娜的继承问题时，公证人对我宣布，我们的房子已被完全抵押，也就是说它事实上已经属于银行。

"您太太，好几次，如此处置她的财产，是为了盘活资金接济阿托尔，那个今天您可以认为是处于'超过负债资产抵押'状态的企业。上周我会见了它的职业经理人，比多先生，我相信您认识。他使用了'深度休克'这个词来表述。"

"明确地说，这使我处于什么样的局面？"

"可能是最糟糕的。您继承了一大笔债务，您的房子随时可能被拍卖。布利科太太是在最糟糕的时刻逝去的。"

"我就请您把一切尽力办到最好吧。"

"这里面已不可能有什么最好，布利科先生。我们正在走向最糟。"

这次会面三天后，税务机关的两名官员出现在阿托尔的办公室，来进行分摊金缴付核对和账目分析。比多提前通知了我他们要来，他建议我尽快到办公室去见他们。两个充满活力的大个子，微笑，强健，给人好感。他们让我想到撑竿跳运动员，而不是一对吹毛求疵照章行事的查账者。在他们面前，摊开着一望无际的账目档案、清单、发票，还有两台电脑，他们不停地从中提取数据。他们以非常热情的方式把我请进他们的巢穴里，那种亲热的态度中有一点让人困惑的东西。难道他们听从了由税务总局制定的新的"行为主义的"

指令，还是他们天生就是和蔼可亲的刽子手，或许会砍掉您的脑袋，却带着无限的慈悲。以一种对待朋友的方式，他们让我坐在旁边，给我倒了一杯他们放在保温瓶里的咖啡，接着，几乎是不情愿地，开始向我提出或许是很基础的但我完全无法回答的问题。

"您在公司的组织机构表上从没有出现，布利科先生。可以问一下您的职务吗？"

"没有职务。我从来没有在这里面参与过。"

"这是怎么回事？"

"我不在这里工作。"

"那么，您以什么名义来见我们？"

"企业属于我的妻子。她在十来天前去世了。"

"我们真的感到抱歉……我们不知道这个……核查通知已经寄给你们有一个月了。我们没法知道……这一切很不幸，我们真是很不走运。"

"我请求你们，做你们需要做的。"

"……是这样，布利科先生……我怕我们还会增加您的忧虑。阿托尔的形势已不仅是令人担心的了。"

"我知道。公证人已经和我说到这些了。"

"他提到公司的税务负债了吗？"

"没有，他只是简单地给我说了企业的一般状况，用了'终结阶段'这个词，或者是'深度休克'，我记不清了。"

"我们只不过是在账目上快速地扫了一眼，但是已经看出来拖欠税款，甚至还没有说至今未付的分摊金，总数已达到数百万法郎。如果流动资金也是这种情况，我恐怕您的公证人的分析还不够准确。"

"我能够做什么？"

"我们到这儿是为了核实您的税务情况，并且估算欠管理部门的应付未付款额。我们没有被授权来给您提出建议。"

"我明白。但是一般情况下，处于与此同类状态的企业会怎么样呢？"

"坦率地说？司法清查和呈报破产。"

"就是说全部员工都要被遣散？"

"对。"

"不能避免这样吗？"

"布利科先生，您应该和职业经理人讨论这个话题，而不是和我们。这很不好说出口，但是您必须明白，我们来这儿不是为了帮您的忙，仅仅是为了确定您的错误和您可能舞弊的程度。"

"您认为存在着舞弊？"

"在最近一年的账目里，我们已经查出了一些至少是很奇怪的操作。"

"怎么奇怪？"

"每个月大笔的款项支出，而此公司被认为正处于困难时期。一些给吉拉尔丹在埃罗银行开的账户的定期转账，付账支票只有'管理咨询'这个简单的理由。没有一份由这个咨询者起草的报告，没有记录，更没有发票。我们真的很抱歉。尤其是在目前这种时刻。这一切对您来说一定很不容易。无论如何我们还是希望事情会得到解决。"

事情怎么可能解决，此时这两个人的职责就是一个一个地切断维持企业生存的输液管。但这并不妨碍撑竿跳运动员们堆积一些陈词滥调，并以一种人们习惯上和得不治之症的人说话的温和语调来对我讲话。

在失去了他们的独生女之后，维朗德勒家又眼睁睁地看着他们职业生涯的一角随风而逝。阿托尔，在几十年里都是这个家庭的旗舰，正在沉没。在这种灾难性气氛中，不顾比多反复多次的请求，让，这个方案的设计者，品牌的创始人，如今已被摧毁的老人，顽固地拒绝再踏进那个曾长时间是他的家的地方一步。他做的只是私下交谈，给他们解释形势，让他们做最坏的准备。

那最坏的顺理成章地突然发生，在3月末。经过一名资产清查者的迅速工作，企业被关闭了，所有员工都失了业。而根据法律，根据难以理解的法规和一项看起来制定得很糟糕的婚姻条例，我个人存款的绝大部分都被税务部门和法院冻结，以偿付与安娜有关的债务和债券，因为依据判决，我最终是这些债务的连带责任人。

负责解剖阿托尔失败的专家很快发现，可能是出于迫不得已，我妻子在最近三年里积累了大量财务方面的玩忽职守和可观的混乱。他们也注意到无法解释的资金流动，完全没有任何发票或是服务可以核实，如同那些逐月让律师吉拉尔丹受惠的转账。

我的树带来的小小财富以和它的到来一样突然的方式从此消失了。直到那时，我懒散的生活走到了尽头。在五十岁时我将不得不工作，不得不遵从时间表，但是，首先得找到一个雇主，而我，我挣的真正的最后一份工资要上溯到1970年代中期。

奇怪的是，我完全不抱怨安娜作为我倒霉的根源。为了保障家庭的需要，她在那么长的时间里使我得以过着一种理想的生活，得以看着孩子们长大，而且，甚至在好些年里，得以未受惩罚地在她工作期间去搞她最好的朋友。

我曾在安娜的葬礼上再次见到洛尔。她是一个人来的，在仪式结束时，她亲切地拥抱了我。我们几乎没有说话，我不知道她的生活过得怎么样，不知道是否那个犹太教教士还是其中的一部分。在我们分别的时候，她向我保证要打电话给我，但是当然，从来没有打过。

我的孙子，在这场财产和家庭的无止境的地震中降临人世。以他最完美的谨慎，温柔地为这块土地奉上了他的3.3千克。从我把他抱进怀中的第一秒钟起，我感到了一种难以置信的、无法估量的生命分量。这孩子立即就是我的。如何解释这些？我完全不知道。我第一眼就喜欢上他，我爱他没有一点点犹疑。他是否是我儿子的儿子在我们的联系中毫无意义。他和我是由一种更加重要的东西联系在一起的，比我们共同拥有的血缘还要亲密。从此以后这个孩子会在我的心里，他支配了我，他成了我生命不可分割的组成部分。他所在的任何地方将会是我所在的，而且我要保护他。当他长大时，我要给他一辆银制豪华马车，还有一部柯达布朗尼闪光照相机。我要让他发现暗房安全灯的奇妙和显影液的气味。然后我们将一同漫游全世界，仅仅是为了认识树的名字，仅仅是为了看它们的枝干在美丽的阳光下伸展。

路易－敏郎和我。

是优子选择了这个名字。她叫他路易。路易－敏郎·布利科。这有点让人想起一种家用电器的商标，或者是三菱机床所属的了不起的财团。路易－敏郎·布利科。总而言之，这是一个令人感到信任、忠诚和繁荣的名字。当然不像吉拉尔丹，那按摩浴缸的混蛋。

要等到很久之后，孩子长大一点，我才能知道他的面貌是否有一些日本血缘的印记。此时，还不可能有可靠的看法，即便他深色如丝的发卷让人想到是在抚摸日出之国一个毛发浓密的新生幼仔。

在这个孩子降生后不久，三家受理住房抵押的银行告诉我，他们同意给我一年的时间来清偿这笔债务。过了这个期限，就意味着他们要收回这栋房子并且把它标价出售。这是正常的。由于数额巨大，我没有任何机会、任何可能按期偿还这笔负债。我只能等待限期的到来，同时试图找到某种体面的出路。我永远记得一个银行家的脸，在离开那间屋子时脸上带着一丝俯就的微笑，对我说了这句鼓励话："不要担心，布利科先生，对您来说金钱已微笑过，相信我吧，它还会再次微笑的。"

差不多也是在此时期，致力于社会党人的计划，利昂内尔·若斯潘以为在开辟自己的道路，而实际上是在为自己挖掘坟墓，同时，让克劳德·梅里在他临死前的一段录像中，指名道姓地谴责共和国总统是一个公共市场的打劫者，一个店铺后间的扒手，一个楼房夹层的盗贼。在吉斯卡尔的钻石、密特朗的薪金之后，现在又进入了希拉克的扒手时代。明显地，我们厚颜无耻的道德衰弱的君主有着越来越轻浮的伦理观和特别笨重不灵的手。

没过多久，我就不得不明白我所面对的前景实在是越加不利。首先就是斯皮里顿告诉我，他已不再能批复我的上一个计划。他说，我拖得太久了，没有把计划付诸实现，抢占先机的优势已不复存在。我不再能恰当其时。

安娜没得说错，我在真实世界之外生活的时间太长了。也不了解这种现实：从此以后，必须迅速工作，招之即来，积极反应，如同所有人说的那样。欲望和时尚以光的速度变动，没有理由让人和机器有时间喘息。不停地生产并推出新的商品，累积，就好像首先是为了填充本体的空洞，充实生存的缺口。

当我出现在国家就业中心时，很快感觉到局面也没有变得对我有利一点。

"您想找哪一领域的工作？"

"摄影，如果可能的话。"

"您有职业经验吗？"

"有。"

"您带来此前的雇主手册了吗？"

"事实上，我从来没有过，我为给自己干活。"

"您有一个店？"

"不是，没有。我出书。"

"什么类型的书？"

"照片，我跟您说过。"

"什么种类的照片？"

"树的照片。我拍了世界上最美的树。"

"您等等，您是说您唯一的职业是给树拍照？"

"是这样。我也拍摄树皮、植物和昆虫。"

我试图解释我的工作性质，但看到面前的对话者陷入了困惑的迷雾。他盯着我，好像我是一个来自异国的贝壳，一个古老的双耳尖底瓮，一个让他模糊地回忆起在国外的假日的特殊物件。

"也就是说，您从来没有过雇主。那么这些树的照片，您拿它们做什么？"

"一个出版商出版了它们。"

"您从事这一行业有多长时间？"

"二十五年。"

"那您已经出版了多少书？"

"两本。"

"在二十五年里？"

"是这样。"

"您有其他的收入来源，或说其他的补充工资吗？"

"没有。"

"……布利科先生……如果我理解得不错……您出版了两本关于树的书，让您能够没有其他收入地生活了二十五年……真的是这样？"

"是。"

"我觉得，您连一秒钟也不要有那种想法，以为在我们这里能给您找到一份这样的工作。我向您坦白地说，我们没有哪怕一份，在新闻界，在艺术工作室，或者甚至是在婚礼摄影方面的工作可以提供。我恐怕您很难在这一领域重新找到工作。您在数字技术方面有经验吗？"

"没有。"

"我想所有这些都会有影响……"

"您对我有什么建议呢？"

"参加一个培训班。转行到那些有需求的部门，一般来说，建筑和餐饮。如果您不浪费时间，在您的年纪还是可以期望些什么的。"

这位对话者以某种令人感动的关怀试图对我说的是，鉴于社会形势和我的个人表现，我已经确实走到头了。

"我可以向您提出一个问题吗？在这二十五年里，除了您的树，您真的完全没有拍摄其他的什么？没有拍过时事、体育或是时尚？"

"没有，我从来没有拍过有关人类的主题。"

"忘了问您，您有文凭吗？"

"有，是社会学的。"

"您忘了这个。"

他合上笔记本，递给我一份表格，如果我想得到一个名目不大清楚的组织的帮助，参加由它付费的培训的话，就要尽快填好。如果我告诉这个人，除了陪伴我的树过的生活，我还差一点成了弗朗索瓦·密特朗的私人摄影师，我想，他对这个世界的看法，和他在总体上对职业的看法，恐怕会从此发生改变。

这次会面过去几周后，意识到我的求职意向不会引起这个重新安排工作的机构的回应，我决定做一名园艺师，而且用一部分最后的存款购置维护绿色空间的机械：手推自动剪草机、灌木清理机、吹叶器、截断机、树篱切削机、环剥器、枝叶粉碎机，还有一辆老旧的三洋牌小载重车来装运这一切。我的小生意从2001年初春开始。我的预约登记册排得很满，而且，从一开始工作，我就有安心的感觉，似乎已经在这个行当做了整整一辈子似的。这种露天进行的体力劳动对我非常适合。我和我在其间工作的任何花园的主人没有任何的接触。我因此能够随心所欲地干活，践行我父亲——草地与灌木丛之神——让我铭刻在心的规则，尤其是某些应用于所有草坪的几何学的规则，往往是一劳永逸的基本定律。当然，我的收入与我从前作为创作者的版税没有可比性，但是，我赚到足够的钱，可以供给我的生活需求，还有仍然与我生活在一起的我女儿的需求。

自从安娜死后，玛丽不再和原来一样。在我们所有人中，她是最不能接受这种消逝的。我母亲每天忙着与她的疾病和残障搏斗，路易－敏郎越来越多地占据了樊尚的日日夜夜，我必须集中精力于我的新工作，而它的繁重同时净化了我的身体与精神，但是玛丽，她，局限在孤独的生活中，徘徊于漫不经心的学习，还凝固在冬天的状态，看着那一晚向她颇具讽刺地许诺《美好的明天》的冷漠影片。

玛丽因为我们被赶出安娜的房子而感到痛苦。因为那些银行不同意给我们任何的延期，搬家是在非常不愉快的气氛中进行的。在预定的日子，还没有等熟悉诉讼程序的打击乐队击响它的鼓声，我们就收到了催告还债信、接管信。离开这栋我从来没有喜爱过的建筑物于我是一种解放行动。最后一次关上身后的大门，我感到的更多是重新获得我的一部分自由，而不是丢掉了珍贵的财产。

但是对我的女儿则完全相反，丢掉这块童年的土地标志着一个世界的消失，一个被驱逐出它原来茧壳的家庭的彻底解体。那是玛丽私下里与她母亲连接起来的茧壳（她总是把它叫作"妈妈的房子"），而且自从她失去妈妈后就把它看作一种纪念物。

我自己母亲的健康状况更糟了，我向玛丽建议我们搬到母亲家去住。这个建议给了克莱尔·布利科大量的欢乐，同时也使她感到安慰。那个住所足够宽敞，能够使我们得以保持各自独立的生活，但是原有的约束没有改变。工作回来，我继续负责母亲的伙食，而那些护士、医生和运动理疗师承担他们的职责，在固定时刻轮流到来。

晚上结束时，我的肩膀和后背累得要断，双手也由于在令人恐惧的园子里的劳作而疼痛不已，有时我会不得不在吃饭前先稍微喘息一会儿。这时我有一种沉入墨水瓶的感觉，一个如此深又如此晦暗不明的坑，没有梦，没有幻想，没有人，也没有野兽能够在那儿幸存下去。重新在这座自家的住房里发现自己，新近鳏居，已是祖父，困守母亲床头，大半毁损却又兼为园丁，我琢磨着生活能够在什么程度、以怎样的速度颠覆我们曾天真地以为坚不破的地位。只要一架小型飞机撞碎在一座大山之侧，就足以让我们惊惶失措，并轮到我们从自己的幻想和我们独特的小帝国跌落到底。这无论对个人，还是国家的命运都有一样的价值。2001 年 9 月，三架飞机将承担使一个不可侵犯的美国想起这不确定原则的使命。而在十天之后，同样的法则，带着同样的后果将再次证实自己，不过这一次是在图卢兹。

一声来自地中心的爆炸。那种天要突然裂成两半的感受，地开始抖动，而毁灭性的气流几乎立即刺伤了肺。死者，伤者，断裂的汽车，变形的、裂开的房屋，倒塌的天花板、墙壁，掀掉了的窗户和屋顶，还有恐怖，还有接踵而至的寂静。

在这个 2001 年 9 月 21 日的夜晚，樊尚、优子、路易－敏郎、玛丽和我，我们都自发地感到一起聚在家庭老屋的需要。由于远离爆炸发生地，它没有受到损毁，除了二层的天花板上出现了一些裂纹。相反，安娜的房子，现在已是银行的资产，却正面经受了暴风雨般的洗礼。所有的窗户都被震飞了，房顶上的某些地方，像被巨人的手指抓了似的。那座建筑物已面目全非。尽管它还站着，主体结构并未损坏，但它仿佛一场战争或是时间践踏的受害者，从此给人一种被遗弃的废墟的印象。

我们重聚在我母亲身边，通过收音机和电视追踪有关这场看不见的轰炸的报道。可以看到工厂的画面，它的原始深坑，那还在冒烟的火山口。这一次，恶不是来自天上，而是地球的深处，因此不确定性和迫近性原则是一样的。自杀式飞机或硝酸铵，曼哈顿或大教区，造成大量死亡的意外事件，窥伺着我们。一个挨着一个在长沙发上，在世界与生活的两端，面对世界末日的景象，我母亲和路易－敏郎睡着了。他们彼此拉着手。

在我的记忆里，这个秋天是一个地狱之季，一段暴风雨的时期，不给我们留任何喘息的机会，在那时，充满敌意的日子，盲目而野蛮，向我们压下来。AZF 化工厂爆炸发生两周之后，傍晚时回到家里，我发现母亲躺在地上，疼痛地呻吟。她本想自己起身，却在台阶上绊倒了。她跌倒是在一小时或两小时以前。锁骨和长股骨折断。住院一个月，两个月复健。在她的脸上，如折了角的书，可以读到故事的下文：倦怠的眼睛，望向远处，不想再坚持下去，让损毁的身体安心休息，在别处，在某个不一样的地方。如同无处不在的老生常谈，死亡不停地出现在我母亲的嘴里。不是人们唠叨消逝的世界那样在衰老中品味的一种糖果，而是一个如此接近的大限，只要留心倾听，就可以感觉到它的脚步。

白天，我砍除荆棘，而当夜晚降临，我给母亲喂饭，她的肩膀和胳膊还在固定托架里。回家后，她曾努力尝试用左手独自吃饭，但是她的大脑障碍使她不能控制这一基本动作。每天喂母亲吃饭，切碎她的食物，把它们放到她的嘴里，耐心地等着她咀嚼、吞咽，给她擦拭嘴角，喂她喝水，同样多的动作回到本质，朝向遥远的、被遗忘的起源，当孩子没有母亲的帮助、在场和关怀就不能生活的时候。这胳膊和这如今被束缚的手，曾有它们的日子，行使它们的功能，而且有时候甚至会举起爱情的小山。今天这角色颠倒了。从此以后，该是我，不仅给她带来生活的力量，而且也慢慢引导她直到衰竭的极限，那个致命的边界，这在许多方面，威慑着我们两个。

雅克·希拉克（Ⅱ）

（2002 年 5 月—?）

在最后的日子里，母亲消瘦得特别厉害，以至于让我想到热拉尔·马塞对古老的印卡木乃伊的描述："……有着假眼和填充起来的面颊的可怜东西，已变得如此轻飘，一个孩子独自就能举起这些旧日的国王。"

玛丽越来越难以与她的祖母为伴。有祖母在她身边，她会变得紧张、躁动，反常地焦虑。她从来不能坐下来说说话，而总是站着，像农庄里的狗走来走去，满是怀疑，目光里同时充满逃避和探询。或许她已再次感觉到了那正准备扑向我们的新灾难的前兆。

在我母亲的心里，利昂内尔·若斯潘从来没有真正地取代弗朗索瓦·密特朗。对他要求的完全的"财产清查权"，她未予以好评。就是这个前托洛茨基分子，这个自以为是的人，想要对人民之父和整个左翼联盟之父圣洁的工作和事业实施随便什么检查。在那里边有一种过分，甚至是一种克莱尔·布利科所不能原谅的侮辱。尽管她心脏衰弱，不间断地水肿，运动机能失调，生存希望微茫，我母亲还是带着比大多数完全有希望见到下一个五年任期结束的人都高得多的热情和注意力，追随2002年总统选举。

我每次去看她，她都会把从收音机各个波段的新闻台所能搜集到的一切给我做一个完整的报告。从起床到入睡，天线拔起，她的半导体从不离手。它已成了连接她与这个世界和这个她如此热爱的生活之间的最后桥梁。我还记得当她听到自己的候选人抨击对手的年纪、精力衰退和疲倦时，她显得不快。"这真是极端愚蠢的行为。不能以身体方面的弱点攻击某个人。这种事儿不能做，这简直太不好了。"在这次选举中有些运转不正常的地方，至少，我母亲总是不停地重复这样说。她完全不喜欢这种候选人的分散，根据经验来看，这总是不会给左翼带来多少成功。太多的什么工人战斗，革命共产主义联盟，绿党，甚至还有舍维内芒派，没有人知道是该与它们结为盟友，还是相反，必须尽快逃离他们。

"左翼需要一个真正的领袖。密特朗绝不会允许这一点一点的候选人资格到处分散。一些碎片，加上碎片，加上碎片，选举那天这一切永远只不过还是碎片。"

"我给你做点鱼吧？"

"你没听我说话？"

"不是，不是，我当然听着呢，不过，我想在护士来招呼你睡觉之前，让你把饭吃了。"

"肯定要发生一点什么事情。我不知道是什么，但我觉得，这次选举完全不是它应该的样子。"

我任由母亲去说。对我来说，毫无疑问，利昂内尔·若斯潘将会是未来的共和国总统。受到各方面的怀疑，被法官们围追，被新闻界嘲笑，甚至在自己的阵营中都受到蔑视，他的对手完全没有任何的机会。大概是年纪、疾病和疲倦，最终遮盖并削弱了克莱尔·布利科的清醒。我母亲讨厌人们在她身体的残障和她可能有的精神与智力减退之间建立任何联系。在她住院和运动理疗期间，当一名女护士或是男看护对她发出亲近而有点轻视的招呼时，她每一次都以冷面相对。"今天早上怎么样，老太太？"我至今还能听见她毫不留情地纠正那无辜的人，以一种严肃态度重复说："我叫布利科，克莱尔·布利科。"

在选举战的最后一周里，她在每一次吃饭时都不停地纠缠我，为了让我在 4 月 21 日去参加投票。

"你的票不会是多余的。而且你会看到我对你说过的，若斯潘将进不了第二轮。"

社会党人将在总统选举的第一轮被逐出，已经成了她的思维定式，她的永恒信念。经由哪一根功能不全或者是反常的神经元通路，这种荒谬居然能够钻进她的大脑？

"你以为我精神错乱了，是吗？"

"当然不是。只是你用太多的时间去听收音机，这样子最终会……"

"最终会怎么样？你真的以为我在胡说八道，就因为我被捆在这椅子上，而且已活到了不得不被用小勺喂饭吃？你真的相信我的脑袋已没有用了，已没有能力去听电台说的东西，从中提取信息，并且感觉到一些什么？我再给你重复一次，而且向你保证，这个 4 月 20 号星期六，若斯潘将进不了第二轮。"

"我们明天看吧。"

"一切都已很清楚了。"

当那些他们自己也已昏了头的电视台记者们，宣布那条新闻时，我感觉就像是从一个没有尽头的楼梯滚了下来。那另一个进入了第二轮。若斯潘不在其中。

与此同样显得奇怪的是，这个 4 月 21 日，对我来说，从来不是象征着左翼的失败，而是象征着我年迈的、正在走向生命尽头的母亲令人难以置信而闪闪发光的胜利。肢体残疾，与世隔绝，封闭在她生命最后的隐居所中，这个女人却能够成功地做到截取一个国家的不良震波，甚至远在它还没有在两种形式的下流和不体面中做出抉择以决定让它代表自己之前。克莱尔·布利科在电视机前度过了那个夜晚，看着一切，听着一切。当利昂内尔·若斯潘宣布将放弃政治生涯的时候，她很感动，但是也非常震惊。

"密特朗绝不会这么做……"

她这么说的时候用的语调让我无法知道，她是在向前者的高贵和优雅致敬，还是在向后者的激烈野心致意。

第五共和国不能再更堕落了。与电视机里说的正相反，这个夜晚，实际上有两个得胜者：那另一个和我母亲，而尤其是我母亲，我非同寻常的母亲。

这个插曲让我震动。它让我思量现代世界的虚荣，这个过度活跃的世界，披挂着传声器，低着头朝自信的幻影猛冲，无视它的错误和同样多的伪迹，忽视退却，蔑视缓慢，它健忘，患有遗忘症，而且下流。下流到一直透入骨髓，不是由于恶的趣味或才智，而是因为这世界就是以它的本性建构的。

这一个无赖，打败了那另一个更恶劣的无赖，在这场胜利中，我什么都没有做，完全没有。自始至终，我母亲从来没有问过我是否去投票了。当然，为了安慰她，我会回答她说去了。或许，她想让她儿子避免再犯一次说谎的错误，而且是为了一件实在不值得那么做的事情。

5月底，衰弱的心脏和越来越频繁的水肿开始吞没母亲。医生每天都要来看看有什么可以改善的。他说一些无关紧要的或者是安慰的话，以便日子不管好赖一天一天地度过。但是，在我母亲的眼睛里，有些东西变了。她似乎看见了。现在，她看见了那要突然到来的。以她截取法兰西无依无靠的信息一样的方式，她嗅到了这从此以后不停地在她身边溜达的奇特动物的气味。她在戒备中忍受巨大的折磨，耳朵竖着，眼神认真、专注，不愿意错过一点儿这如此长的等待、如此畏惧的相会中的一切。

我努力与母亲交谈，努力倾听、复制，把她的声音铭刻于心，努力在记忆中保留她栗色大眼睛上那一层独特的闪光，我尤其努力让她感觉到，我是多么骄傲于是她的儿子。我们一起走了那么远，而我从此将不得不独自继续下去。尽管有明显的事实，我还是无法设想，这个女人不久后将停止说话和呼吸，停止思考，停止生活和爱。

在最后一天的前夜，她简单地要求我火化她的遗体，并把骨灰放在父亲的棺木旁边。然后，就仿佛我们是在海边度假一样，她以一种由年纪带来的温柔与解脱，对我说：

"我不知道你是否能够理解，但是，在生命的终结阶段，我还是不能接受，而且更加不能想象我已经老了。我差不多已没有了胳膊，没有了腿，没有了心脏，没有了肺，什么都没有了，但是，当我在心里看着自己时，我看到的还是十八岁时的自己，急着要发现一切，急着要跑向生活。想着这样的事情去死，真叫人受不了。时间过得太快。你哥哥、你父亲和安娜去得太早了。"这时，一些东西在她眼前掠过，可能是一些阴影、一种思想、一种痛苦的幽思，而她的面容也变了。她转向我，抓住我的手，喃喃道：

"我怕，你知道吗，非常怕。"

第二天傍晚，渗出液侵袭了她的肺。她的呼吸开始越来越短促，嘴唇周边呈现出了绀紫色。在我们期待着急救车的到来时，克莱尔·布利科向我提出了一个母亲能够向她儿子提出的最糟糕最可怕的要求。抓着我的手，她说："保罗，我求求你，做点什么，帮助我呼吸吧。"

直到我自己的最后一日，我都会被这惊恐地祈求人们把她从窒息中拉出来的面容所搅扰。当救护车带走我母亲，她的状况得到改善。有氧气吸着，有小小的气雾剂治疗的神奇力量，她因来接手的医生的关怀而镇静下来，似乎已经战胜了这次危机。当我在一个半小时后到达诊所时，我见到克莱尔·布利科坐在她的床上，和一名心脏内科医生以及一名女护士在说笑，好像是说这种住院在她看来简直就是完全没有必要的。

又一次，她的面貌发生巨大的改变，不再有焦虑的迷茫或是模糊的苍白。以登山运动员的坚定，靠着侧壁坐在床上，我母亲重新紧紧地抓住了生命。我们谈话直到夜晚，在我们分手时，她给我一个灿烂的微笑，而且要求我："你明天再来时，别忘了给我带来我的半导体收音机。"

可是已没有明天，也不再有半导体收音机。凌晨4点左右，诊所打电话到家里，通知我母亲刚刚死于心脏停搏。当我进入那间停放着她的遗体的房间时，一位医生立即迎上来，给我解释一系列有关她的心脏病发作的没用问题。可以清楚地感觉到，这位大夫也许由于试图在夜间抢救死者而疲惫不堪，他进行这场令人痛苦的谈话，完全是为了遵从他的诊所签署执行的国际标准章程。

我抚摸着克莱尔·布利科的脸。它苍白而冰冷，已成为死神的囚徒。在那儿只能感到虚无和失神。我在她身边停留了很久，带着唯一的和关键的问题，但是不会再得到回答。

我母亲在一刻钟之内就被火化了，当有人把还热着的骨灰交到我的手里，我震惊于一个如此的生命，有那么多的智慧和那么多的善良，竟能够放在这么小的骨灰盒里。克莱尔·布利科之轻有如夏日的微风。

刚过两岁的小路易－敏郎，在火葬场的林荫小径上奔跑，他的面容已显露出他糅合着两个世界的精华。看到他这样小拳头紧握在身侧，来来回回奔跑，我想是否他的奥林匹克祖先已传给了他一颗不疲倦的心脏和轻快的双腿。我母亲曾满足于给这个孩子她特有的全部温柔。路易－敏郎刚刚失去了他午睡时的同伴，多少次他在她旁边安然入睡，她缓缓地抚摸着他的颈背，而后自己也沉入睡梦。

从仪式出来，我们回到家里。几乎刚刚进入客厅，路易－敏郎就开始跑遍走廊，在每个房间寻找并呼唤我母亲。

在樊尚离开后，非常难过的玛丽回到了自己的房间，我走出去到了花园里。榆树、栗树和巨大的雪松的绿叶组成浓密的穹顶，简直可以说是液态的，仿佛在它无可比拟的圆形轮廓中凝聚起巨大的波涛。远离这种令人舒缓的海洋的幻觉，我想到我们的家仿佛在一场持续两年的暴风雨中殊死搏斗。事故、丧事、疾病、爆炸、勒令迁居、财政忧虑，我们无限地体验了人类境遇的种种重负。我曾希望情况会好转，我们每个人都能最终重新找到自己生活中的平和。我母亲逝去几周后，玛丽突然陷入深度的沮丧之中，直到今天还使她远离这个世界。本来已经严重被安娜的死亡和那死亡引发的古怪情境搅扰不安，玛丽无法再承受她祖母的临终和去世。这两个女人的离去使她无所依托，剥夺了她精神力量的基础。

下班回来，我经常见到她坐在长沙发上，目光投向院子里的树。她完全不说话，也不再出去，而且放弃了大学学业。我注意到她越来越经常穿她执意要留下来的她母亲的衣服。当我询问她的这种选择时，她有点不高兴地略一耸肩，意思是不该在这种细节上小题大做，因为，实际上，只不过是偶然引导她如此做的。但是，某些夜晚，在看见女儿时，我会以为是见到了安娜穿过客厅。我觉得这种行为既令人痛苦又不健康，于是我就这样对女儿不加掩饰地说：

"这有什么非同寻常的……这不过是和其他衣服一样的……"

"完全不是，玛丽。这是你母亲的裙子和衬衫。"

"那又怎么样？"

"你必须穿你自己的衣服，你明白吗？你必须停止生活在过去，停止到死者那里去寻求庇护，这不健康。"

玛丽以一种我不曾熟悉的谴责的神色看着我，说："那么，你觉得在你的年纪还住在父母亲的房子里是健康的吗？"

对这一反驳我不知道如何对答。它有充分的理由，无懈可击。我生活在我父亲的工作台和我母亲的语言明晰之间。我完全知道，我没有资格在服丧的习俗方面给玛丽什么教益，再说，我本人还保留了一把母亲的骨灰，把它放在我留下的她的一只香水瓶里，就在眼前，在我书架的某一层上。

包裹在死者的旧衣服里，玛丽开始消瘦，在一种无法了解缘由的禁食中垮掉，对此任何人不知道也不能想到。她的话越来越少，她的活动也越来越少，最终结果是连房间也不出了。家庭医生来看过两次，对这种所谓封闭内心的行为没有任何的改善。玛丽已关闭了她生活的全部百叶窗，把自己真正地封闭起来。我不敢再去工作，无人监管地把她留在这种衰竭的自闭状态。她的面容失去了血色，她的胳膊骨瘦如柴，从她消瘦的脸庞，就可以看出她面颊的轮廓。

在我的请求下，她被送进了一家精神病诊所，在那儿，在考虑她的精神损伤之前，需要先通过输液来努力恢复她的身体。位于距离图卢兹大约三十公里的地方，奥利威耶之家是一所相当特殊的私营护理机构，有点类似一个大的度假村。农舍好像一只晒太阳的肥猫，不停地在罗拉盖山峦多风的峰顶上冒出。在这个地方，重型的和轻度的、世俗的或悲剧的精神病学的名目，彼此重逢、相互混杂。身体垮掉的工人、头发蓬乱的酒精中毒者、美尼尔氏综合征患者、慢性自杀者、阵发性绝望者、精神分裂症患者、习惯性厌食者，都散步在这个园子里的小路上，小路环绕着一个游泳池，而它的使用受到严格限制。那里也有一栋关闭的楼宇，除了有时从中传出一些很难相信会是人类发出的声音，此外人们对它一无所知。

当她第一次结束催眠疗法时，玛丽像一只由于关节病而半瘫的驯服的小动物。她迈的步子非常小，以令人吃惊的缓慢移动。在她脸上，一种令人困惑的不自然的平静驱散了全部焦虑。在我每日的探望中，我经常发现玛丽仰面躺在床上，直瞪瞪地看着天花板。我坐在她的身旁，长时间地抚摸她的面庞，就像是幼年时哄她入睡时做的那样。她的态度没有因为我的在场而有任何的变化。我有时也和她谈一些这样或那样的事情，谈白天里我遇到的，或是我在家里怎么样布置了一个房间。她从来不说话。直到一天晚上，在我离开她的房间时，对她机械地低声说了句："你睡吧，亲爱的。"我听见她回答我说："我已经睡了，我总是睁着眼睛睡觉。"这些话让我战栗，我感觉是某个幽灵在地狱跟我搭话。我走出那间屋子没有回答，仿佛玛丽什么也没有说，仿佛我什么也没有听见。

负责玛丽的医生是一个相当保守刻板的女人，她给我的印象是同时缺少谦逊和精神的灵活性。她根据一些预定的标准来研究她的病人的情况，最终导向一系列标准化的治疗。布罗萨尔博士接待了我好几次，每一次都坚持跟我说差不多一样的话："您的女儿有一种精神分裂的病理学表现，带有突出的情感缺失倾向。"弗朗索瓦丝·布罗萨尔跟我说话时，眼睛透过在鼻尖上保持平衡的眼镜盯着我，她也向我提出许多个人化的问题，有时很不得体地涉及我的私生活。

"自从您妻子去世后，您和什么人来往吗？"

"没有。"

"那么，两年来没有性关系？"

"这和玛丽的病情有什么关联？"

"一切都有益于搞清楚情况，布利科先生。有时候光明来自人们完全没有期望的地方。我们重新开始：您是遵从鳏居的习惯，还是您只是简单地缺少机会？"

"我无可奉告。"

"您的女儿在住院前有男朋友吗？"

"我不知道。"

"玛丽给您介绍过某位未婚夫或是她领什么人回家来过吗？"

"没有。"

"我想，您有另一个孩子。"

"是的，一个男孩。"

"他和您一块生活？"

"不，他结婚了。"

"您女儿曾撞到过您正和她母亲发生性关系吗？"

"没有。不过我还是要请您注意，玛丽来到这里，是在经历了两回她的亲人们痛苦的死亡之后，而不是由于什么性欲的问题。"

"您会明白的，先生。在死亡后面经常掩盖着性，而反之亦然。"

狭隘的学院派和布罗萨尔的愚蠢让我看到一些令人失望的东西。每一次在离开诊所时，我都有一种把玛丽托付给了一个骗子机构的感觉。但是我越是对这个女医生有看法，人们就越是向我热切地推荐她。

樊尚也拿不出比我更好的解决办法。他受到一个不说话的陌生女人冷漠目光的拒绝，这个人吃了很多药，有时要用一分钟才能越过那隔开她的床和洗浴间之间的几米。其他时间，如同有一次玛丽对我解释的，"她睁着眼睛睡觉"。樊尚向我吐露，在这样的探访之后的几夜里，他都无法找到睡意。他无法接受任由这讨厌的疾病在妹妹的精神中作恶的念头。

在这短短的几个月里，我们怎么就从无忧无虑的平台滚落，跌入了灵魂的低谷？这故事的后续部分将是什么样的，谁会是名单上的下一个名字？在这不确定和沮丧的时期里，路易－敏郎是我的牵念，他的健康、他的生活、他的幸福和他的均衡发展令我萦绕于怀。为什么布罗萨尔从来没有向我问起过他？难道对于这个看起来如此多地使她分心的家庭，他是一个可以忽略的因素？

布罗萨尔。她也占据了我的思想。她越来越傲慢，越来越无效。没有一点儿客观原因，我最终认为她应该为玛丽的状况负责。我们的会见变得特别地充满冲突。我发现，她作为一名医生，极端好斗，而且很少能够控制自己的神经。当她拼命地追问那些令人不快的问题时，她让我想起了那些低头扑向眼前出现的第一个洞穴的无法控制的捕鼠狗。为了引导她稍微谦虚一点，让她意识到某些外表之下的脆弱，我对她讲述了我和博杜安拉迪格之间的故事，这一切的结局以及他悲剧性的自杀。她因此有点丧失冷静，开始长篇大论的谩骂，我记得很清楚，最终以这样令人不安的一句话结束："精神病学和精神分析之间的相似性差不多与警察和小偷之间的一样！"

　　玛丽在一天一天地远离我们。没有缆绳的小船，被看不见的水流卷走，她不知不觉地向外海偏离。不管布罗萨尔对此说什么，我已意识到这种状态的实际情况。我因此决定取消我与这个医生吃力且无益的面谈。我只是每天晚上下班后来看女儿，和她极尽自然地谈论生活的琐事，就像那些孩子被困于持久的昏迷中的父母亲做的那样。我学会了避免任何形式的提问，学会了在表述一句话时，既不提出请求，也不引起下文。我尝试着扮演我母亲珍贵的半导体曾在她生前所扮演的角色。

　　我把玛丽的手握在手里，给她讲述家里的和世界的新闻，讲路易－敏郎的惊人进步和普瓦图的小市政长官、某个拉法兰的俏皮话。当2003年伊拉克战争爆发，我也试着给她描述世界的混乱，描述殖民主义的和基督教的美国，狂热的和做交易所买卖的美国。玛丽的指尖不时地在我的手里轻轻抽动。每一次，我都渴望从这种战栗中发现意识的、在场的、赞同的迹象，也许甚至是友爱的迹象。

　　我了解玛丽和她早年参与的活动，知道如果她不是被困于目前这种精神病的牢笼，她一定会置身于数百万上街游行的人中间，反对这场石油十字军的、可笑的战争的荒谬。我征得布罗萨尔的同意，让人每天打开女儿的收音机，以便如果她想听什么时，至少能够从中午到晚上听到新闻。我暗地里希望这些新闻简报能作为她的宇宙与我们所拥有的世界之间的艄公或天桥。玛丽对公众事件和世界事务一直有所关心。或许由于我母亲着迷的社会主义的影响，她很早就形成了一种政治觉悟，而且非常自然地在激进的绿党和另类的全球化运动中找到了自己的位置。在她的朋友们还在自己卧室的墙壁上张贴歌手辣妹或男孩地带时，我女儿却宁愿在书桌对面悬挂一个小镜框，里边塞着1995年加拿大当局与美国海军之间一次对话的辑录。这份真实文件是她一个父亲在魁北克某部工作的朋友寄来的，它很好地叙述了美国，远比一万本书所能做的更好。

　　一支美国海军舰队与加拿大方面在北美洲外海一次无线电交流的副本：

　　美国人：请您将航线向北偏离15°以避免相撞。谢谢。

　　加拿大人：还是请您将您的航线向南偏离15°以避免相撞。谢谢。

　　美国人：这里是美国海军一艘舰艇的舰长。我重复一次，请您改变您的路线。谢谢。

　　加拿大人：不，请您，修改您的路线，我恳请您。谢谢。

　　美国人：这里是林肯号航空母舰，美利坚合众国海军的第二大舰艇，有三艘巡洋舰和相当数量的舰船护卫。我要求您向北偏离航线15°，否则将采取强制措施以确保我们海军的安全。谢谢。

　　加拿大人：这里是一座灯塔。谢谢。

　　美国人：安静。

　　我为女儿对这个世界的偏差和它的野蛮做出反应的态度感到骄傲。她从来没有被它的机制所欺骗，她的精神总是寻求超越事实，排除泡沫的假象，努力看到并理解"事情背后的东西"。就是因为所有的这些，我要求布罗萨尔打开收音机，让这扇门开着，就像人们为了安慰那些害怕黑暗的孩子做的那样。而且也还因为，我不能接受我女儿将会永远待在这个精神牢笼中的想法。

　　自从她住院以来，玛尔蒂娜和让·维朗德勒从来没有来看望过他们的外孙女。他们多次为此请求原谅，向我袒露他们对这种痛苦的无力承受。至于我，我对他们的看望也很少。

　　但是，自从他们的女儿死后，每一年在她过生日那天，我都坚持给他们送去一束鲜花。让因这一举动而非常感动。在我们最近一次见面时，他看起来比平常更加疲倦和悲伤。

　　"对发生在玛丽身上的事我非常难过。这孩子原来是那么温柔、那么体贴……有没有一点好转呢？"

　　"没有，什么都没变。"

　　"您想过没有？这一切都是因为安娜开始的，因为那场事故……我总是无法理解。"

　　"什么？"

"这随时都可能颠覆的生活……还有在飞机里的这个家伙，这个吉拉尔丹。您从来没有和我提起过，但我知道税务部门发现的，这些外流的款项，像这样，每一个月……这完全不像是我女儿。"

"忘了这些吧，都过去了。"

"只要我们不知道真相，只要那孩子还关在医院里，您很清楚，忘记是不可能的。这永远也不会结束……"

"可是，这结束了，让。没有任何真相需要了解，需要知道。"

"您这么说，但是我明白在心底里您想的却相反，那个律师和所有的这些转账在您的头脑里游荡。而且就是这些神秘的、谁也永远无法搞清楚的阴影毁掉了玛丽。"

"在这方面谁也不能确定什么。"

"不，我知道。在她母亲死后的几个月，她来过这里，向我提了一大堆问题。我们一起过了整个下午，讨论了很多事情。在走之前，我记得她拥抱了我，还对我说：'你看，外公，我们也许不久就会再接着谈的，两个人一起。'"

"她此后没有再来？"

"再也没有。"

让从长沙发上站起来，拿起我的花束，把鲜花一枝一枝地放到花瓶里。他以一种如此优雅的、人们觉得更像上了年纪的女人的动作来做这些。看着他这样的动作，没有人能够想象他曾是《体育画报》——地球上最具男性特质的杂志之

———无可争议的老板。

"保罗，我完全不懂这个世界了。我觉得什么人已修改了游戏规则，却没有通知我们。"

2003 年夏天，无边无际的酷热驻扎在这个国家。在图卢兹，我们感觉是持久地生活在换气扇滚烫的散热栅板上。树叶都被太阳烤干、掉落了，到了夜里，令人窒息的微风与砖墙上的温度应和，更增加了热力。就是在这样的背景中，在我们已好几个月没有再说过话的情况下，让·维朗德勒提议我与他到海上去过一个周末。在塞德港，他有一只小帆船，他向来习惯于一旦最初的好天气来到，就驾驶它到外海去。玛尔蒂娜不喜欢一切与某个漂移不定的物体联系的事情，极少陪伴他的出游。

即使这样做没有什么意义，即使她也许不再听我说话，我还是坚持到诊所去了一趟，以便告诉玛丽，我将和她的外祖父一起出去两天。维朗德勒已是一个老人。他大约比我大二十三四岁，而且关节痛使他的走动越来越困难。但是，他的脚底板一踏到小艇的甲板上，人们就会再见到那个将要出发去征服海洋的年轻人。以一种重新找回的敏捷和柔韧，他从这一端滑到另一端，为了精确地调整装置，或是张挂风帆。一到了海上，他的容貌也发生了改变，外海的风吹散了他的皱纹，使他的脸变得光滑。

随着我们越来越远离土地，我感觉我的心解除了一种重负，卸去了几年里累积的焦虑。在舵位上，让也分享着这种轻快的感觉，他以自己的方式表达，并通过下巴的细微动作向我致意。水面闪闪发光，像是新汽车的发动机舱盖，船的艏柱给它划出波纹。很久以来，我第一次在这大海的空气中，重新找到了幸福的波澜和它独特的气息。什么都没有真正地改变，然而，突然间，一切又都不同了。如果此时有人告诉我，在那边，在陆地上，就在这一会儿，安娜正驶往巴塞罗那，我母亲正在听电波传递的新闻，而玛丽正在她的房间里穿衣服，准备出门，我都不会感觉意外。

当风略有减弱时，让放下风帆，船慢慢停了下来。阳光西斜，我一生中第一次见到了夜在海上降临。除了水波在船边时不时地发出轻微的拍击声，一切都很安静。在远处，朝南方的某处，可以分辨出一只船上的炉火，但是无法推测这只船的大小，也看不出它的形状。

在陆地上从不做饭的让，准备了一份枪乌贼沙拉，同时还留心照看着一个巨大的虾煎蛋。从我们的海滨度假地看过去，这条船像是夏天里一个小小的露台，正值吃晚饭的时候，空气中飘荡着大蒜、鱼和热橄榄油的气味儿。

在吃饭时，我们谈论优子、樊尚，还有小家伙路易－敏郎。我给让讲述了他最近的冒失喜好，他同时爱上了太阳系的行星和恐龙。作为其结果，他向他母亲宣布，以后，他要既研究地，也研究天，从事一种类似天体—古生物学家的职业。当他随心所欲，行为不讨人喜欢时，只要优子批评他，他马上就跑回到优子身边，对她说："我不知道这会儿我脑子里有什么，但是它不停地让我做蠢事。"他也提出许多有趣的问题，比如在复活节，他问母亲，母鸡怎么样能够生出巧克力蛋，还"把它们包在锡纸里"。

接着，让开始谈起安娜，谈她的童年、少年。由于几杯吉隆达酒的作用，这位父亲具有了使有关他女儿的记忆复苏、让她鲜活起来的力量。而且这一切既不悲伤，也不怀旧。有时，让的追忆是如此强烈，给人的印象是他描述的完全不是已结束的过去，而是一种清澈的将要突然到来的时光。

随着酒的作用减弱，这种人为的活力也变得朦胧。接着是沉默，让闭上了眼睛。我们就这样过了好久，没有动，也忘记了船的航向和水流。

"您知道的，保罗，有一些事情不到海上不能说，在图卢兹，也许我们甚至不能表达。您明白我要说的意思吗？"

我很愿意相信是的，远离海岸放大了我们的感情，让其变得更加适于通航。

"自从安娜死后，我想了好多。而结果是今天不再有什么可以让我牵念的。我不再有信仰，完全没有了，保罗。宗教从来没有给我带来什么。相反，它让我退化。它教给我下跪，这就是全部。让我把这倒霉的双腿跪倒在地上。还有，我已长时间地忽视了每一天的价值和重要性。我让自己忍受着一切，而除了懦弱我从中一无所获，我已老了，而且在某一天，我意识到什么都不存在，无论在前面还是后面，我的一生中什么都没有，在任何教会里什么都没有，而且一切都太晚了。"

从南方吹来的热风让桅杆的支索歌唱起来，而一些细碎的浪花有一阵没一阵地拍击着小船。我不是特别明白让想要说到哪里。作为补偿，我承认了他提到的大海具有能够让男人倾吐秘密的特性的那段开场白的正确性。

"在我的年纪，没有什么比发现自己面对一种如此的空虚更糟的了。今天我怨恨整个世界，甚至不知道为什么。您知道的，保罗，这些宗教的无耻言行和它们关于上帝的可悲观念已经让我们成了一个愚蠢的和奴隶的物种，某种奴颜婢膝的昆虫……是叫奴颜婢膝吧？"

浓重的空气，带着水分，不时地推动着船的侧翼。甚至已经可以感觉到接连不断的有规律的排浪的摇动。我们距离海岸有半天航程，而且我们还痛快地辱骂神灵。它们将要让我们为此付出代价。

在被巨大的声响惊醒之前，我在铺上睡着了。这是海浪撞击船体的喧嚣。回应每一次撞击，帆船升起来，又重新落下去，发出门啪啪地碰上时的声音。那时还不到早晨4点。让已经不在船舱里了。我注意到他已经关上了全部舷窗。当我走到甲板上，一阵暴风雨猛烈地横扫了水面上的一切。系着一根保险缆绳，让掌握着方向，努力让他的船保持沿着一条看不见的轨道航行。我不懂暴风雨的分类和它们所能够表现的愤怒的级别，但是我们正在经历的，在我看来，就是直到那时我所知道的最可怕的一种。大海与天空都是一样的黑暗，抹去了地平线的远景，只是远处的几个闪电有时使虚无短暂地苏醒。

"我想坏事要发生！"让以一种奇怪地流露出好心情的声音对我喊道。

他向我暗示的这种未来让我非常忧虑，因为我发现"坏事要发生"已经极为迫近。我也把自己拴在一根缆绳上，并试图接近靠着舵轮的窄条软垫椅。我刚坐下，船就几乎直立了起来，差一点把我甩到水里。在那一瞬间，我想到一头抹香鲸或是一头巨鲸会来抓我们，随即潜入深深的水底。这还只不过是海浪，是正在扑向我们的猛兽之微不足道的先锋。面对这种汹涌波涛、这种震荡，让看起来令人难以置信地安详。他给人的印象是在公路上，驾驶着一辆双座小轿车，准备出发去度假。当我东倒西歪地不断摔倒时，他，撑着他那两条老腿站着，全神贯注，提防一切碰撞。

随着风来了雨。倾盆大雨扑向我们。帆很小，帆船迎着扑面而来的白色浪峰。在不到半小时的时间里，世界完全变了，宁静而使人安详的天鹅绒让位于歇斯底里的波涛，它不停地拍打和吞噬着我们的小船。

在甲板上，由于摇摆和震荡的幅度，越来越难以在一个位置站稳脚跟。在使我瘫痪的恐惧中，我发现了我岳父的真正品质，发现了他的冷静，他善于把问题分门别类并根据轻重缓急加以处理的能力。在完全的黑暗后，我们又被交替来临的闪电那令人目眩而冰凉的强光笼罩，它们照亮了这波涛汹涌的场景。我们能够意识到这包围着我们的一切，估量那巨大的、围住我们跳舞的猛兽。几米长的海浪撞击小船，在甲板上滚动，快速地涌过，扑打着我们，每一次都想让我们落入水中。我们的生命悬在两根蓝色的尼龙绳上，那系住我们全副武装的并不粗的安全缆绳。

让喊叫着向我发出指令，但是那声音立即被风吹得无影无踪。雷声的轰鸣震耳欲聋，在水面上跳动如同在击鼓。这时，我感觉小船飞上了天空，异常抬起，向一边侧倾，而且倾斜到了桅杆都拍到水面的程度。让缄口不言，挂在他的缆绳一端，而我则努力抓紧那我以为是镀铬的舷墙的栏杆。在好一阵里，小船上上下下的关节都发出嘎嘎声，在瓦解的诱惑和漂流的本能间徘徊。一个显然比其他更有歹心的排浪涌来，撞击与水面平齐的龙骨，小船又以它被击倒时一样的猛烈重新翻了起来。在海浪的压力和撞击下，侧面的两个舷窗已经破碎，我们的船舱进水了。裹在他的绳索和防水衣里，让拼命与舵柄搏斗，他叫我到船舱里去堵塞海水涌入的通道。

船舱内的情况比甲板上更加惊人。各种物件向船的左舷飞射，然后，再由一只看不见的手投掷，撞碎在座舱的另一端。当它停止了呻吟，小船不断忍受着前所未见的猛烈震荡，撞击的巨响每一次都比前一次更加恐怖。

我努力让自己适应这种想法，船壁将会崩溃，我们将死于这种开膛破肚。正值夏天，而我们将死去。我用看起来有点像纱布敷料的泡沫垫子堵塞舷窗的破口。我刚刚才把这救急包扎物品放好，我的肚子，这次轮到它一阵一阵剧烈地翻腾。我跪倒在舱里，失去控制地反胃，直到吐尽我最隐秘的一切。

当我到船后边与让会合时，在我们的左边，可以隐约见到白昼的第一缕微光。我从来没有想象过地中海会产生如此的喧闹。我以为这种暴风雨只预留给职业的胆大妄为者，他们在隆冬季节的大西洋出没，还通过广播冷静地讲述他们惊心动魄的见闻。如果我本人在当时也能够传递一些信息的话，内容会是什么？也许我会喊道：船已筋疲力尽，舷窗已破成碎片，船舱被洗劫，两侧的浮筒都被汹涌的海浪卷走了。我想可能是听见了让对我喊道："天亮了它就会平息下去。"然后，在我回身的一瞬间，一个狡猾的波涛斩断了我的脚踝，把我打倒在地，并吞没了我。水的温暖减缓了浸没和窒息令人讨厌的感受。我在一个感觉没有尽头也没有底的斜坡上滑行，矛盾的是，我一点也没有努力使自己停住。在这盘旋的骚乱中，时不时有一些东西撞到我的肩膀或是脑袋，但是，这些反复撞击没有产生任何即时的疼痛。当我接近了甲板的末端，第二个大浪扑向我，这一次，我从甲板落入海中。一时间，我环视着自己的处境，可以说是像一部在我头顶几米处的照相机拍摄的一些全景图：我在水中央，死亡在四处包围着我，为了逃避它，一根细细的缆绳，这仅有的粗糙的尼龙绳，连接着我和路易－敏郎·布利科。我的孙子在那时起到了绞盘车的作用。在长时间的海上搏斗后，我终于重新爬上了甲板。让高度专注于维持船的状态，他示意我躲到船尾部舵手座的一个角落，于是就在那儿，我像一个冻僵了的动物似的蜷缩着，等待着暴风雨的结束。

当它停止时，我完全没有了时间的概念。我只是记得太阳开始驱散乌云，大海从发狂中缓和下来，渐渐找回了人们想象中世界原初的平静。那曾被我非常冒昧地看作衰老者的男人，以一种优雅的漫不经心操纵着他的船，这种姿态适合于某些人，他们什么都不信仰，作为抵偿，也没有什么可以使他们畏惧。在下午开始的时候，我们返回了塞德码头。帆船好像是被海盗洗劫了一样，各种奇形怪状的物体还在侵入舱体内的水中漂浮。在下船之前，让最后一次检查了破损之处。他拍拍我的胳膊，说："这一次，我想我们是侥幸脱险了。"

我们差不多在返程的半途中，让要求我带他去玛丽的诊所。他想看看她，尽管这会让他付出代价。那座建筑的庭院热得发烫。天在下火。在周围，平时总是绿意盎然的罗拉盖乡间被烤成了焦炭。两个月没有下哪怕一滴雨。归功于墙的厚度，房子里边给人相对凉爽的感受。玛丽在她的房间里，坐在扶手椅上，面对着窗户。夏日好斗的阳光在遮盖玻璃窗的栗树的枝叶间变得柔和了一些。

我们走到玛丽身边，依次拥抱了她。让又恢复了他在陆地上的面容和他真实的年纪。面对他的外孙女，他似乎被惊呆了。她保持沉默和她已习惯于固定的那如石头一样的姿势。

"我们从海上来。我想看看你。你听见我说话吗，亲爱的？是我，你外祖父。你认出我来了吗？玛丽？"

这位穿越暴风雨中心把我们从地狱里带出来的老人，这个不把海浪和狂风放在眼里的老人，不论是风、是海，还是恐惧都不能打倒的老人，突然跪倒在他外孙女的面前，像一个在祈祷中崩溃的信徒一样握住她的手放声大哭。我知道这种请愿书没有任何收信人，在这种令人迷惑的姿态中，让只是哀求生活能够少一点残酷。我试图扶他站起来，但他拒绝了，搂着他的外孙女，长时间地在她身上洒下无数的眼泪和亲吻。

在这次到访的几周之后，布罗萨尔医生把我叫到了她的办公室。我们会谈前的境况让我想起减缓了其热力的大火炉。封闭区里三位老人的去世——完全归罪于酷热，这种变化并非毫无意义。布罗萨尔向我谈了玛丽最近的检查，以及新一轮治疗的预期效果。

"我还想跟您谈另一个事情……两三天前，玛丽很久以来第一次重新说话了……"

"她说了什么？"

布罗萨尔取下鼻尖上的眼镜，读一张纸片，纸上面记着：

"'让昨天来过。'您能告诉我让是谁吗？"

"是她的外祖父。事实上，他是在两周或三周前来看过她。这是她开始有反应的好迹象，是吗？"

"未来会告诉我们的。"

"您认为应该重新唤起这种经验吗？"

"为什么不。"

从第二天起，我满怀希望陪着让再次来到诊所。他在外孙女的身边停留了很久，一直拉着她的手，而且后一天也是，接下去的一天还是，这样持续了整个一周。我们期待着一个词，一个手势，一些能够让我们重新燃起希望的什么。几个月过去了，玛丽还是从来没有对让做出过任何回应，也没有对其他的任何人有过反应。

随着秋天和清理落叶的季节到来，我从一个院子到另一个院子，完成令人疲乏的任务和反反复复的动作。这种安静和孤独的工作与我过的日子很相似。我见不到任何人，也完全不再和什么人说话。有时，我倾向于认为在玛丽的精神失常和我之间隔着一个世界。在其他的时刻，当我客观地考虑我生命的进程时，不得不认识到，我从来没有如此地接近我的女儿。而且，我想是在11月的一个夜晚，那时我刚刚结束了在一个客户的院子里一天的工作，这种感受以一种令人难堪的方式使我更加确信。我收集并切碎了大量的树叶，以便用它们堆肥，但是还剩下很多很多，我决定把它们烧掉。在我照看着火堆，拨弄着给它透风时，白日悄悄隐去。此时，这个院子在我看来就像一片和声、一块世外领地。它不仅是得到特别的精心照料、非常讲究、井井有条，而且当一些朴素的灌木丛从烟霭中浮出，给人留下一种和摆脱了人体之丰盈重负所能够感受到的幸福几乎差不多的感觉。

我如此深地陷入对这种令人安慰的景色的沉思，院子的主人偶然撞到一动不动的我，我坐在工具箱上，不知时间，也不觉寒冷。这个插曲让我感到非常局促不安。一回到家，我就冲了一个长长的滚热的淋浴，试图使自己象征性地褪去这层粗糙的外壳，我感觉到，它阴险地一点一点地俘虏了我。精神病学把我吸引到它的旋流中去了。我非常乐于使自己接近这种神秘的管道，它把我们吸入另一个世界，那块充满焦虑的土地，玛丽和所有那些在诊所里的人在疯狂的管道里挣扎。

　　在我想到女儿的时候，我想象她坐在那令人瘫软无力的花园里，在那里我本人也曾忘记了时间。我愿意想象她是在那边，是一种魅力的囚徒，一种令人安慰的惊愕的受害者。可是，从紧闭的楼宇中飘出的狂怒和恐惧的呼叫，让我很不幸地知道，疯癫的海域有另一种恐怖。

　　为了消除烦恼，到了晚上，我有时会整理我的唱片柜，那里堆放着上千张黑胶唱片，还有大约二百五十张 CD 光碟。这种操练既是一种仪式，同时也是一件繁重的工作。我在按音乐种类为它们分类还是按音乐人分类之间犹豫不决：前者对于想要快速找到一个音乐家总是不那么方便，而后者虽然是一种提供更多简便的选择，但是却特别地缺少风格。在大多数时候，我采用一种混合的、非理性的分类法，在这中间我以个人化的暧昧理由把艺术家们组合在一起。因此，我把汤姆·威兹和瑞克·李·琼斯，或者是赫比·汉恩考克，杰夫·贝克和奇克·考瑞肩并肩地排在一起，这是相当合情合理的，同样，人们责问我不该把杰米·亨得里克斯、约翰尼·吉它华生、史蒂夫·雷·沃恩和史蒂夫·旺达配对的这种事实，我也将会理解。在这种经过推理的无序中，我重新聚集起一小堆我最喜爱的音乐家，或是我过去的癖好：在柯蒂斯·梅菲尔德、基思·贾勒特、比尔·埃文斯、切特·贝克、迈尔思·戴维斯和查利·黑登之中，还并行着奇科·德巴尔热、托尼·里奇、娃娃脸、马克斯韦尔和狄安乔罗。当一丝清醒控制了我时，这种对旧物的怪癖、这种强迫的态度让我害怕，而且我觉得，或许我在给这个音乐宝库分类和再分类中度过的时间远比听它的时间要多。

我并不因为孤独而痛苦，即使有时会意识到这种孤独正在瓦解我生命的基本元素。我感觉到它正把我一块一块地分解拆卸，使我从内部瓦解，去除我不再发挥作用的重要组成部分。就这样，一些感情，如喜悦、快乐、幸福、渴望、欲望、希望，一个接一个地被拆去了。

自从安娜死后，我再没有过性关系。我不能说我有多么想念它。当然，我的确为这种十足的真空感到遗憾，但是，是以一种抽象的、理论的态度，如同人们可以惋惜他旺盛的、已成为过去的青春时代。欲望的念头还会出现，我总是体会到被一个女人吸引的可能性，不过，却感觉不到缺少它或是它被剥夺所要忍受的扰人的痛苦。

在圣诞节前后，或许是为了打发一个特别消沉的夜晚的无聊，我打电话给从安娜葬礼后就没有见过的洛尔。我打电话找她并不抱有任何希图。坦率地说，打听她的消息就好像查看某个地方的天气预报，对那个地方我并没有一点儿要去的意思。

我们的交谈进行得非常自然，好像我们昨夜还在电话里聊过天一样。

"你的贝贝现在几岁了？"

"我的贝贝？我的贝贝，照你说的，刚满八周岁。"

"我真不敢相信。他叫什么？"

"西蒙。西蒙·夏尔科。跟我一个姓，你知道的，既然和弗朗索瓦已离婚了。"

"你还一直和那个父亲来往吗，那个少有的犹太教教士？"

"没有的事。他在第一阵混乱刚出现时就永远地消失了。我从来没见过哪个人对自己的名誉损坏恐慌到这种地步。他离开我的那一天，你听我说，他跪在我面前流着泪，祈求我永远不要对任何人谈起这个孩子以及我们的关系。"

"那弗朗索瓦呢？"

"他每隔一个周末带这个男孩一次，还负责他一半的假期时间。"

"你跟他说过什么吗？"

"你在开玩笑吗？他从来没有过哪怕一丁点儿怀疑，况且，这很幸运地让我能够有一笔可观的生活费。"

"小家伙像谁？"

"你倒是想让他像谁啊？简直就是那教士的模子脱下来的……不过你知道弗朗索瓦的，什么像谁不像谁的，他不会注意的。"

"他还是和他的女朋友一起生活？"

"永远还是。而且我相信她又怀孕了。你呢？你有什么人吗？"

"没有。"

"真的一个都没有？"

"一个没有。"

这回答让洛尔有点意外，她不自然地沉默了一会儿，但很快克服了这一刻的不安，和我谈起她的生活和她与一个离婚的便衣警察的复杂关系。她滔滔不绝，说出一连串轶事、细节，再加上几次三番的节外生枝。听着如此热情的毫无保留的独白，我得出结论，不论她说什么，她一定也非常孤独。在挂断电话前，她祝我圣诞节快乐。我觉得这种殷勤完全正常，但同时又完全不合时宜。

没有什么比在精神病诊所里度过 12 月 24 日更可怕的了，当夜晚降临，一些灯饰亮起来装扮着这家机构。在这个夜晚，甚至提供给病人的节日晚餐，也有悲剧的、嘲讽的一面。托盘和食品全都夹带着它们餐厅和医院的意味深长的气味，混合着肉香、樟脑或者是酒精散发的气味。玛丽在她的岗位上，坐在黑暗中，面对着窗户。收音机给她带来一个高速运转的世界的消息，那里正准备上桌吃晚饭。我拥吻了她的面颊，把她的手攥在自己的手里，守护她到很晚，直到一名护士进来通报，不管圣诞节不圣诞节，是我女儿该上床的时候了。

我坐在长沙发上，在翻看《世界树种》的照片中度过那一夜，为了重新唤起那些日子，在那期间我的唯一挂念、唯一焦虑，就是等待一缕微风和一道美丽的光线出现在柽柳柔美的外表上。

12月31日的守岁之夜，在离开玛丽的房间时，我遇到了一位每天在走廊里或院子里的小路上碰到的病人。他朝我走来，热切地握住我的手，祝我新年好。

"您知道吗，当您来这里时，我立即发现您身体不大好。现在不同了，您不再是原来的那个人。他们给您打足了气，真的。他们在这里给我们所有人打足了气，我们的情况越来越好了。"

快到午夜时分，电话把我从睡梦中惊起，是樊尚和优子从日本打来的，他们在圆谷家住了十来天。优子用日语表达她对我的祝福，而路易－敏郎则用他的母语给我解释他看到了一条喷火的有鳞的巨龙。

在他挂断电话很久以后，我都在想他的祖辈幸吉。我感觉分享了他在他生命的最后阶段一定感受到的那种同样的疲倦。像他一样，我不想再跟在过去世界的后边奔跑，不想再追逐那个不可接近的过去，再追逐那些总是不停地躲避我的幽灵。

但是，在12月31日，世界另一端的这个电话却来自给我留下的唯一的家庭，而且让我从中体会到一种无边的幸福感。

与春天同时到来的是草坪的维护，电话不停响起。我长时间地生活在草地上，总是依据从我父亲那里学来的严格教义进行修剪。每一天，如同顽强的航行者，我沿着航线在这绿色的海面上来来回回，以 60° 弧线在园子的中心划出犁沟。在我身后留下一个安宁的世界、一个驯服的自然和一个没有意外的生活的错觉。

4 月，一位失去了信誉、被检察机关监视的总统，其幕僚刚刚受到法院的沉重谴责，而他又重新任命了一个刚刚在选举中被肃清的人为总理。绝对的非政治，惊人的反民主，在这近乎法西斯分子的手段中有一种贝当主义的假民主的东西。这个国家已被托付给一些海盗，我父亲绝不会愿意他们在其作坊里工作的。圆谷幸吉最微不足道的步伐也比这些寄生虫的无止境的职业生涯激起更多的尊敬。对于他们，我们倒是起码可以安心：在失败的第二天，刀片还留在剃须刀上。

玛丽还是继续"睁着眼睛睡觉"。在她的床头，当我有这样做的勇气和力量时，我努力带给她世界的消息，拉法兰的奇遇 1、2、3，伊拉克的痛苦，美国人的彻底失败。有的晚上，在工作后再去看她是非常痛苦的事情，甚至对她流露一点温情的表示我都无法做到。我坐在她的旁边，像她一样，静静望着窗户的方向。我抱怨她不和别人一样，不在必要的时候紧紧抓住那根蓝色的尼龙缆绳，抱怨她以这样的不安和痛苦来折磨我。另一些时候，我走进她的房间，把她拥入怀里，像是一个远行归来的父亲。这时我确信，有一天一切都会过去，只要有耐心，尊重时间的造化，只要抓住她的手，拥抱她，让她知道我在，知道我将不会放弃，现在不会，也永远不会。

失去一个孩子，那可不是部分的伤痛，而是中世纪的神意裁判。一种超过了诸神的理性和人类的理性的日复一日的考验，一种没有尽头的酷刑，一种重负，它不会压垮我们的双肩，但是却更加险恶地压迫我们的精神，紧紧地揪着我们的心。

5月底，路易－敏郎向我宣布他在柔道俱乐部得到了一枚鼓励奖奖章。有人能够传授这种运动的基本要领给如此年幼的孩子，这让我非常吃惊，但是，我孙子向我展示他的小小战绩时流露的无比骄傲和幸福驱散了我的困惑。

好几个月以来，每一次路易和他的父母亲来看望我时，我都害怕这是来向我宣告优子的合同已到期，他们家将要到日本去定居。我从来没有忘记安娜说出这个流亡预言时的郑重。为了避免这预卜的实现，我所能指望的只是樊尚和几家大公司，诸如摩托罗拉、空中客车等签下的许多翻译合同，它们至少在一定的时间内，可以把他留在图卢兹。但无论如何，我拒绝去询问他的计划。有关的消息，不管好的还是坏的，该来的时候总会突然来到的。我已经习惯了任由重要的事件在对流风中飘来，习惯了大门发出的啪啪声。我不知道什么样的生活在等待着我，也不知道玛丽将会怎么样。白天，我修剪草地，夜晚，睡在父母亲的房子里，在他们的家具中间。有时我感觉他们保护着我。在另一些时刻，我感受到某种拘束，确信他们在注视我。在我的办公桌的一个架子上，母亲的部分骨灰与我哥哥樊尚的镀铬马车紧挨着。

睡梦中，我有时会见到安娜肿胀的面容，会被她死去时的面部表情所惊醒。我长时间地试图远离这些形象，拒绝它们，直到认识到它们已成为我的一部分，将会陪伴我一生。

7月3日是玛丽的生日，我早早到了医院。我挽着女儿的胳膊，从大门走出了这座建筑。

没有走向院子去沿着小道散步，我把女儿安顿在汽车里，我们出发驶向公路，朝着南方，朝向最近的比利牛斯山的山脊。

我和女儿重走了四十年前我陪伴外祖父一起走过的同样的路程。他是在去世前的几个星期重新回到这大山里的。他给我指点他的牧场，就是在那儿一切有了开始。羊圈，山脊，寂静。一瞬间他忘记了自己的烦扰，任由自己完全被这个旧日里他曾居住其间的世界之美所征服。

公路变得越来越狭窄、越来越艰险。而且正像我记忆中保留的一样，它在临近山口的高峰不远处突然中断。

女儿在整个行程中一动不动，直直地看着前方。我不知道她看到了什么、感觉到了什么，不知道她从这次旅行中领会到了什么。

空气清凉得令人惊讶。我让玛丽下了车，给她穿上一件外套。我挽着她的胳膊，我们开始沿着通往山脊的小径步行。

天有点阴，有时，一片片的云聚集在山侧。包围着我们的寂静仿佛可以说是一种经过了蒸馏、净化、过滤的物质，和水晶般透明的空气融合在一起。

无须帮助，玛丽以一种令人惊讶的灵敏爬上了山坡。当道路足够宽时，她坚持与我并行。当林间小径过于狭窄时，她指出可以通行的小路。这时谁又会知道她的身体状况？对环绕着我们的自然来说，她不过是和其他人一样迎着落日走着。

山顶上，景色令人晕眩。大山陡峭地向西班牙延展，而一些贫瘠的牧场和云团则挂在法兰西一侧的山坡上。

从绝壁的深处升起一股寒冷的气流，有时吹得玛丽的头发飘动起来，给她的面容笼上生命的幻影。

我们来到了长途步行的终点。

我把女儿拥在怀里，有搂抱着一棵死树的感觉。她看着正前方。我们处在虚空的边际，在世界的峰顶小心翼翼地保持平衡。

我想到了我所有的亲人。在这个疑惑的瞬间，在这个许多东西取决于我的时刻，他们没有给我任何的帮助、任何的安慰。这倒并不使我吃惊：生活只不过就是这种给人错觉的纤维，它把我们和其他人联系起来，而且让我们知道，我们以为至为重要的生命存在，只不过是某种完全虚无的东西。

文景

社 科 新 知　文 艺 新 潮

Horizon

一种法兰西生活

[法]让–保罗·杜波瓦 著

韩一宇 译

出 品 人：姚映然
责任编辑：张　晨
营销编辑：杨　朗
装帧设计：陆智昌
美术编辑：安克晨

出　　　品：北京世纪文景文化传播有限责任公司
　　　　　　（北京朝阳区东土城路8号林达大厦A座4A 100013）
出版发行：上海人民出版社
印　　　刷：山东临沂新华印刷物流集团有限责任公司
制　　　版：北京百朗文化传播有限公司

开 本：850mm×1168mm 1/32
印 张：12.25　字 数：230,000
2025年1月第1版　2025年1月第1次印刷
定 价：69.00元
ISBN：978-7-208-18917-1/I·2152

图书在版编目（CIP）数据

一种法兰西生活 /（法）让–保罗·杜波瓦
（Jean-Paul Dubois）著；韩一宇译 . -- 上海：上海人
民出版社，2024
　　ISBN 978-7-208-18917-1

　　Ⅰ.①一… Ⅱ.①让… ②韩… Ⅲ.①长篇小说–法
国–现代 Ⅳ.① I565.45
中国国家版本馆 CIP 数据核字（2024）第 094732 号

本书如有印装错误，请致电本社更换 010-52187586

社科新知 文艺新潮 ｜ 与文景相遇

微信公众号　　　　微　博　　　　豆　瓣

bilibili　　　　抖　音　　　　小红书